W0372394

Ce roman est une œuv[illegible]on inspirée d'événements de la vie réelle. Il contient des descriptions et des références à l'Holocauste, à Auschwitz et au traitement des femmes durant cette période. L'Holocauste représente l'un des actes de persécution les plus atroces de l'Histoire, et j'espère, en écrivant cette histoire, que cela aidera à garder le passé vivant, et surtout à rendre hommage aux prisonniers qui ont pris tant de risques pour aider les autres, en particulier des femmes. J'éprouve un profond respect et une immense compassion pour tous les survivants d'Auschwitz (et de tous les autres camps de la Seconde Guerre mondiale), leurs familles et bien sûr ceux qui ont perdu la vie dans cette atrocité. Plus de 6 millions de Juifs ont été tués durant l'Holocauste et des millions de non-Juifs ont aussi péri dans les camps de concentration. C'est une partie de l'Histoire que nous ne devons jamais oublier.

Les héros font des choses extraordinaires.
Ce que j'ai fait n'avait rien
d'extraordinaire. C'était normal...
Quand vous voyez un homme
se noyer, vous devez essayer de le sauver,
même si vous ne savez pas nager.

IRENA SANDLER, TRAVAILLEUSE SOCIALE
POLONAISE QUI A SAUVÉ PLUS DE 2 500 ENFANTS
JUIFS DU GHETTO DE VARSOVIE DURANT
LA SECONDE GUERRE MONDIALE.

PROLOGUE

Auschwitz-Birkenau, 27 janvier 1945

Appuyée de tout son poids contre le mur rugueux, Emilia entendait des hommes crier. Elle luttait pour rester debout tandis qu'elle faisait venir cet enfant au monde. Les yeux plissés dans la lumière tamisée, son instinct lui disait que quelque chose n'allait pas ; le bébé ne pleura pas quand elle coupa le cordon. Alors elle le retourna et le tapota délicatement.

Elle le regardait en retenant ses larmes, les doigts si froids qu'elle avait du mal à les bouger. La fumée flottait toujours dans l'air alors que les baraquements autour d'eux continuaient de brûler.

—Qu'est-ce qui ne va pas ? murmura la mère épuisée, toujours allongée après avoir fourni tant d'efforts pendant le travail.

Il y eut un bruit dehors, suivi de cris, mais Emilia les ignora même si ses jambes tremblaient. Les nazis étaient partis, mais qui savait si les hommes qui étaient arrivés étaient meilleurs que les gardes qui avaient fui dans la nuit et mis le feu au camp avant de s'enfuir ? Elle refusait de céder à la peur ; elle avait vu la mort de trop nombreuses fois pour s'écrouler maintenant.

Tout ce qui comptait pour elle était de sauver le petit être qu'elle tenait entre ses mains parce qu'il avait une chance de vivre alors que tant d'autres ne l'avaient pas eue. C'était déjà un survivant, et elle ne le laisserait pas mourir – pas maintenant. Il était minuscule, son corps accusant les conséquences de la malnutrition, et sa mère serait probablement incapable de le nourrir si elle survivait.

Elle jeta un coup d'œil sur sa gauche, comme si elle s'attendait à trouver Lena, les bras tendus pour accueillir le bébé afin qu'Emilia puisse s'occuper de la mère. *Lena est morte*. Elle devait parfois se rappeler que Lena n'existait plus que dans ses souvenirs aujourd'hui, des souvenirs qui refaisaient parfois surface et la trompaient, comme des illusions contre lesquelles elle devait se battre pour ne pas croire qu'elles étaient réelles.

Elle tapota le dos du nouveau-né plus fermement et glissa soigneusement son doigt dans sa bouche. Elle soupira de soulagement au moment où il poussa son premier cri, mais quand elle se tourna pour le donner à sa mère couchée sur le poêle, les jambes toujours écartées, Emilia se rendit compte qu'elle se tenait inerte et silencieuse.

—Non ! cria Emilia d'une voix rauque.

Du sang coulait entre ses jambes. Étant donné les conditions rudimentaires, elle n'en avait plus pour longtemps à moins qu'Emilia puisse agir rapidement.

Les cris au-dehors continuaient. Emilia entendit un homme parler fort dans une langue qu'elle ne comprenait pas. Puis il cria en polonais. Alors que l'espoir naissait en elle, elle l'entendit dire la même chose en anglais. Il répétait sa phrase dans différentes langues.

—Nous sommes les Alliés. Nous ne vous voulons aucun mal.

Malgré son fort accent, les mots étaient clairs. Emilia s'avança péniblement vers la porte, ses pieds nus sur le sol couvert de neige la faisant souffrir quand elle sortit. Elle aurait aimé pouvoir se déplacer plus rapidement en voyant les soldats vêtus de manteaux olive traverser le camp montés sur de petits chevaux. Les prisonniers qui étaient restés avaient sorti la tête par la porte de leurs cabanes. C'étaient ceux qui étaient trop malades pour partir avec les autres, leurs corps squelettiques recroquevillés tandis qu'ils observaient ce qui se passait à l'extérieur. Si ces soldats la tuaient, qu'il en soit ainsi ; au moins, elle aurait essayé.

—À l'aide ! cria Emilia, la gorge sèche, les lèvres craquelées et douloureuses. (Elle portait toujours le bébé, quasiment silencieux, dans ses bras.) Je vous en prie, aidez-moi !

L'inquiétude sur le visage du soldat le plus proche était évidente. Il cria quelque chose à ses hommes. Il était russe, elle le reconnut à la langue qu'elle avait déjà entendu parler dans le camp. Elle perçut alors la tristesse dans son expression, et quand elle suivit son regard, elle comprit qu'il avait vu le nouveau-né nu dans ses bras, son tablier couvert de sang et sa jupe déchirée. Ou peut-être étaient-ce ses bras maigres et son visage creux qui l'avaient alerté.

—Il me faut de l'eau et des serviettes, lança-t-elle.

—On va vous trouver tout ça, dit-il en mettant pied à terre et passant les rênes de son cheval à un autre soldat avant de la suivre dans le baraquement. Laissez-moi vous aider.

Elle lui mit le bébé dans les bras et courut vers la mère pour prendre son pouls avant de s'emparer de son couteau. C'était le seul instrument dont elle disposait depuis longtemps, le seul qu'on ne lui ait pas pris. La mère saignait toujours autant, et Emilia savait qu'elle avait peu de temps devant elle. Même si les conditions avaient été meilleures, cela n'aurait pas été gagné. Mais pour la première fois depuis qu'elle avait commencé à pratiquer des accouchements dans le camp, le nouveau-né avait une chance de vivre véritablement. Il était donc impensable qu'elle laisse cette femme mourir sur la table, pas quand la mère et son fils avaient une chance de survivre ensemble, pas sans avoir fait tout ce qui était en son pouvoir.

—Comment vous appelez-vous ? demanda le soldat.

Du coin de la pièce, tapi dans l'ombre, une voix râpeuse lui répondit.

—Elle s'appelle Emilia, souffla Aleksy en s'approchant sur ses jambes grêles qui peinaient à le tenir debout, sa toux indiquant à Emilia combien la maladie l'avait gagné. C'est la sage-femme d'Auschwitz, et sans elle, des centaines de bébés seraient morts.

Des larmes se mirent à couler sur les joues d'Emilia tandis qu'on lui apportait de l'eau chaude et qu'elle stérilisait son couteau. *À cause de moi, des centaines de bébés n'ont pas eu la chance de vivre.* Mais elle remercia silencieusement Aleksy de lui rappeler les vies qu'elle avait sauvées, pas celles qui avaient péri à cause de ce qu'elle avait été forcée de faire.

Elle sentait ses jambes, à peine assez fortes pour la soutenir, trembler alors qu'elle s'apprêtait à sauver une vie. Aleksy ne pouvait pas l'aider : il était si malade qu'il pouvait à peine traverser la pièce. Mais le soldat à ses côtés s'éclaircit la voix.

—Dites-moi ce que je peux faire.

Emilia acquiesça et lui donna des instructions. Elle utilisa une serviette pour arrêter le saignement, mais regretta de ne pas en avoir plus à sa disposition. Quand elle eut terminé et fit le dernier point de suture avec un fil de coton qu'ils avaient méticuleusement tiré d'une couverture plusieurs mois plus tôt en prévision d'un cas d'urgence, Emilia tituba. Des bras forts la rattrapèrent et amortirent sa chute. C'était la première fois qu'un soldat faisait un geste gentil pour elle depuis qu'elle était dans le camp.

—Reposez-vous, dit-il quand elle rouvrit difficilement les yeux. Je vais vous apporter à manger.

Il posa sur Emilia une veste chaude, la sienne, tandis qu'une forme familière se rapprochait. Aleksy tenait une couverture élimée autour de ses épaules et respirait difficilement quand il s'écroula à côté d'elle.

—On va s'en sortir, chuchota Emilia.

Aleksy émettait un sifflement quand l'air entrait et sortait de sa poitrine.

—N'abandonnez pas, vous devez rester en vie. Vous ne pouvez pas mourir maintenant, Aleksy. Je ne vous laisserai pas faire.

Puisant en elle une force dont elle ignorait l'existence, elle partagea la veste pour le réchauffer, serrant sa main pendant qu'ils tremblaient tous les deux. Ils étaient si menus désormais, si squelettiques, que la veste était largement assez grande pour les couvrir tous les deux.

Aleksy ne dit pas un mot, mais ses doigts serrèrent les siens. C'était tout ce dont elle avait besoin : savoir qu'il était toujours en vie. Qu'il y avait encore de l'espoir.

EMILIA

1

Londres, vendredi 27 janvier 1995

Emilia aurait changé de chaîne si elle avait pu mettre la main sur la télécommande de la télé. Même si elle appréciait les efforts de la plupart des grands médias pour honorer le cinquantième anniversaire de la libération d'Auschwitz, c'était un souvenir qu'elle avait passé la majeure partie de sa vie d'adulte à essayer d'oublier. Ce qui était arrivé là-bas, toutes ces vies perdues, elle n'avait pas besoin qu'on les lui rappelle à travers un documentaire.

Elle était sur le point d'appeler sa fille quand quelque chose passa sur l'écran, au-dessus des images vues bien trop souvent des grilles du camp de concentration tristement célèbre et des prisonniers faméliques qui avaient survécu jusqu'au bout. Des images qu'elle tâchait généralement d'éviter.

—Maman, tu es prête pour…

—Lucy, monte le son, s'il te plaît, dit-elle en se penchant en avant dans son fauteuil tandis que sa fille entrait dans la pièce.

La couverture pliée sur ses genoux tomba par terre.

« On raconte que, de la fin de 1943 jusqu'à la libération par des soldats russes en janvier 1945, une sage-femme polonaise travaillait avec un médecin prisonnier, lui aussi polonais, pour sauver des centaines de bébés dans le camp. Si le sort des nouveau-nés juifs était écrit, beaucoup de bébés non-juifs furent enlevés et donnés à des familles nazies, après un changement dans la politique en 1943. Cette sage-femme aurait secrètement tatoué les bébés tout de suite après leur naissance, dans l'espoir qu'ils puissent un jour retrouver leurs mères. »

Emilia fixa l'écran, la peau moite alors qu'elle écoutait le journaliste, ses ongles s'enfonçant dans les accoudoirs du fauteuil. Elle se rapprocha. Parfois son esprit lui jouait des tours, parfois ces derniers temps, c'était comme si elle essayait de réfléchir dans la boue, mais les souvenirs contre lesquels elle avait lutté si fort ne l'avaient jamais quittée. Ils étaient restés aussi clairs que de l'eau de roche, malgré toutes les années qui s'étaient écoulées.

« Malgré tous les efforts que nous avons déployés pour découvrir l'identité de cette courageuse sage-femme, nous n'avons pas réussi à la localiser. Nous ne savons même pas si elle a survécu. Si vous avez des renseignements sur les sages-femmes et docteurs prisonniers qui ont travaillé dans l'un des camps d'Auschwitz, nous vous demandons de contacter le numéro qui s'affiche à l'écran. Tout survivant est encouragé à prendre contact pour nous aider à assembler les pièces du puzzle et découvrir ce qui est arrivé à ces enfants, partager leurs histoires avec le monde. »

—Lucy, dit Emilia en notant à la hâte le numéro sur le journal à côté d'elle sans faire attention aux mots croisés qu'elle avait faits précédemment ; sa main tremblait tellement que son écriture était à peine lisible. Tu veux bien m'apporter le téléphone ?

Sa fille regardait la télévision elle aussi, debout au milieu de la pièce, mais elle se tourna vers Emilia.

—Le dîner est prêt, maman. Ça ne peut pas attendre ?

—S'il te plaît, je dois passer un coup de fil. Ça ne sera pas long.

Sa fille lui jeta un regard impatient mais finit par acquiescer en soupirant comme si on lui avait demandé d'aller faire les courses et pas simplement de se rendre dans la pièce d'à côté. Emilia savait qu'elle ne pouvait plus attendre ; si elle n'appelait pas maintenant, elle ne trouverait peut-être jamais le courage de le faire.

Il est temps pour nous de raconter ce qu'on a fait, Aleksy, avant qu'il ne soit trop tard. On ne peut pas garder un secret éternellement. Et si mes souvenirs disparaissaient complètement et que ce qui s'est passé là-bas, ce à quoi nous avons survécu, était perdu à jamais ?

Emilia tendit la main pour saisir le téléphone, pas surprise de voir les tremblements qui l'agitaient. Cela faisait très longtemps qu'elle n'avait pas prononcé les mots qu'elle était sur le point de dire, et elle savait qu'ils allaient choquer sa fille. Pour elle, ce n'était qu'une vieille femme, une mère de plus de soixante-dix ans qui avait besoin qu'on s'occupe d'elle, une dame du troisième âge qui oubliait de fermer la porte d'entrée et se perdait parfois en revenant de faire ses courses. C'était pour ça que Lucy avait insisté pour rester quelque temps ; elle n'aimait pas que sa mère vive seule après être devenue veuve et l'avait convaincue que ce serait sympa pour elles de passer plus de temps ensemble. Ce qu'elle voulait vraiment dire, c'était qu'elle ne pensait plus qu'Emilia était capable de vivre seule. Mais quand cela concernait ce qui s'était passé à Auschwitz, ce qu'elle avait fait pour aider les autres prisonnières à survivre, elle n'avait pas besoin qu'on l'aide à se souvenir. Ce n'était pas quelque chose qu'on pouvait oublier.

Elle prit une grande inspiration et serra le téléphone quand Lucy le lui donna, avant de composer soigneusement le numéro qu'elle avait noté.

—Maman, qui appelles-tu ? Tu es sûre qu'il n'y a rien que je…

Emilia pressa le combiné contre son oreille et son cœur s'emballa tandis qu'elle patientait. Six sonneries retentirent avant qu'une femme réponde. Sa fille lui adressa un sourire las qui rappela à Emilia comme ce devait être éprouvant de vivre avec sa mère, même si c'était Lucy qui avait insisté pour qu'elle emménage avec elle.

—Allô ? dit la femme. Il y a quelqu'un ?

Emilia serra encore plus le téléphone pour essayer de maîtriser ses tremblements.

—Je m'appelle Emilia Bauchau. Je suis la sage-femme que vous recherchez. (Elle marqua une pause et leva les yeux vers sa fille.) Je crois qu'il est temps pour moi de raconter mon histoire.

2

Lundi

Assise à la table, Emilia écoutait sa fille accueillir quelqu'un. Elle serrait une petite croix en or dans sa main, cadeau de son mari qui lui apportait toujours du réconfort et qu'elle ne lâchait presque jamais depuis qu'il était mort. Lucy lui demandait souvent si elle voulait qu'elle la lui attache autour du cou, mais elle préférait la serrer et appréciait son contact dans sa main.

—Ma mère est ici, entendit-elle dire Lucy, toujours audible même quand elle baissa la voix. Mais je dois vous prévenir, sa mémoire n'est plus ce qu'elle était, et ce qu'elle veut vous raconter, elle ne m'en a jamais parlé avant. Pour être honnête, je ne sais rien de cette partie de sa vie.

—Ne vous inquiétez pas. Quoi qu'elle veuille partager avec moi, j'en serai ravie, dit la femme. Et pour être franche, pour beaucoup des personnes que j'interviewe, même avec l'âge, le passé est souvent plus clair pour elles que le présent, et il n'est pas rare non plus qu'elles aient gardé leurs souvenirs secrets. Votre mère pourrait vous surprendre.

—Peut-être, dit Lucy. Je vais faire du thé et vous rejoins dans un instant.

Quand la femme entra dans la pièce, Emilia fut frappée par ses yeux clairs et sa manière de s'avancer droit vers elle avec un grand sourire et la main tendue. Emilia posa les mains sur la table pour s'aider à se lever alors que ses jambes peinaient à la soutenir et qu'elle essayait de se souvenir exactement de ce qu'elle était censée lui raconter. Elle n'avait que soixante-quinze ans et pourtant son corps et son esprit lui faisaient parfois défaut. Certains jours, cela la mettait en colère, mais d'autres fois, elle se rappelait ce qu'elle avait enduré et savait qu'il n'était pas très surprenant qu'elle ait vieilli si vite.

—Emilia ? Je suis absolument ravie de vous rencontrer. Je vous en prie, restez assise.

Sa voix était chaude tandis qu'elle tendait la main pour serrer celle d'Emilia.

—Enchantée aussi. (Emilia chercha dans sa tête son nom, frustrée de ne pas réussir à le trouver.) Aaaah…

—Hannah. Hannah Davies, dit-elle en s'asseyant sur la chaise la plus proche d'Emilia et posant son sac sur la table. Vous m'avez vue dans le documentaire l'autre soir, sur Auschwitz ?

Hannah. Bien sûr. Le documentaire. Emilia ferma les yeux un instant et respira lentement. Comment se faisait-il que le passé qu'elle avait tant essayé d'oublier lui revenait constamment à l'esprit, sans crier gare, alors que les choses dont elle aurait tant voulu se souvenir lui échappaient constamment ? Depuis qu'elle avait perdu son mari, on aurait dit que le passé la cherchait, la plaçant dans un monde qui n'existait plus, ce qui était difficile pour sa fille, elle le savait. Lucy venait d'envoyer ses enfants à l'université, sa maison lui appartenait enfin, et aujourd'hui, sa mère vivait avec elle.

—Cela vous dérangerait-il si j'utilisais ceci ? demanda Hannah en sortant un magnétophone qu'elle glissa entre elles. Je ne veux rien manquer de ce que vous avez à dire.

—Pas du tout, répondit Emilia en fixant la petite machine capable de capturer chacune de ses paroles.

—Votre histoire, Emilia, j'attends depuis de nombreuses années de l'entendre. Il reste si peu de personnes qui ont survécu, et ma plus grande crainte est que ces histoires comme la vôtre soient perdues au cours des prochaines décennies si on ne les enregistre pas, dit Hannah en lui souriant de l'autre côté de la table pour mettre Emilia à l'aise. Quand vous voudrez vous arrêter, dites-le-moi. Je suis en ville pour cinq jours, alors j'espère que cela suffira pour que vous partagiez vos souvenirs avec moi.

Emilia acquiesça et leva les yeux quand Lucy revint dans la pièce avec un plateau de thé. Cela suffirait, elle s'en assurerait. Cinq jours pour raconter son histoire, puis elle essaierait de clore ce chapitre une bonne fois pour toutes dans sa tête.

—Vous savez, je ne m'attendais pas à recevoir un appel aussi vite après la diffusion de notre documentaire, dit Hannah. Nous vous avons cherchée pendant si longtemps, comme si nous courions après un fantôme. J'avais presque abandonné tout espoir de trouver un lien.

—Ces choses, nous ne voulions pas en parler juste après, dit Emilia en regardant sa fille leur servir le thé, consciente que ce qu'elle s'apprêtait à partager causerait un énorme choc à sa fille unique. Il devait y avoir un sentiment de culpabilité du survivant, je suppose. Pourquoi avions-nous été épargnés alors que tant avaient péri ? C'est une question qui m'a taraudée pendant des décennies. Et c'est toujours le cas, je crois.

—Même après tout ce temps ?

Elle marqua une pause.

—Oui. Même après tout ce temps.

Le silence s'imposa tandis qu'elles buvaient leur thé, avant qu'Hannah se penche en avant sur sa chaise et sourie.

—Nous pouvons commencer ?

Emilia regarda sa fille, regrettant presque qu'elle soit dans la pièce.

—Emilia, est-ce que cela vous convient si nous commençons maintenant ? demanda Hannah.

Elle acquiesça, croisa les mains sur ses genoux tout en regardant le magnétophone, dont le petit voyant rouge indiquait qu'il était en marche.

—Emilia, je comprends que vous avez été prisonnière au camp de concentration d'Auschwitz-Birkenau, dit Hannah d'une voix douce, comme si elle s'adressait plus à un enfant qu'à une adulte ; *une survivante.* Je m'intéresse particulièrement à la manière dont vous êtes devenue sage-femme là-bas, et aux bébés que vous avez sauvés. À la façon dont vous avez survécu dans des conditions aussi pénibles pendant si longtemps.

Emilia prit une profonde inspiration tremblante tandis que les souvenirs, qu'elle s'était juré pendant de si nombreuses années, de si nombreuses décennies de tenir enfermés, la submergeaient.

—Pour comprendre comment, dit Emilia en croisant le regard de Hannah qui se renfonça dans sa chaise, je dois commencer par le tout début.

3

Pologne, juillet 1942

Au début, Emilia était nerveuse en passant à bicyclette devant la patrouille de soldats allemands. Ils arboraient ce regard supérieur, mais elle ne se laissait plus intimider. Elle retirait une grande satisfaction à leur adresser son plus beau sourire tout en pensant qu'ils étaient de sales porcs. S'ils avaient été capables de lire dans les pensées, elle n'aurait pas survécu au premier barrage. Même s'il s'agissait d'un acte de défi frileux, cela lui faisait du bien, comme si elle se repentait de leur avoir souri au départ.

Tandis qu'elle approchait des deux soldats, elle leva une main du guidon pour les saluer et accompagna le geste d'un rictus timide et d'un regard sage. Cela fonctionna, comme à chaque fois, puisqu'ils la saluèrent en souriant à leur tour en disant quelque chose dans leur langue qu'elle devinait être une remarque grossière sur son physique. Mais cela lui était égal. Tout ce qui comptait, c'était de passer devant eux chaque jour pour pouvoir aller travailler.

Cette partie de sa journée comprenait peu de risques. Si les soldats l'avaient suivie, ils n'auraient rien vu de plus qu'une sage-femme qui faisait sa tournée, ce qui lui permettait de passer inaperçue à d'autres moments. Pour eux, c'était une femme qui fournissait un service aux familles qui avaient été autorisées à rester dans leur maison et, pour le moment, c'était permis.

Soulagée d'avoir passé le barrage, elle continuait de pédaler tandis que sa nuque se couvrait de sueur. *Peut-être suis-je plus nerveuse que je veux bien le reconnaître.*

Bientôt, elle aperçut la maison qu'elle cherchait et descendit de sa bicyclette qu'elle gara dehors avant de prendre dans son panier les prunes qu'elle avait soigneusement enveloppées chez elle. Elle frappa doucement à la porte, n'attendit pas qu'on l'invite à entrer et se rendit immédiatement dans la cuisine où elle rangea ce qu'elle avait apporté, sa sacoche de sage-femme toujours en bandoulière.

—Bonjour ? héla-t-elle pas trop fort, ne voulant pas réveiller la petite si elle dormait.

—Par ici, murmura une voix.

Emilia la suivit jusqu'à l'une des chambres et sourit quand elle vit le bébé effectivement endormi dans son berceau, mais sa mère avait les yeux brillants et donnait l'impression qu'elle allait pleurer.

—Venez, je vais vous faire une tasse de thé, dit Emilia en guidant la femme vers une autre pièce avant de refermer la porte derrière elles.

—Elle n'a pas dormi de la nuit, je ne sais pas ce que je fais de mal.

—Vous faites tout très bien, la rassura Emilia en lui serrant les mains. Les bébés peuvent avoir du mal à trouver leur rythme, et tout ce qu'on peut faire, c'est les aimer et les nourrir. C'est aussi simple que ça.

Les yeux de la femme s'illuminèrent et Emilia attendit qu'elle s'asseye à la table avant de mettre de l'eau à bouillir. Elle prit une mirabelle luisante et fut contente d'avoir pu s'en procurer quand elle vit les yeux de la jeune maman briller.

—Il n'y a rien de facile dans l'accouchement ni dans le fait d'avoir un nouveau-né à la maison. Mais vous trouverez bientôt vos repères dans votre vie de maman, dit Emilia en lui tendant une prune alors que son propre estomac gargouillait. Mais pour le moment, on doit s'assurer que vous êtes en forme, pour que le lait arrive. Tant qu'elle sera nourrie, elle ira bien. Vous irez bien.

Elle resta pour discuter un moment. Elle adorait faire ça. Aider à naître était une chose, mais elle avait appris de sa propre mère, quand elle l'accompagnait de maison en maison étant petite, que la période la plus dure pour certaines femmes était les jours qui suivaient l'accouchement, quand elles devaient apprendre à se débrouiller en tant que mères pour la première fois. C'était la partie du boulot qui la rendait la plus fière.

—Je ne sais pas comment vous remercier, dit la jeune maman. Accepteriez-vous l'une de nos poules, ou…

Emilia secoua la tête.

—Je n'ai besoin de rien. Je ne prendrais rien même si vous insistiez.

Si elle acceptait chaque cadeau que les familles essayaient de lui offrir, elle aurait une cour pleine de toutes sortes de bêtes et volailles, ce qui la placerait automatiquement dans le radar des nazis.

Elle se leva et embrassa la mère sur le front.

—Pendant que le bébé dort cette semaine, dormez aussi. Vous avez besoin de retrouver des forces. L'accouchement a des effets néfastes sur le corps même quand il se passe bien.

Elle avait d'autres familles à visiter, certaines avec des enfants qu'elle avait aidé à mettre au monde les semaines précédentes et d'autres avec des femmes proches du terme de leur grossesse. Elle partit en promettant de revenir le lendemain. Chaque fois qu'elle le faisait, elle se demandait si elle pourrait continuer une journée de plus, si elle ne serait pas arrêtée par une patrouille quand elle s'y attendrait le moins, et soumise à l'interrogatoire, mais elle ne devait pas communiquer son inquiétude à ses patientes. En ce qui les concernait, en tout cas avec les familles non-juives, elle accomplissait simplement son travail comme elle l'avait toujours fait.

Emilia monta sur son vélo et démarra, pédalant lentement jusqu'à la prochaine maison sur sa liste, le visage légèrement levé vers le soleil, regrettant de ne pas avoir pris quelques prunes pour elle.

***

Moins d'une heure plus tard, Emilia était en train de marcher dans le jardin avec une femme qui avait déjà donné naissance à trois bébés et qui n'avait aucunement l'intention de rester au lit pour attendre le prochain. Ses enfants jouaient dehors et profitaient du beau temps, totalement inconscients de la douleur de leur mère.

—Inutile de rester, dit la femme avant de souffler, les dents serrées. Nous savons toutes les deux que ça peut encore durer des heures.

—Comme nous savons que ce bébé pourrait arriver très vite ! dit Emilia en riant. Je ne vais pas retourner chez moi pour revenir aussitôt, expliqua-t-elle en lui prenant le bras. Martha, je reste. Vous ne pouvez pas accoucher seule, et encore moins sans personne pour veiller sur vos enfants.

Martha soupira avant de s'arrêter et de serrer la main d'Emilia. Elles restèrent debout un moment avant de reprendre leur promenade. C'était le genre de situation facile, avec des mères expérimentées qui savaient serrer les dents à chaque étape, rester occupées aussi longtemps que possible jusqu'à ce qu'elles ne puissent plus tenir sur leurs pieds. Emilia aurait pu partir et revenir plus tard, malgré ce qu'elle venait de dire, mais Martha avait perdu son mari avant de découvrir qu'elle était enceinte. Ce qui voulait dire qu'elle était toute seule et, c'était quelque chose qu'Emilia ne pouvait pas supporter.

—Parfois, je me demande pourquoi Dieu choisit de me punir comme ça, marmonna Martha tandis que les enfants couraient en rond devant elles, leurs rires faisant prendre conscience à Emilia que cela faisait bien longtemps qu'elle n'avait pas entendu le son du bonheur. Je ne sais même pas comment je vais réussir à mettre assez de nourriture sur la table pour eux trois, alors, avec un enfant de plus.

Emilia lui frotta délicatement le dos tandis qu'elles ralentissaient. Elle avait le sentiment que ce bébé allait arriver très bientôt.

—J'entends ça souvent ces derniers jours, dit-elle. Beaucoup des familles à qui je rends visite doutent dans leur foi, se demandant pourquoi de telles horreurs se produisent.

Martha la regarda dans les yeux.

—Des familles juives ?

Emilia s'éclaircit la voix et détourna le regard. Même quand elle connaissait bien quelqu'un ou que la famille semblait très gentille, Emilia ne divulguait jamais de détails sur son travail. Elle ne pouvait pas ; elle n'aurait pas été la seule en danger.

—Concentrez-vous sur la naissance de ce bébé, dit Emilia. Et ne renoncez pas encore à votre foi. On doit se rappeler comme nos vies étaient remplies autrefois, à quoi ça ressemblait de vivre en paix. C'est ainsi qu'on survit aux périodes les plus sombres. En se souvenant de la lumière.

—Si vous les aidiez, dit Martha d'une voix hésitante, je ne dirais rien. Il n'y a pas si longtemps…

Un grognement lui échappa et Emilia lui serra le bras pour la maintenir debout. Au moins, la contraction avait mis fin à leur conversation.

—Rentrons, suggéra Emilia en guidant Martha vers la maison. Je vais mettre de l'eau à bouillir et préparer les serviettes.

—Restez dehors ! lança Martha aux enfants. Vous pourrez rentrer quand vous entendrez le bébé pleurer, mais pas avant !

Emilia regarda les visages inquiets des petits enfants. Le plus âgé avait à peine six ans. Il était rare qu'elle perde une patiente pendant l'accouchement, mais il y avait toujours un risque, et elle ne voulait pas ressortir dans quelques heures avec une nouvelle tragique à annoncer. Ces enfants n'auraient plus personne s'ils perdaient leur maman, donc elle ne voulait même pas l'imaginer.

—Ça va bien se passer, grommela Martha.

Emilia lui serra le bras et s'efforça de sourire, ne sachant pas trop si Martha essayait de se rassurer ou de tranquilliser la sage-femme. Par chance, moins de quarante minutes plus tard, Emilia tenait dans ses bras un petit garçon au visage rougi que sa mère regardait avec une expression exaspérée comme si elle n'arrivait pas à croire qu'elle avait un nouveau bébé dont il lui fallait s'occuper.

***

La journée avait déjà été longue, mais comme tous les jours, Emilia devait reprendre son vélo pour faire le trajet inverse. Elle espérait donner l'impression d'admirer tranquillement le paysage alors qu'elle scrutait attentivement les cordes à linge à la recherche de signes que quelqu'un aurait besoin d'aide, quelqu'un qu'elle n'avait strictement pas le droit d'assister. Quand l'Allemagne avait envahi la Pologne près de trois ans plus tôt, ils avaient rassemblé toutes les familles juives et créé des ghettos pour eux, les isolant du reste de la population. Leurs drapeaux ornaient les bâtiments polonais, leurs bottes claquaient sur les pavés tandis qu'ils marchaient au pas ; ce n'était plus la Pologne qu'ils avaient connue et aimée.

Même si Emilia aurait voulu aider ces familles, elle n'avait aucun moyen de franchir les barrières des ghettos pour proposer ses services de sage-femme. Ils préféraient que les femmes meurent en couches que d'accepter de l'aide. Mais son courage avait rapidement été remarqué. Quelqu'un s'était furtivement approché de la fenêtre de sa chambre un soir pour lui demander si elle voulait vraiment être utile. Alors Emilia avait pris conscience du nombre de Juifs cachés non seulement dans son village, mais partout à travers la Pologne, et que beaucoup de familles avaient désespérément besoin d'assistance… et pas seulement de ses compétences de sage-femme. C'était pour cette raison qu'elle passait devant certaines maisons pour vérifier le linge étendu sur les cordes ; un linge sale parmi les vêtements ou les draps était un signe pour qu'elle s'arrête. Elle se serait sentie lâche de profiter tranquillement de sa sécurité relative sans rien faire ; si une femme était dans le besoin, alors elle se devait d'intervenir.

Emilia eut le souffle coupé comme toujours quand elle comprit que sa présence était requise. C'était la raison pour laquelle elle embrassait son père et le serrait si fort dans ses bras chaque matin avant de partir au travail, la raison pour laquelle elle s'estimait heureuse à chaque fois qu'elle repartait avec sa bicyclette : parce qu'à tout moment, elle pouvait se faire prendre, et elle ne se faisait aucune illusion concernant le sort que lui réserverait la Gestapo. Elle avait été témoin de leur brutalité devant la boucherie quelques jours plus tôt et vu comment ils expulsaient les Juifs de leur maison et les traitaient comme des animaux quelques mois plus tôt. Elle ne survivrait pas s'ils découvraient ce qu'elle faisait, ça, elle en était certaine.

Elle passa devant la maison et examina les alentours pour s'assurer que personne ne regardait. Emilia inspectait chaque fenêtre, attentive au moindre regard ou frémissement de rideau, avant de finalement revenir sur ses pas par un autre chemin. Les familles qu'elle aidait connaissaient l'exercice : elles devaient laisser quelque chose à l'arrière de leur maison pour qu'elle puisse cacher son vélo, et la porte de derrière ouverte s'il y en avait une, afin qu'elle puisse entrer discrètement sans avoir à attendre. Plus vite elle disparaissait à l'intérieur de la maison, moins il y avait de risque que quelqu'un la dénonce ou remarque ses manigances.

Aujourd'hui, tout se déroulait selon le plan et elle en était reconnaissante. Emilia descendit de son vélo et s'empressa de le cacher sous le drap qu'on avait laissé là avant de se glisser discrètement dans la maison.

—Bonjour ? dit-elle doucement en s'avançant dans l'entrée sur la pointe des pieds.

Elle allait répéter quand quelqu'un prononça son prénom.

—Emilia ?

En suivant la voix, elle se retrouva dans la cuisine. Son cœur se serra. La femme pour laquelle elle avait été appelée se tenait là, dans une vieille chemise de nuit, les yeux ronds comme des soucoupes. Mais ce n'était pas n'importe quelle femme ; elle avait assisté à tous ses accouchements. Pour l'aîné, elle avait accompagné sa mère, à peine capable de porter les serviettes, alors ne parlons même pas de se montrer vraiment utile pendant la naissance. Elle toucha son pendentif tandis qu'elle pensait à sa mère en regrettant qu'elle ne soit pas ici avec elle à cet instant. *J'ai dû apprendre vite, maman. Si seulement tu avais eu plus de temps pour m'enseigner. Si seulement nous avions eu plus de temps ensemble.*

—Adela, dit Emilia en s'avançant vers elle, les bras tendus. C'est pour bientôt ?

Adela acquiesça, des larmes coulant sur ses joues, et Emilia la serra dans ses bras pendant un long moment au milieu de la cuisine où le seul bruit était le frémissement de l'eau qui bouillait sur la cuisinière. L'épaule d'Emilia était mouillée quand Adela la lâcha.

—Je ne pouvais pas la laisser là. Cela aurait été si cruel.

Emilia se tourna vers l'autre femme dans la cuisine, celle qui avait courageusement ouvert sa maison à la famille juive qu'ils connaissaient depuis toujours. Emilia n'était pas la seule à prendre des risques aujourd'hui : ils seraient tous exécutés si leurs manigances étaient découvertes.

—Où est votre mari ? demanda Emilia.

—Il a emmené les enfants dehors. Il a promis qu'ils s'absenteraient au moins une heure.

Emilia hocha la tête. Les enfants de la maison ne savaient pas qu'une famille juive vivait dans leur grenier ; c'était un secret que les adultes avaient décidé de garder, car les enfants pouvaient innocemment révéler quelque chose qui aurait causé leur perte.

—Je suis désolée, dit Emilia à Adela, mais on doit retourner là-haut, juste au cas où.

Elle posa sa main sur le ventre rond d'Adela et sentit que le bébé était très bas et que son ventre devenait extrêmement dur. Emilia invita Adela à quitter la cuisine.

—Je vais avoir besoin d'eau, de serviettes et de quelque chose pour envelopper le bébé, lança-t-elle par-dessus son épaule. Et peut-être qu'il serait utile d'avoir quelque chose dans lequel mordre aussi.

Elle ne pourra pas faire de bruit. Elle devra être extrêmement courageuse pour supporter cet accouchement.

Adela lui serra la main tandis qu'elles traversaient la maison ensemble avant de s'arrêter devant l'échelle en bois qui avait été descendue dans l'entrée. Elle avait vu lors d'une précédente visite que la famille avait enlevé l'échelle fixée au plafond pour qu'il soit moins évident que quelqu'un se cachait là-haut. Ils gardaient donc une vieille échelle en bois couverte de toiles d'araignée à l'extérieur et ne la rentraient que la nuit, quand ils en avaient besoin. Adela et son mari étaient prisonniers dans le grenier, coincés sans aucun moyen de s'échapper s'il devait y avoir une rafle, mais au moins ils étaient vivants. Pour le moment.

—Venez, montons, dit Emilia en vérifiant que l'échelle était bien stable en posant son pied sur le premier barreau.

Adela s'arrêta, les mains posées sur le bois alors qu'elle gémissait. Le bébé allait bientôt arriver, Emilia en était sûre. Mais sa question la prit au dépourvu.

—Vous avez des nouvelles ? chuchota Adela.

Emilia secoua la tête sans cligner des yeux tandis que les deux femmes se fixaient.

—Je suis désolée, mais non.

Elle marqua une pause en regrettant de ne pas avoir de paroles rassurantes à lui dire, mais elle ne pouvait pas mentir.

Elle leva la tête et vit le mari d'Adela penché dans l'ouverture, les bras tendus pour attraper son épouse.

—Tout ce que je peux dire, c'est : pas de nouvelles, bonnes nouvelles. S'il était arrivé quelque chose à leur convoi, j'en aurais entendu parler.

C'était la vérité, ou au moins la vérité qu'imaginait Emilia. Quelqu'un lui aurait transmis l'information s'ils avaient été découverts, non ? Si leur mission avait échoué.

Adela resta immobile, comme si elle intégrait l'information, avant de poser un pied, puis l'autre, sur l'échelle. Elle parvint presque en haut sans faire de pause. Emilia retint ses larmes en la regardant se hisser par l'ouverture dans le plafond pour se cacher comme une criminelle. Et contrairement à la dernière maman qu'elle avait accouchée, Adela voulait désespérément le bébé qu'elle s'apprêtait à mettre au monde. Malgré tout, malgré la peur et les doutes, Adela était née pour être mère et Emilia voyait bien qu'elle était anéantie sans sa progéniture à ses côtés.

La sage-femme posa un pied sur le premier barreau, chassant ses souvenirs tandis qu'elle se préparait à mettre au monde le quatrième enfant d'Adela, consciente que bientôt la jeune maman serait forcée d'abandonner ce petit bout aussi, alors même qu'elle aurait désespérément voulu le garder.

***

— Maman !

Les cris de la petite fille brisèrent le cœur d'Emilia.

Les deux garçons se tenaient devant la maison, stoïques, bien qu'ils n'aient que quelques années de plus que leur sœur. C'étaient des enfants choyés et bien habillés avec des parents qui les adoraient, des parents qui, jusqu'à encore récemment, étaient des membres respectés de la communauté avant d'être traqués comme des animaux nuisibles quand les nazis étaient arrivés.

Emilia prit la main de la petite fille et la tint fermement quand elle essaya de se dégager. L'enlever à sa mère n'était pas son souhait, mais on lui avait demandé de les mettre en sécurité, et ils n'avaient pas beaucoup de temps s'ils voulaient y parvenir.

— Maman ! geignit la petite fille tandis que la mère courait vers elle malgré la tentative de son mari de la retenir.

Cette scène insoutenable fit grincer les dents d'Emilia alors qu'elle essayait de paraître impas-

sible. Elle lâcha la main de la petite fille et s'approcha des garçons. Elle s'accroupit et posa ses mains sur leurs épaules.

— Je suis fière de votre courage, dit-elle en espérant que son geste semblait aussi léger et tendre qu'elle le voulait.

Ils ne prenaient rien avec eux, portaient leurs plus beaux manteaux et des chaussettes hautes, avec de la nourriture et quelques bijoux cousus dans les doublures.

— Pouvez-vous prendre la main de votre sœur et lui rappeler comme il est important qu'elle reste calme ?

Ils acquiescèrent, le poids du monde sur leurs épaules tandis qu'ils s'exécutaient. Leur maman déposa un baiser sur chacune de leurs joues et son dernier sanglot fit fondre en larmes les trois enfants. Mais Dieu merci, les garçons ne dirent rien et trouvèrent un moyen de faire taire leur sœur tandis qu'Emilia les conduisait lentement dans les bois en priant pour que personne ne les voie.

***

On manquait d'air dans le grenier exigu. La petite fenêtre était condamnée avec du tissu noir pour ne pas laisser filtrer la lumière la nuit. Emilia aurait aimé pouvoir le déchirer et trouver un moyen d'ouvrir la fenêtre. Elle n'arrivait pas à imaginer comment Adela et son mari survivaient dans ce petit espace encombré. Il n'y avait assez de place pour se tenir debout qu'au centre, où le plafond était le plus haut, et elle remarqua comme le mari d'Adela était voûté pour s'occuper de son nouveau-né.

Emilia se retourna pour leur laisser un moment d'intimité, gênée de devoir partager un espace aussi limité avec eux alors qu'ils avaient tant perdu. Ses yeux tombèrent sur le matelas au sol et les draps froissés qui devaient encore porter l'odeur de leurs enfants. Elle imaginait Adela enfouir son visage dans le tissu, respirant et priant pour qu'ils soient bientôt réunis. Elle regarda la chaise, la bougie posée sur une caisse de pommes retournée, des livres consciencieusement empilés sur le côté. Elle imaginait que la lecture était l'un des rares passe-temps agréables pour le couple coincé ici, avec le paquet de cartes qu'elle découvrit quand elle s'approcha. Elle espérait que chaque jour ils trouvaient un moment pour oublier, faire comme si leur vie ne leur avait pas été enlevée subitement.

Difficile de croire qu'ils faisaient partie des chanceux.

—Merci.

Elle se tourna quand le mari d'Adela la remercia. Il était assis sur le lit, ou ce qui faisait office de couchette, les yeux voilés, son nouveau-né dans les bras et sa femme appuyée contre lui. Ses cheveux encore mouillés frisottaient sur ses tempes et elle paraissait épuisée, à juste titre, même si la façon dont elle regardait son enfant disait à Emilia qu'elle n'hésiterait pas à le refaire s'il le fallait.

Emilia s'assit sur la chaise, accablée soudainement par la fatigue et la situation. Elle devait réfléchir à chacune des paroles qu'elle prononçait.

—Combien de temps avons-nous ? demanda Adela.

Emilia les observa tour à tour avant de fixer son regard sur le bébé. Adela tendit les bras vers lui pour le prendre et fit descendre la bretelle de sa chemise de nuit, exposant son sein pour inviter d'une main d'experte le nouveau-né à se nourrir. Ce geste simple faillit anéantir Emilia ; sa lèvre inférieure se mit à trembler tandis qu'elle regardait le bébé téter, le lien entre la mère et l'enfant, si évident que cela réchauffait toujours le cœur.

—Je vais les informer qu'il y a un bébé à faire passer, si c'est toujours ce que vous voulez, finit par dire Emilia. Quand je recevrai une réponse, je vous le ferai savoir.

Le mari se leva en marmonnant quelque chose, s'essuyant les yeux avant de se rendre dans le coin du grenier malgré le plafond bas. Emilia gardait les yeux rivés sur Adela et voulait se montrer forte pour elle.

—C'est une question de jours ou de semaines, selon vous ?

—Officiellement, je n'en sais rien, répondit Emilia, la gorge serrée. Mais vous voulez connaître mon avis ?

Adela écarquilla les yeux en attendant sa réponse. Emilia remua sur sa chaise, mal à l'aise.

—Quelques jours.

Un sanglot échappa au père et Emilia faillit craquer à nouveau, mais comme Adela ne s'effondra pas, elle se retint. C'était son rôle de rester forte, d'apporter l'espoir aux familles qu'elle aidait. Ce n'était pas elle qu'on forçait à abandonner son enfant.

—Essayez de vous reposer et envoyez-moi un message si vous avez besoin de moi, dit Emilia en se levant et en s'approchant pour embrasser Adela sur la tête avant de taper trois fois au plancher.

Elle était déjà restée assez longtemps. Si elle ne rentrait pas chez elle avant le couvre-feu, on l'attraperait et on l'interrogerait, et elle ne voulait pas prendre ce risque. Surtout pas alors qu'elle avait les larmes aux yeux et les mains qui tremblaient violemment comme jamais auparavant.

4

Emilia entra et posa son sac et son manteau sur le guéridon près de la porte. Elle était épuisée, accablée par une profonde fatigue causée par sa longue journée de travail et son manque de sommeil, mais aussi par l'inquiétude pour les familles dont elle prenait soin.

—Emilia ?

Elle entra dans la cuisine. Son père était assis à table, les épaules affaissées comme elles ne l'auraient jamais été avant la guerre, avant que tout lui soit progressivement enlevé.

—Désolée, *Tata*, lui dit-elle en l'embrassant sur la tête, une main sur son épaule. Je ne voulais pas arriver si tard pour le dîner.

Il lui attrapa le poignet comme elle s'apprêtait à s'éloigner et maintint sa main contre son épaule.

—Dis-moi où tu es allée, Emilia.

Elle soupira et resta immobile un instant avant de dégager son bras et de s'approcher de la cuisinière. Elle n'aurait pas cette conversation ; il savait précisément où elle était allée et elle ne voulait pas en parler. Moins il en savait, mieux c'était.

—J'étais au travail pour aider des femmes à accoucher.

Emilia souleva le couvercle et regarda ce qu'il restait pour dîner. Elle l'avait préparé tôt le matin et cela ne semblait pas plus appétissant ce soir que quand elle l'avait cuisiné. En même temps, elle n'avait jamais vraiment aimé l'orge et aujourd'hui, c'était devenu la base de toutes les soupes qu'elle cuisinait. C'était comme si l'orge et les navets étaient les seules constantes de sa vie depuis que la guerre avait éclaté, et elle rêvait du jour où elle pourrait choisir de manger autre chose.

—Emilia, tu dois te montrer plus prudente, dit son père.

Tandis qu'elle remplissait son bol, elle dut se mordre la langue pour ne pas lui aboyer dessus.

—Je *suis* prudente, *Tata*, dit-elle en déballant une miche de pain avant de s'en couper une tranche fine.

Après l'avoir rangée dans un silence pesant, Emilia apporta sa soupe et son pain sur la table et s'assit, en espérant que la conversation était terminée. Mais à la manière dont il la regardait, en secouant la tête, les yeux humides, elle comprit que ce n'était pas le cas.

—Dis-le, lança-t-elle en arrachant violemment un morceau de pain pour le tremper dans le bol dans l'espoir que ce soit un peu plus savoureux.

—Je ne veux plus que tu travailles avec ces familles. Il est temps de t'arrêter.

La colère monta en elle et elle serra fermement sa cuillère.

—Est-ce que maman aurait arrêté ? Est-ce qu'elle aurait ignoré ceux qui avaient besoin d'elle dans une période comme celle-là ?

Elle observa son père prendre sa tête entre ses mains et se sentit coupable en voyant comme il était peiné. Avant, elle ne lui aurait jamais adressé des paroles aussi dures, mais les choses avaient changé. Elle n'était plus une petite fille prête à accepter aveuglément ce qu'on lui disait.

—Non, murmura-t-il. Non, mais ta mère n'est plus là, Emilia. Je n'ai que toi, tu ne comprends pas ? Que ferais-je sans toi ? Comment pourrais-je vivre ?

Emilia posa sa cuillère et le regarda dans les yeux. Elle détestait le voir aussi bouleversé – c'était son père et elle l'adorait – mais elle ne se sentirait pas coupable de faire son travail.

—Tu n'as pas que moi, *Tata*. Pourquoi as-tu accepté que Staś disparaisse pour rejoindre la résistance, mais ne veux-tu pas que j'aide ceux qui en ont besoin ?

Il secoua la tête et ses épaules s'affaissèrent davantage. Elle regretta aussitôt d'avoir mentionné son frère. Ils n'avaient pas vu Staś ni eu de ses nouvelles depuis plus d'un an, et après que sa femme était morte des suites d'une maladie et que son fils avait disparu pour se battre dans la résistance Żegota, elle craignait que cela soit insupportable pour son père. Mais cela ne suffirait pas à la faire cesser son activité.

—C'est différent, Emilia, finit-il par dire.

—Parce que je suis ta fille ? demanda-t-elle en reprenant sa cuillère pour se forcer à manger.

La seule chose qui rendait cette soupe comestible, c'étaient les minuscules morceaux de pomme de terre qui flottaient et l'étrange morceau de viande. Elle avait fait en sorte qu'un morceau de porc leur dure toute la semaine, mais c'était la fin.

—Oui.

Elle avala cuillerée après cuillerée en sachant que ça ne ferait pas grand-chose pour atténuer la faim qui grondait dans son ventre.

—Comment pourrais-je m'arrêter en sachant que des familles ont besoin de moi ? Que des bébés et des enfants sont condamnés à une mort certaine si je ne les aide pas ? Comment peux-tu me demander d'arrêter ?

Il croisa son regard, les yeux mouillés tandis qu'il posait ses mains sur la table.

—Emilia, je t'en prie. C'est tout ce que je te demande.

—Je ne peux pas et ne veux pas m'arrêter alors que mon aide est si précieuse ! S'il te plaît, n'essaie pas de me faire culpabiliser pour ça, *Tata*. Je ne veux pas qu'il y ait un froid entre nous, mais j'ai pris ma décision.

Un hochement de tête à peine perceptible lui indiqua qu'il l'avait entendue. Elle tendit alors la main sur la table pour couvrir les siennes.

—Je suis désolée, *Tata*, mais je ne peux pas rester les bras croisés. Tu le sais, murmura-t-elle alors que ses larmes coulaient lentement. Sauver des enfants, c'est le seul moyen que je connaisse pour apporter mon aide. C'est la seule chose que je puisse faire.

—Ta mère aurait été si fière, dit-il avant d'essuyer ses propres joues. Elle me manque tellement.

—À moi aussi, souffla Emilia. J'ai l'impression certains jours qu'elle est là avec moi, comme si elle allait entrer dans la pièce et l'illuminer par son sourire, et quand je mets un bébé au monde, je peux entendre ses paroles rassurantes tandis qu'elle dit à la mère qu'elle fait du bon travail.

Emilia regarda vers la cuisinière et imagina sa mère se tenir là en train de chanter tranquillement tandis qu'elle cuisinait un plat dont l'odeur emplissait toute la maison jusqu'à sa chambre d'enfant à l'étage.

—Je donnerais n'importe quoi pour manger sa soupe à l'oseille et à l'écrevisse, fit-elle remarquer. Si je ferme les yeux, je peux presque la sentir.

Pour la première fois depuis des jours, elle vit les yeux de son père pétiller.

—Ou son ragoût de chevreuil aux champignons, ajouta-t-il en faisant claquer ses lèvres. Nous avions de sacrés festins à l'époque.

Elle sourit et cligna des yeux pour chasser ses larmes.

—C'est vrai. C'était la bonne époque, et je te le promets, un jour nous récupérerons notre pays. Ça ne peut pas durer éternellement, je refuse de le croire. Un jour, nous rendrons hommage à maman en cuisinant ses recettes préférées, promit-elle en serrant les doigts de son père. On doit y croire, sinon, quel espoir nous reste-t-il ?

Son père détourna le regard et elle le vit se perdre de nouveau dans ses pensées.

—Mais je ne te dénoncerai jamais s'ils découvrent tes activités. S'ils viennent pour toi une nuit.

À cela, Emilia n'avait pas de réponse. Alors elle se leva, rinça son bol et allait tranquillement sortir de la cuisine, ne voulant pas imaginer ce que ça ferait d'être tirée de son lit par la Gestapo au beau milieu de la nuit.

Cette simple pensée lui donna un frisson qui perdurerait certainement jusqu'au lendemain matin.

—Emilia ? dit son père d'une voix rauque.

Elle se tourna pour l'écouter, étudiant son visage et la douleur qui semblait tirer ses traits.

—As-tu entendu parler de ce qui se passe à Varsovie ? De ce qu'ils font aux Juifs là-bas, dans les ghettos ?

Le souffle coupé, Emilia serra les dents et secoua la tête.

—J'ai entendu des rapports qui disent qu'ils ont rassemblé des milliers d'entre eux. Ils ont commencé à les charger dans des wagons à la gare. J'ai pensé que tu voudrais le savoir.

—Pour les amener où ? demanda-t-elle d'une voix à peine plus forte qu'un murmure.

—Je pense que personne ne le sait, répondit-il alors qu'elle le regardait se recroqueviller sur la table encore une fois. Tout ce que je sais, c'est qu'ils semblaient déterminés à se débarrasser d'eux. Jusqu'aux derniers.

Quand il était enfant, son père semblait fort et imperturbable. Il avait ensuite endossé avec plaisir son rôle de père qui prenait soin de sa famille et adorait la manière dont sa femme était révérée par leur communauté pour le travail qu'elle effectuait. Emilia voyait que la douleur causée par tous ces événements, par son incapacité à protéger ceux qu'il aimait, avait peu à peu brisé son père, comme s'il n'était plus qu'une coquille vide.

—Tout va bien se passer, *Tata*, murmura-t-elle en passant derrière lui pour le serrer dans ses bras.

—Non, *Kochanie*, murmura-t-il. Non. Ça n'ira pas bien.

***

Cela faisait plus de deux semaines qu'elle avait aidé Adela à accoucher et elle n'avait toujours pas de nouvelles. Emilia aurait aimé pouvoir lui rendre visite quotidiennement pour s'assurer que la mère et l'enfant se portaient bien, mais être vue là-bas serait trop dangereux, surtout quand la femme de la maison n'était pas enceinte. Cela éveillerait trop de soupçons.

Mais ce matin, quand elle sortit et alla récupérer son vélo dans l'abri, elle vit quelque chose qui faillit empêcher son cœur de battre. Sur la selle, il y avait une petite fleur, aplatie comme si elle s'était assise dessus en rentrant chez elle la veille. Seule Emilia pouvait savoir que c'était un signe : il était temps d'amener le bébé d'Adela en lieu sûr.

Elle ne savait pas grand-chose de la femme qui organisait le transport en dehors du fait que la résistance Żegota lui accordait toute sa confiance et qu'elle avait la responsabilité de mettre clandestinement des centaines d'enfants en sécurité. Et là, elle allait la rencontrer de nouveau.

Emilia regarda autour de l'abri pour essayer de voir ce qui avait été déplacé et trouver le message qu'on avait dû lui laisser quelque part. Si elle ne le trouvait pas, elle ne saurait pas où se rendre et ne serait d'aucune utilité pour quiconque.

Elle souleva deux pots de fleurs et fouina autour des vieux outils de jardinage de son père qui étaient couverts de toiles d'araignée et ne semblaient pas avoir été touchés depuis longtemps. Elle éternua à cause de la poussière qui se soulevait tandis qu'elle déplaçait des vieilles caisses en bois et des boîtes en métal. Ce ne fut qu'en ouvrant l'une d'elles qu'elle trouva le petit bout de papier roulé avec une ficelle. Elle s'empressa de défaire le nœud et de dérouler la feuille, et lut attentivement trois fois les mots imprimés avant de déchirer le papier en minuscules morceaux. Emilia regarda autour d'elle et s'étira comme si elle profitait simplement du soleil du matin, avant de remuer la terre au bord du potager et d'y enfoncer la poignée de bouts de papier. Elle les recouvrit de terre avec sa botte, puis récupéra l'arrosoir. Il contenait un peu d'eau de pluie qu'elle utilisa pour mouiller la petite motte.

Satisfaite d'avoir fait disparaître les preuves, Emilia prit sa bicyclette dans l'abri et la poussa jusqu'à la rue avant de l'enfourcher et de partir faire sa tournée. Mais même si elle espérait paraître calme, à l'intérieur, elle n'était qu'une boule de nerfs.

Hôpital 17 heures. Ce serait sa tentative la plus risquée pour extraire clandestinement un enfant ; par le passé, elle avait passé des heures à marcher ou à se cacher dans la forêt pour rejoindre des lieux de rendez-vous à l'abri, moins susceptibles d'éveiller les soupçons. Mais si on lui demandait de se rendre à l'hôpital, qu'il en soit ainsi. *Je ne suis qu'un soldat qui obéit aux ordres.* C'était en tout cas ce qu'elle se disait.

***

La journée passa dans le flou de ses visites. Emilia était consciente de ne pas être pleinement présente pour les femmes qu'elle venait voir. Elle se laissa porter et accomplit son travail, mais ne pensait qu'à ce qui allait se passer ensuite et au fait qu'elle aurait aimé pouvoir prévenir Adela. Mais elle ne pouvait pas se permettre de se rendre chez elle deux fois dans la même journée, et quoi qu'il en soit Adela ne voudrait pas courir le risque de compromettre le voyage de son enfant.

Mais c'était l'heure. Elle arriva à la maison comme la première fois, mais aujourd'hui, aucun tissu suspendu au fil à linge ne l'invitait à entrer. Ils savaient qu'elle reviendrait, ils savaient tous que le bébé ne resterait chez eux que peu de temps, mais quand elle surgit à l'improviste dans l'entrée, elle eut le sentiment d'être une intruse.

—Bonjour ? dit-elle en espérant n'effrayer personne.

Personne ne lui répondit, et quand elle traversa la maison, elle n'entendit aucune voix, aucun bruit. Tout était silencieux, malgré la famille qui était cachée dans le grenier.

—Bonjour ? répéta-t-elle.

Toujours pas de réponse.

Elle revint sur ses pas et ressortit, contournant la maison et étudiant les alentours. C'est là qu'elle vit les propriétaires de la maison, deux saladiers posés devant eux tandis qu'ils récoltaient les légumes pour le dîner. Emilia décida qu'il valait mieux qu'ils ne la voient pas, alors elle chercha elle-même l'échelle et la porta prudemment à l'intérieur pour la placer sous la porte du grenier. Une fois en haut, elle tapa trois fois et attendit avant de soulever la trappe. Elle monta sur le dernier barreau et passa sa tête dans l'ouverture pour trouver le mari d'Adela devant sa femme et son enfant, un bâton à la main, seule arme à sa disposition pour les protéger. Il le brandissait devant lui et l'abaissa lentement quand elle leva les mains en l'air.

—Je suis désolée de ne pas avoir pu vous prévenir avant, dit-elle en jetant un coup d'œil derrière lui à Adela qui berçait son bébé et déposait des baisers sur sa tête.

—C'est aujourd'hui ? murmura Adela en s'approchant.

—Oui, répondit Emilia. Je dois y être pour dix-sept heures. Nous n'avons pas beaucoup de temps.

Adela acquiesça et Emilia s'éclaircit la voix avant de leur tourner légèrement le dos. La dernière fois qu'elle était venue dans ce grenier, elle avait détourné le regard pour laisser un peu d'intimité au couple dans un moment joyeux. Aujourd'hui, elle leur laissait un moment pour faire ce qui pourrait bien être des adieux.

Elle serra les poings et enfonça ses ongles dans ses paumes, refusant de pleurer. Ces parents auraient au moins une chance de revoir leur enfant, leurs enfants, un jour. Tant de personnes avaient été enlevées, les plus âgés ou les malades, et rassemblées dans les forêts au début de l'occupation. On leur avait alors ôté la vie sans hésitation. Elle devait se rappeler qu'elle faisait au mieux pour tout le monde ; c'était la seule chance de préserver la vie de ceux qui, sinon, connaîtraient une mort certaine.

—Emilia, dit Adela, les bras vides quand la sage-femme se retourna. Pourrez-vous demander pour moi si mes autres enfants…

—Oui, promit-elle. J'essaierai d'obtenir toutes les informations que je pourrai.

—Nous ne pourrons pas rester cachés ici très longtemps, expliqua le mari d'Adela. On va bientôt devoir bouger.

—Où irez-vous ?

Il lui passa le bébé et elle le tint soigneusement avant d'attendre patiemment tandis qu'Adela embrassait son front une dernière fois.

—Nous cherchons une solution pour nous échapper. Si vous entendez parler de quoi que ce soit, si vous avez un moyen de nous aider à nous mettre en sécurité aussi…

—Je ferai mon possible.

Et c'était vrai. Ce n'était pas une promesse en l'air ; elle se renseignerait et ferait tout ce qu'elle pourrait pour les sauver, même si cela signifiait les faire déménager d'une maison à une autre elle-même.

Elle était à deux doigts de leur dire qu'ils pouvaient venir chez elle, même pour une courte durée, mais elle se ravisa. S'ils découvraient son travail, ou celui de son frère au sein de la Żegota, sa maison serait évidemment fouillée, ce qui mettrait ce couple encore plus en danger.

Alors elle ne dit rien tandis qu'Adela reculait et se cramponnait au bras de son mari, le visage blême pendant qu'elle contemplait son petit garçon. Emilia déposa soigneusement le nourrisson dans son sac en cuir, celui qu'elle portait chaque jour et qui ne susciterait aucun soupçon, tant que le bébé resterait calme.

Elle le ferma à moitié et le tint contre son corps avant d'adresser à Adela un long regard plein d'espoir.

—Je ferai tout ce que je peux pour mettre votre bébé en sécurité. Tant qu'il sera avec moi, je le considérerai comme mon propre enfant.

Adela sourit malgré ses larmes.

—Je sais, Emilia. J'aimerais juste avoir un moyen de vous rembourser ma dette.

Emilia se contenta de secouer la tête, comme si elle n'accepterait de toute façon rien de leur part, même s'ils avaient pu la dédommager. Sa mère lui avait appris l'importance d'aider les autres, de faire tout ce qu'on pouvait pour prendre soin de son entourage, et cela lui était resté depuis son enfance. Si sa mère avait pu la voir aujourd'hui, elle savait qu'elle se serait contentée d'acquiescer et de lui dire qu'elle faisait exactement ce qu'une bonne sage-femme était censée faire : veiller au bien-être et à la sécurité des enfants.

La maison était silencieuse quand Emilia était arrivée, mais à son départ, elle ne put ignorer les pleurs déchirants d'Adela. Quand la trappe fut remise en place, les bruits furent étouffés et elle espérait que le silence reviendrait rapidement dans la maison.

—Allez, petit bonhomme, murmura Emilia qui peinait à porter le sac en descendant l'échelle. Reste calme et tout se passera bien. Promis.

Emilia espérait juste que c'était une promesse qu'elle pourrait tenir.

***

—La voilà ! s'exclama une infirmière qui se précipita vers la porte de l'hôpital comme si elle avait guetté tout l'après-midi l'arrivée d'Emilia. Vite, on vous attendait !

Des soldats allemands étaient postés pas loin et Emilia sentit ses cheveux se dresser dans sa nuque quand elle descendit de son vélo en prenant soin de ne pas perdre l'équilibre quand son sac se balança légèrement. Elle se figea et pria pour que le bébé reste silencieux, malgré l'agitation et l'infirmière qui l'accueillait et la faisait entrer dans l'hôpital.

Sur le trajet, elle avait chantonné en pédalant et elle avait eu de la chance. Si elle avait été arrêtée, si les soldats lui avaient demandé d'ouvrir son sac… Emilia déglutit, un bras sur le cuir épais tandis qu'elle se laissait guider.

—Où est Irene ? demanda-t-elle à propos de la femme qu'elle pensait rencontrer.

L'autre femme secoua la tête et serra le bras d'Emilia.

—Continuez d'avancer, chuchota-t-elle à son oreille. Vous êtes ici en tant que sage-femme, je dois prendre votre sac, et vous allez simplement faire votre travail.

Emilia n'était pas sûre de tout comprendre, mais elle accepta, ne voulant pas les ralentir avec des questions.

—Au bout du couloir, auscultez toutes les femmes de la salle. Et quand il y aura de l'agitation à l'arrivée d'une ambulance, je veux que vous vous précipitiez pour monter à l'intérieur dès que les portières seront ouvertes.

Emilia n'eut pas le temps de répondre avant qu'elles n'arrivent dans la salle commune. Elle hésita quand son sac disparut avec la femme, mais elle savait qu'elle devait se fier au protocole et s'empressa de se rendre auprès de la première future maman en priant pour que le bébé d'Adela soit en sécurité sans elle. Elle attrapa le bloc-notes et salua avant d'examiner l'ensemble de la salle en se demandant si toutes les personnes présentes étaient impliquées dans cette opération. Mais tout ce qu'elle voyait, c'étaient des femmes à différents stades de travail. Elle n'en était qu'à la troisième patiente quand un cri retentit dans le couloir.

—Une ambulance est arrivée ! Où est la sage-femme ?

—Je suis là ! cria Emilia tandis qu'elle empruntait le chemin par lequel elle était arrivée en courant pour retrouver l'infirmière qui l'avait accueillie, son sac à la main.

Elle le lui prit et glissa aussitôt sa main à l'intérieur pour vérifier que le précieux paquet d'Adela était toujours là. Elle fut récompensée par des petits doigts qui serrèrent les siens et réussit à garder une partie de sa main à l'intérieur du sac alors qu'elle courait.

L'ambulance était garée juste à côté de l'entrée, et quand les portières arrière s'ouvrirent, elle vit Irene qui lui intimait de monter. La femme dans le véhicule était en plein travail, la peau couverte de sueur et le visage tordu par la douleur, mais elles l'ignorèrent quand Emilia passa le sac à Irene qui en sortit délicatement le bébé.

—Soulevez la planche, dit Irene.

Emilia se mit à genoux et tira sur la plaque qui couvrait le plancher du véhicule. Elle eut le souffle coupé en découvrant deux petits visages qui la fixaient, un garçon qui devait avoir peut-être cinq ans et une fille plus âgée de quelques années. Ils clignèrent des yeux, leurs petits doigts pressés contre leurs lèvres, comme pour lui dire de rester calme.

—Donnez-leur le bébé, dit Irene. Nous n'avons pas beaucoup de temps.

Emilia sortit du sac le bébé enveloppé dans une couverture jaune pâle, son petit visage commençant à se tordre pour lui dire qu'il avait faim ou qu'il allait se mettre à pleurer, ou les deux. La fille tendit les bras et installa le bébé entre elle et le petit garçon, et quelques secondes plus tard, Irene les recouvrait avec la planche et replaçait des serviettes et des couvertures pour la cacher. Emilia pria pour qu'ils puissent respirer, surprise que les enfants ne soient pas terrifiés là-dessous. Mais bien sûr, elle ne savait pas de quelles horreurs ils avaient été sauvés.

—Emmenez-la à l'intérieur, dit Irene. Fermez les portières quand vous serez sorties et frappez deux fois avec votre main. C'est le signal pour redémarrer. Si quelqu'un regarde, nous ne voulons pas attirer l'attention en faisant quoi que ce soit de différent de d'habitude.

Emilia acquiesça et récupéra son sac dans lequel Irene avait mis une serviette pour qu'il ait toujours l'air plein. Elle se tourna vers la femme en train d'accoucher, la rassura et lui attrapa le bras en regrettant de ne pas avoir été au courant : elle aurait apporté un fauteuil roulant.

La femme se leva, le souffle court, mais avant qu'Emilia ne rouvre les portières pour sortir, elle se tourna vers Irene.

—Les enfants que je vous ai apportés l'autre jour. Sont-ils en sécurité ? Sont-ils toujours en Pologne ?

Irene fit la moue et, pendant un instant, Emilia pensa qu'elle n'allait pas lui répondre.

—Ils sont vivants, c'est tout ce que vous devez savoir.

—Merci.

—Emilia ?

Elle se retourna.

—C'est peut-être votre dernière opportunité de mettre des enfants en sécurité avant un moment, après ce qui s'est passé à Varsovie. J'emmène ces trois-là dans un refuge local ce soir, mais s'il y a d'autres bébés ou enfants…

—Il vous les faudrait avant demain matin ?

—Oui.

—Comment pourrai-je vous contacter ?

—Je vous enverrai quelqu'un. Il surveillera votre maison jusqu'à l'aube, et s'il y a d'autres enfants cachés avec vous, ils seront les derniers que nous prendrons.

La gorge serrée, Emilia imagina la réaction de son père si elle cachait des enfants juifs chez elle. Mais elle le ferait, bien sûr qu'elle le ferait. Avait-elle le choix ?

Elle acquiesça et sortit de l'ambulance, servant d'appui à la femme à ses côtés. Mais elles avaient à peine fait quelques pas quand un mot qu'elle redoutait depuis longtemps retentit derrière elles.

—Halte !

Elle se figea et se tourna.

—Halte.

Deux hommes de la Gestapo marchaient au pas vers elles.

Emilia se tenait bien droite.

—Messieurs, cette femme est en grande détresse et sur le point d'avoir son bébé. S'il vous plaît, pouvez-vous nous accorder une peu d'intimité ?

Elle n'eut aucune réponse, mais l'un des soldats fit un pas en avant et passa son doigt sur le rebord de son sac qui était maintenant ouvert. Il l'étudia minutieusement, mais elle garda son sang-froid en espérant toutefois qu'il ne pouvait pas entendre les battements rapides de son cœur, et que les enfants dans l'ambulance resteraient miraculeusement silencieux.

Après avoir fouillé ses affaires, il dit quelque chose qu'elle ne comprit pas, mais elle vit Irene apparaître à l'arrière de l'ambulance, les mains en l'air.

Elles restèrent là toutes les trois pendant que le soldat se penchait à l'intérieur dans un silence assourdissant. Par chance, la femme à côté d'Emilia poussa un gémissement déchirant qui fit se retourner les deux soldats.

—Je vous en prie, puis-je l'amener à l'intérieur ? Pourquoi nous retenez-vous ?

Irene lui lança un coup d'œil, mais elles évitèrent vite de se regarder.

—Allez-y, finit-il par dire en agitant la main.

Irene remonta dans l'ambulance, Emilia ferma les portières et frappa deux fois pour indiquer qu'elle pouvait partir. Mais une fois à l'intérieur de l'hôpital, à l'abri de la vue des soldats, elle s'écroula contre le mur.

Seuls les cris de la femme dont elle devait s'occuper l'empêchèrent de s'affaler sur le sol.

Si les enfants avaient été découverts, je serais morte ou arrêtée à l'heure actuelle, et Irene aussi. Sans parler de ce qui serait arrivé aux petits.

Emilia sentit la bile monter dans sa gorge et elle se pencha en avant, incapable de se retenir de vomir sur ses chaussures.

5

1943

Emilia enfouit sa tête dans son oreiller, les couvertures tirées jusqu'au menton.

—Emilia !

Elle entendit son nom et gémit en remuant dans son lit. Ça ne pouvait pas déjà être le matin ? Elle avait l'impression qu'elle venait tout juste de fermer les yeux.

—Emilia !

Cette fois, son prénom fut suivi par une main rêche et tremblante sur son épaule. Elle cligna des yeux et découvrit qu'il faisait nuit noire, alors elle se redressa brusquement et vit son père à côté de son lit.

—*Tata ?* Qu'est-ce que c'est ? Qu'est-ce qui ne va pas ? Il s'est passé quelque chose ?

C'est Staś ?

—Quelqu'un est là, chuchota-t-il en posant la lampe à gaz sur la table de chevet. Il a tapé à la porte. Il a dit que tu te devais venir, vite.

Emilia était bien réveillée maintenant et bascula ses jambes sur le bord du lit tandis que son père s'asseyait lourdement à côté d'elle, son poids faisant s'affaisser le matelas. Elle lui avait toujours promis qu'elle ne ramènerait pas son travail à la maison, et là, quelqu'un était venu ?

—Je suis désolée. Ça doit être une urgence. A-t-il dit où je devais aller ?

—C'était un homme. Tout ce qu'il a dit, c'est que le nom Talia était suffisant pour que tu saches quoi faire.

Talia. Elle n'était pas censée accoucher avant deux bonnes semaines.

—Ça devait être son mari, murmura-t-elle.

—Emilia, je suis désolé, dit son père, les mains croisées sur ses genoux.

Elle était nostalgique du père qu'elle avait avant, celui qui semblait n'avoir jamais peur de rien, et alors qu'elle le regardait à la lumière vacillante de la bougie, elle prit conscience qu'elle ne reverrait probablement jamais cet homme.

—Tu n'as aucune raison d'être désolé, *Tata.*

Il prit ses mains dans les siennes et la regarda dans les yeux.

—Toute ta vie, je t'ai encouragée à être fidèle à toi-même. À être courageuse et aimante, à être comme ta mère, ajouta-t-il avant de secouer la tête. Mais dans ma crainte de te perdre, j'ai essayé de t'empêcher de faire les choses qui m'ont toujours rendu si fier, et j'en suis vraiment désolé. J'espère que tu me pardonneras.

Emilia enleva ses mains des siennes et écarta les bras pour étreindre son père.

—Je t'aime, *Tata.* Je regrette juste que la situation n'ait pas pu être différente pour nous.

Je regrette que maman ne soit pas encore ici à tes côtés.

—Moi aussi, ma chérie. Moi aussi.

Son père lui frotta l'épaule et elle lui sourit, les yeux mouillés par les larmes qu'elle ne retenait pas. Quand il eut quitté la pièce, elle s'habilla rapidement, récupéra son sac et passa la porte en courant. Si elle était surprise à vélo dans la nuit, elle pourrait toujours dire qu'elle allait travailler, mais même la meilleure excuse prévue pourrait ne pas suffire pour la sauver. *Ne parlons même pas d'avouer qu'elle allait accoucher une mère juive.*

Emilia pédala vite, reconnaissante qu'un voile de nuages couvre la lune. Il restait juste assez de lumière pour qu'elle puisse avancer, mais elle aurait aimé que cela puisse dissimuler sa présence. Quand elle jeta un coup d'œil par-dessus son épaule, la roue avant de sa bicyclette chancela, mais elle se rétablit rapidement, même si elle n'arrivait pas à se débarrasser du sentiment que quelqu'un l'observait. C'était parfaitement normal vu qu'elle était seule sur la route en pleine nuit, mais il y avait vraiment quelque chose qui la dérangeait.

Quand elle arriva à destination presque vingt minutes plus tard, le pouls d'Emilia était rapide et sa peau, trempée de sueur. Mais elle ne s'arrêta pas et se rendit à l'arrière pour trouver un endroit où cacher son vélo avant de se précipiter à l'intérieur. Emilia avait frappé à la porte en entrant et fut accueillie par un homme dans tous ses états qui serrait son chapeau dans sa main.

—Où est-elle ? demanda Emilia.

Il l'invita à le suivre et ils traversèrent la maison jusqu'à une chambre où Talia se tenait debout, cramponnée au cadre de lit en laiton.

—Vous ne voulez pas aller au sous-sol ? demanda-t-elle au mari de Talia alors qu'elle posait son sac. Vous êtes sûrs qu'on fait bien de rester ici ?

—Je ne la ferai pas descendre là-bas, pas pendant le travail, dit une voix féminine qui n'était pas celle de Talia.

C'était la maîtresse de maison qui était aussi en fin de grossesse et s'avérait être la meilleure amie de Talia depuis l'enfance.

Emilia s'approcha d'elle.

—Anna, depuis combien de temps est-elle dans cet état ?

—Quelques heures. On pensait que ça prendrait un peu de temps, comme vous l'aviez dit, puisque c'est son premier. Mais il y a quelque chose qui ne va pas.

Emilia acquiesça et se dirigea vers Talia tandis que son mari quittait la pièce et refermait la porte derrière lui. C'était toujours plus facile quand il n'y avait pas d'hommes dans leurs pattes.

—Dites-moi ce qui ne va pas, dit Emilia avec douceur en lui frottant le dos. Ressentez-vous le besoin de pousser ?

Quand elle se tourna vers elle, Talia était livide et trempée de sueur. Emilia n'eut pas besoin d'en savoir plus : quelque chose n'allait pas.

—Venez, on va vous installer sur le lit pour que je puisse vous examiner.

Emilia souleva la chemise de nuit de Talia tandis qu'elle poussait un cri de douleur et la toucha aussi délicatement qu'elle le put avant d'étouffer elle-même un gémissement. Ce serait un premier accouchement douloureux. *Maman l'aurait-elle deviné plus tôt ? L'ai-je manqué la dernière fois que je l'ai examinée ?* Elle n'aurait pas pu faire grand-chose pour changer la situation, en dehors d'essayer certaines manipulations aux chances de réussite limitées, mais au moins, elle aurait pu préparer psychologiquement Talia.

—Talia, votre bébé se présente du mauvais côté. L'accouchement va être plus difficile que je l'avais espéré.

Talia écarquilla les yeux, mais Anna était à ses côtés et lui caressait les cheveux pendant qu'Emilia lui parlait.

—Est-ce que ça ira pour le bébé ? murmura Talia.

—Votre bébé ira très bien, la rassura Emilia. Le problème, c'est que c'est plus difficile d'accoucher d'un bébé par le siège. Et son dos est face à votre dos, donc quand vous commencerez à pousser, ce sera plus douloureux que s'il ou elle était de l'autre côté.

Talia avait l'air terrifiée et cela ne surprenait pas Emilia.

—De très nombreuses femmes ont donné naissance ainsi, expliqua-t-elle pour l'apaiser.

Elle la réexamina en douceur en tenant la main de Talia tandis qu'une contraction durcissait son corps et la faisait crier.

—J'ai besoin que vous imaginiez votre bébé dans vos bras, ce que ça fera de tenir votre propre enfant. Pensez-vous que c'est un garçon ou une fille ?

—Une fille, cria Talia.

—Une gentille petite fille, voyez-vous ça ? dit Emilia avec le sourire.

Mais tout ce qui préoccupait la sage-femme, c'était de trouver un moyen de faire progresser le travail plus vite. Depuis l'insurrection de Varsovie, son métier était devenu encore plus dangereux, et si elle voulait mettre le bébé en sécurité, elle aurait besoin de la protection de la nuit.

***

Emilia s'assit à côté du lit et observa Talia qui tenait son bébé dans ses bras, contre sa poitrine. *Née pour être mère*. C'était ce que sa mère aurait dit, avec un air satisfait, si elle avait été là. *Mais c'est différent aujourd'hui, maman. Je ne peux pas sourire, pas en sachant qu'ils ne pourront pas rester ensemble, pas en sachant ce qui risque de leur arriver. Tout ce que je vois, c'est un cœur brisé.*

—Vous aviez raison ; c'est bien une petite fille, dit Emilia en tendant le bras pour caresser doucement le haut de la tête du bébé avec le dos de ses doigts.

Talia leva les yeux et sourit.

—Comme vous aviez raison pour la douleur.

Emilia grimaça.

—J'aurais aimé pouvoir faire plus pour vous soulager.

Talia contemplait de nouveau son bébé et Emilia remua sur son lit tandis qu'elle essayait de trouver les bons mots.

—Il faut que je vous demande quelque chose, Talia, dit-elle alors qu'Anna revenait dans la chambre. Vous souvenez-vous de ce dont nous avons parlé la dernière fois ?

Talia acquiesça, les yeux remplis de larmes alors qu'elle serrait son bébé contre elle.

—Je ne peux pas vous garantir que nous pourrons mettre votre bébé en sécurité, mais je suis prête à essayer, déclara Emilia avant de marquer une pause alors qu'Anna s'asseyait de l'autre côté du lit. Vous comprenez ce que j'essaie de…

—Je ne te laisserai pas l'abandonner, Talia, l'interrompit Anna. Ne pourrions-nous pas dire que j'ai eu des jumeaux ? Ne pourrions-nous pas trouver un moyen de la garder ici, comme si c'était mon enfant ? Il doit y avoir une solution autre que l'envoyer loin ? Comment un bébé aussi jeune pourrait-il survivre sans sa mère ?

Emilia étudia les deux femmes.

—La décision vous revient, Talia. Je vous suggère d'en discuter avec votre mari pendant que je range mes affaires, mais si je dois la prendre, hésita-t-elle, ce devra être rapidement.

La vérité, c'était qu'il était désormais presque impossible de faire sortir clandestinement quelqu'un de Pologne, mais elle ne le dirait pas à Talia. C'était la meilleure chance qu'ils avaient de garder leur enfant en vie. Peut-être leur seule chance.

Peu de temps après, Talia l'appela d'une voix douce et pleine d'émotion. Emilia s'approcha d'elle alors que ses propres larmes coulaient sur ses joues quand elle vit la jeune maman déposer un long baiser sur le front de son bébé, ses doigts entremêlés à ceux du nouveau-né et la respiration tremblante.

—Prenez-la, dit Talia en la levant dans ses bras. Mettez-la en sécurité, Emilia. Je vous en prie.

Elle regarda d'abord Talia, puis son mari, qui était venu s'asseoir dans un fauteuil près du lit. C'était un homme brisé.

—Vous êtes sûrs ? demanda-t-elle en prenant le bébé dans ses bras.

—Oui, confirma Talia alors qu'Anna sortait de la chambre en pleurant.

Emilia ne pouvait pas imaginer ce que ça faisait, la douleur de savoir que sa meilleure amie devait abandonner son bébé alors qu'elle serait autorisée à garder le sien.

—Je vous promets de faire tout mon possible pour la protéger.

Talia lui toucha la main.

—Je le sais. Je vous fais confiance, Emilia. Nous vous faisons confiance.

—On enregistre chaque bébé, chaque nom, les informa Emilia. Si vous survivez à la guerre, quand tout sera terminé…

—Elle pourra nous retrouver, dit le mari de Talia avec la voix bourrue d'un homme qui étouffait son émotion. Ou nous pourrons la retrouver.

Emilia n'hésita pas quand ils lui firent tous les deux un signe de la tête ; elle prit son sac et regarda à l'intérieur. Mais la petite fille n'avait même pas une heure. Pouvait-elle vraiment la déposer là-dedans et s'attendre à ce qu'elle reste silencieuse ? Elle leva les yeux et vit un manteau sur une chaise.

—Pensez-vous que je puisse prendre ça ? Ainsi, je pourrai la garder plaquée contre ma poitrine. Je pense que ce serait plus sûr et qu'elle serait au chaud.

Talia se leva en grimaçant avant d'aider Emilia à enfiler le manteau et de positionner soigneusement la petite fille contre elle, une main sur la douce petite tête de son bébé.

—Elle s'appelle Eva, dit Talia avant de poser sa main sur la joue d'Emilia et de murmurer : Merci.

Emilia resta là un instant, plongée dans les yeux de Talia ; elle aurait voulu pouvoir lui prendre un peu de sa peine. Mais elle savait que le seul moyen de l'aider était de partir, alors elle rassembla ses affaires et rejoignit le chemin qu'elle avait parcouru quelques heures plus tôt en sens inverse.

Je ne m'y habituerai jamais. Tant que je vivrai, je n'oublierai jamais les pleurs de chaque mère alors que je lui enlève son enfant.

Et tandis qu'elle pleurait, que ses larmes coulaient et étaient séchées par la brise, elle fit le trajet de retour jusque chez elle, sa souffrance apaisée seulement par la chaleur du minuscule corps pressé contre le sien sous le manteau qu'elle avait emprunté.

Quand le bébé émit un petit bruit, Emilia se mit à chanter doucement, dans l'espoir de la calmer et d'empêcher que quelqu'un l'entende, même si personne ne devait être dehors à cette heure. Le ciel commençait tout juste à s'éclaircir. Tout le monde dormait encore.

Un bruit la fit sursauter et elle chancela sur son vélo en essayant de comprendre ce que c'était et d'où ça venait. Emilia jeta un coup d'œil sur le côté sans rien voir, mais quand elle tourna à l'angle de la rue, son sang se glaça. Une patrouille allemande bloquait la route, ce qui signifiait qu'elle n'aurait pas d'autre option que de s'arrêter.

Elle continua à pédaler, chantonnant encore jusqu'à ce qu'elle soit plus près, alors qu'elle étudiait les hommes de la Gestapo dans leurs vestes parfaitement taillées ceinturées à la taille et leurs hautes bottes noires qui permettaient de les identifier au premier regard.

—Halte !

C'était la deuxième fois en deux jours qu'Emilia entendait cet ordre, et cette situation était encore plus terrifiante que la première. Elle ralentit, dérapa en posant ses bottines au sol et s'arrêta à une distance raisonnable. Même si ce n'était pas judicieux de sa part, elle jeta un coup d'œil derrière elle et découvrit trois autres membres de la Gestapo qui se rapprochaient avec une démarche lente et pleine d'arrogance. Elle n'avait aucune issue.

Ce n'est pas une patrouille de routine. Ils savaient que je serais là. Quelqu'un m'a trahie.

Elle sourit malgré sa nervosité, se rappelant comme ils avaient toujours apprécié quand elle leur souriait et leur adressait un signe de la main par le passé. Son seul espoir désormais était de les charmer, alors elle passa ses doigts dans ses cheveux.

—Nom ? aboya l'un des hommes.

—Emilia Bauchau, répondit-elle d'une voix claire et retentissante dans le matin calme. Je suis sage-femme et je reviens d'un accouchement.

Elle souriait en glissant sa main dans son sac avec des mouvements lents et posés pour ne pas leur montrer comme elle était terrifiée. Elle les avait toujours vus comme des prédateurs, capables de sentir la faiblesse et la peur de leur proie, qui estropiaient et tuaient quiconque osait se dresser sur leur passage.

—Voulez-vous voir ma carte d'identité ?

Quand les hommes ricanèrent en échangeant un regard, un creux grandit dans son ventre. Elle peinait à maîtriser sa nervosité et espérait qu'ils ne verraient pas que ses mains tremblaient. Ses charmes ne lui seraient d'aucune utilité cette fois.

—Je m'excuse sincèrement d'avoir enfreint le couvre-feu, mais c'était une urge…

Elle s'interrompit quand un homme lui arracha son sac et vida son contenu par terre devant elle.

—Urgence médicale, finit-elle en observant ses affaires éparpillées à ses pieds.

Heureusement qu'elle n'avait pas mis le bébé dans ce sac, comme la dernière fois.

Emilia serra les poings pour s'empêcher de poser ses mains sur le petit être qui se tenait miraculeusement silencieux jusqu'ici. Elle ferma les yeux et imagina le nouveau-né en train de sucer son petit poing, blotti contre elle.

—Où étiez-vous ?

Elle plaqua un sourire sur son visage.

—Monsieur, j'ai assisté une femme lors de son accouchement. Je m'excuse d'avoir enfreint le couvre-feu, mais les bébés obéissent rarement à un emploi du temps.

Emilia entendit le tremblement dans sa voix et sut qu'ils l'entendaient aussi. Comment aurait-il pu en être autrement ?

—Y a-t-il un problème ?

Emilia observa le garde sortir une cigarette Strum de l'intérieur de sa veste et prendre son temps pour l'allumer avant d'en proposer à son camarade. Elle tint sa langue même si elle avait envie de le réprimander et de lui rappeler que son cher Führer n'autorisait plus la Gestapo à fumer. Quand il lui en offrit une, elle se contenta de secouer la tête.

—Je vais vous poser la question encore une fois, dit le même homme en soufflant la fumée directement dans son visage.

Emilia toussa mais ne tourna pas la tête, soutenant son regard pour qu'il ne perçoive pas sa peur.

—Où étiez-vous ? répéta-t-il.

Des pensées toutes désespérées et inutiles se bousculèrent dans la tête d'Emilia. Elle s'imagina tomber à genoux pour implorer leur pardon ou se débrouiller pour remonter sur sa bicyclette et s'enfuir dans les bois. Mais elle savait qu'aucun de ces plans ne changerait l'issue de cet interrogatoire ; la Gestapo aimait chasser et elle les avait déjà vus lâcher leurs chiens derrière ceux qui essayaient de fuir, avant que le bruit des balles ne résonne dans la forêt.

Je suis désolée, Tata. *Je suis tellement désolée de te laisser seul. Je suis tellement désolée de t'avoir fait ça.*

Quelqu'un était responsable de tout ça. Quelqu'un avait appris où elle allait, l'avait suivie et dénoncée à la Gestapo, il n’y avait pas d’autre explication. Et elle allait le payer de sa vie.

—Nous savons qui vous êtes, mademoiselle Bauchau, dit l’autre homme qui, jusqu’à présent, était resté silencieux. Si vous voulez rester en vie, je vous suggère de répondre à cette question.

Emilia ferma les yeux. Rien ne pourrait la faire parler, rien ne la ferait abandonner les familles pour lesquelles elle s’était battue. *Rien.*

Quand le bébé bougea contre elle, son cœur s’emballa. Elle avait fait une promesse à Talia, mais elle allait la rompre.

6

Emilia ne perçut le mouvement soudain que trop tard. L'homme qui lui parlait avait fait un pas en arrière et lui soufflait de nouveau sa fumée au visage, si bien qu'elle n'avait pas remarqué son collègue bouger. Elle poussa un cri aigu quand il l'attrapa violemment par les cheveux et la fit descendre de son vélo. Elle se débattit et agita les bras pour retrouver l'équilibre. Elle garda un bras sur son ventre dans l'espoir désespéré de protéger le bébé, mais il la tira si fort par les cheveux qu'elle eut l'impression qu'ils allaient s'arracher de son crâne.

La chance l'abandonnait. Elle ne mettrait pas le bébé en sécurité. Elle ne rentrerait pas auprès de son père.

C'était fini.

—Vous n'avez pas compris la question ? demanda-t-il en esquissant un sourire suffisant tout en enroulant les cheveux d'Emilia autour de sa main, lui arrachant un nouveau cri.

Elle étudia ses yeux bleus si froids qu'elle dut détourner le regard.

—Où étiez-vous ?

Elle jeta un coup d'œil au pistolet à sa taille qui aurait pu être à sa portée si elle avait pu juste lui donner un coup de pied. Comme s'il lisait dans ses pensées, il lâcha ses cheveux et lui asséna un coup de botte quand elle tomba en arrière.

—Non ! cria Emilia, les mains levées pour protéger le bébé.

Elle essayait tant bien que mal de se relever quand la petite se mit à pleurer. Même si son cri était faible et chevrotant, il était impossible à ignorer.

C'est alors qu'elle vit les deux hommes sourire.

—Qu'est-ce qu'on a là ? demanda l'un tandis qu'ils échangeaient un regard.

Il écrasa sa cigarette sous sa botte noire vernie et s'avança lentement vers elle. Elle le regarda, terrorisée.

—Debout.

Emilia obéit, les bras croisés sur son ventre, sur l'enfant. Il ne servait à rien de prétendre le contraire, ils savaient qu'il y avait quelque chose sous son manteau. Elle se leva devant eux en tremblant ; une larme lui échappa et coula lentement sur sa joue.

Je suis désolée, petite puce. Vraiment désolée.

Cette fois, elle vit la main s'approcher d'elle, mais elle fut suivie par une autre pour ouvrir son manteau et lui écarter les mains ; le précieux paquet tomba par terre.

—Regardez ça, dit l'un des hommes en considérant le bébé qui pleurait dans le silence du matin, sa couverture tombée à côté de lui.

La petite fille était sans défense, son petit corps exposé aux éléments au lieu d'être choyé.

—S'il vous plaît, je vous en prie, laissez-la tranquille, dit Emilia en regardant les hommes devant elle tour à tour alors qu'elle aurait tant voulu pouvoir serrer le nouveau-né contre sa poitrine.

Elle n'avait que quelques heures, elle ne survivrait pas longtemps sans lait ni chaleur.

—Prenez-le, aboya-t-il.

Le soldat qui se tenait derrière elle jusqu'ici s'approcha et attrapa brusquement le bébé comme s'il ramassait un simple objet et non un être vivant.

Il saisit Emilia par le col. Cette fois, elle resta sur ses pieds, mais elle peina à le suivre en passant devant sa bicyclette abandonnée.

Il ne leur fallut que quelques minutes pour retourner chez Anna. Elle vit alors d'autres membres de la Gestapo qui attendaient avec de gros chiens d'attaque menaçants au bout de laisses en cuir. Des bergers allemands, capables de lui arracher les membres un à un si elle envisageait de s'enfuir.

Emilia s'essuya rapidement les joues ; elle ne voulait pas qu'on voie ses larmes. Elle avait toujours su que ce jour finirait par arriver. Elle devait se montrer forte, elle devait se rappeler tout le bien qu'elle avait fait. Quelqu'un lui avait dit un jour que le seul signe qu'on en avait fait assez contre Hitler et sa tyrannie était de mourir, parce que ce n'était que là qu'on savait qu'on avait fait tout ce qu'on pouvait, pris tous les risques possibles pour sauver l'autre. Au moins, elle pouvait garder la tête haute.

Quand ils s'arrêtèrent, ils forcèrent Emilia à s'agenouiller, les mains menottées dans le dos. Elle observa les maisons devant elle, se demandant si le traître était ici et assistait à la scène ou si la personne qui l'avait dénoncée vivait plus près de chez elle. Elle ne le saurait sûrement jamais. Elle ne vit pas un rideau remuer alors qu'elle essayait de lever la tête tout en évitant de regarder la brutalité avec laquelle le bébé était manipulé.

—Reconnaissez-vous l'une de ces maisons ?

Elle leva haut le menton ; c'était son seul moyen de les défier.

—Non.

Elle reçut un coup de poing dans la mâchoire si violent qu'elle tomba en arrière. Comme elle ne pouvait pas utiliser ses mains pour amortir le choc, sa tête heurta la terre. Quand il l'attrapa par les cheveux pour la relever, elle remarqua autour de ses doigts des mèches qu'il avait arrachées de son cuir chevelu.

Malgré la douleur qui se répandait dans tout son visage, elle se redressa. Elle essaya d'ouvrir la bouche et sentit le goût du sang.

—Êtes-vous entrée dans l'une de ces maisons ce soir ?

Il la toisa du regard et elle vit ses narines se dilater quand elle ne donna aucune réponse.

—Où se cachent-ils ? Dites-nous où sont les Juifs.

Emilia ferma les yeux. Elle préférait ne pas voir la main se lever et se préparait à l'impact sur son visage. Mais ce fut son ventre qu'il frappa avec le talon dur de sa botte, lui coupant la respiration alors qu'elle trébuchait en arrière et qu'une douleur cuisante explosait en elle. Mais cette fois, elle se redressa rapidement et se força à se remettre à genoux, les poings serrés.

Rien ne pourra me faire céder. Je ne leur dirai jamais rien. J'emporterai le secret de ces familles dans ma tombe.

—Apportez le bébé, cria-t-il si près d'elle qu'elle reçut ses postillons sur le visage.

Elle tourna la tête, mais il vit son air de défi et attrapa son menton qu'il serra fermement entre ses doigts et son pouce pour la forcer à regarder le bébé. Quand il renforça sa prise, elle sentit comme des pics dans toute sa mâchoire.

Elle saignait, elle s'en aperçut en baissant la tête, alors que du sang coulait sur le poignet de l'Allemand.

—Tu vas me regarder le tuer, siffla-t-il. Tu sauras que cet enfant est mort juste parce que tu n'as pas voulu parler.

Non.

—Non ! cria Emilia tandis que le bébé était pendu par ses minuscules jambes.

La bête meurtrière déguisée en homme utilisa son autre main pour prendre son pistolet à sa ceinture, cette arme qu'elle aurait aimé attraper quand elle en avait eu l'occasion, si elle avait eu le cran.

—Je vous en prie, non !

Il lâcha son menton et elle trébucha, horrifiée quand elle vit Talia sortir de la maison. Elle voulut lui crier de courir. Mais la jeune mère, à peine remise de son accouchement, se précipita en chemise de nuit, ses pieds nus soulevant la poussière. Elle se jeta sur son bébé et la rattrapa juste à temps alors qu'on la lâchait négligemment.

—Talia, cria Emilia. Vous n'auriez pas dû sortir, vous…

—Vous m'aviez promis de la mettre en sécurité ! hurla Talia, hystérique en s'écroulant par terre, couvrant son bébé de son corps pour le protéger instinctivement. Vous m'aviez promis, Emilia. Qu'avez-vous fait ?

J'ai essayé de tous vous sauver. Je n'ai pas parlé parce que je voulais épargner vos vies, épargner les vies de tout le monde ici. Je serais morte pour vous, Talia. Mais bien sûr, elle garda ces paroles pour elle, ne voulant pas amplifier la douleur indicible qui devait étreindre Talia.

Emilia leva la tête et, quand les chiens se remirent à aboyer, quand les hommes dans leurs uniformes parfaitement ajustés marchèrent vers les maisons, les deux femmes oublièrent où elles étaient. Emilia rampa pour se rapprocher de Talia. Elles ne pourraient pas s'échapper, elles ne pourraient pas sauver les enfants ni essayer d'empêcher que qui que ce soit soit blessé. C'était fini.

—Que font-ils ? cria Talia en portant Eva.

Emilia se rapprocha d'elle comme elle le put, les mains toujours liées, regrettant ne pas pouvoir la serrer dans ses bras.

—C'est fini, Talia.

—Pourquoi entrent-ils là-bas ? Que vont-ils faire ?

Que pensez-vous qu'ils vont faire ? Comment pensez-vous vraiment que ça va se terminer ?

—Il aura suffi d'un traître, dit-elle doucement alors que Talia s'arrêtait enfin de marcher.

Emilia se tenait à côté d'elle quand ils défoncèrent la première porte. Des cris résonnèrent dans la rue silencieuse, et son corps se mit à trembler.

—Un traître et toutes les personnes liées à moi, à vous, à cette rue, seront traquées jusqu'à la dernière. Ils ne s'arrêteront pas avant d'avoir attrapé tout le monde.

Tant de familles avaient pris des risques, et pour quoi ? Tout est terminé maintenant, tant de vies sont sur le point d'être emportées dans une rafle cruelle.

Elle aurait aimé se tromper, se sacrifier et sauver tous les autres du sort qui était désormais le leur. Mais à l'instant où Talia était sortie de la maison, à l'instant où elle avait décidé de sauver son enfant, elle avait aussi scellé le destin de tous ceux qu'elle aimait.

Emilia refusait de penser à son père, à ce qu'ils lui avaient peut-être déjà fait. Était-il encore en vie ou étendu, inerte, dans leur maison ? L'envisager était trop dur.

—Ils ne feront pas de mal à Anna, hein ? chuchota Talia en se tournant vers Emilia, ses yeux écarquillés trahissant sa peur. Que feront-ils de nous ? Nous laisseront-ils rester ensemble ? Vont-ils nous amener quelque part ?

Emilia se rapprocha d'elle et elles sursautèrent quand un couple de personnes âgées fut expulsé de leur maison avec une telle force qu'on aurait pu entendre leurs os se briser. Mais Emilia savait que ce qu'elle n'oublierait jamais, c'étaient les cris des enfants ; tout comme ceux des mères forcées d'abandonner leur chère progéniture, elle savait qu'ils resteraient gravés en elle à jamais et la hanteraient dans son sommeil.

Elle refusait de se détourner ; il fallait qu'elle fasse face à cette cruauté, elle avait besoin de la voir.

Ses poignets la faisaient souffrir ; à force de bouger les mains, le métal lui entaillait la peau. Quand elle ouvrit la bouche, la douleur irradia dans toute sa mâchoire déjà enflée et elle eut l'impression que sa tête allait exploser.

—J'ai peur, Emilia, dit Talia en se blottissant contre elle.

—Moi aussi, répondit-elle. Mais tout ce qu'on peut faire, c'est rester fortes. On doit se battre pour rester en vie, Talia. Nous n'avons pas le choix.

Mais quand d'autres cris retentirent, les cris de désespoir des gens qui étaient arrachés à leur maison, elle ne fut pas convaincue que rester en vie était la solution face à une telle violence. Plus maintenant.

Elle regarda Talia bercer son bébé, cette petite créature précieuse et innocente, victime involontaire de la guerre. *Si je pouvais donner ma vie pour sauver les leurs, je le ferais sans hésiter.*

7

Quand on lui retira enfin les menottes, Emilia massa délicatement sa peau à vif tandis qu'on la poussait brusquement pour avancer. Elle ne pouvait pas lever les yeux, ne pouvait pas supporter de voir les visages des gens autour d'elle. Ces gens qui lui avaient confié les vies de ceux qu'ils aimaient ainsi que d'autres qu'elle ne connaissait pas. Talia l'accompagnait alors qu'ils rejoignaient un grand groupe de personnes blotties les unes contre les autres, certaines ne portant qu'une chemise de nuit légère, d'autres vêtues de leurs vêtements d'extérieur de pied en cap, comme si elles s'étaient couchées en s'attendant au pire.

Emilia faisait partie des chanceux qui portaient des bottines, une robe chaude et un manteau, même s'il ne se fermait plus depuis que le garde l'avait déchiré. Elle l'ôta pour le poser sur les épaules de Talia. Elle n'avait pas pu l'aider plus tôt, mais maintenant que ses poignets étaient libres, cela lui semblait normal d'essayer de lui offrir un peu de chaleur. Elle venait d'accoucher… elle aurait dû être en train de se reposer dans son lit pour retrouver des forces après un travail aussi difficile, pas se tenir debout dehors.

—À qui appartient cette maison ? cria l'un des Allemands.

Il faisait jour maintenant, même si le soleil était caché par les nuages. Emilia leva la tête pour regarder la maison qu'ils désignaient. C'était celle dans laquelle Talia s'était cachée. Elle regarda sur le côté, la gorge serrée, et vit Talia pâlir.

—Non, murmura cette dernière.

Emilia lui prit la main et la serra fort tandis que les chiens se remettaient à aboyer.

—Ne dites rien. On doit rester calmes.

—À elle, dit quelqu'un.

Emilia s'avança légèrement, lâchant la main de Talia pour essayer de voir qui c'était, qui avait trahi l'amie de Talia si promptement sans réfléchir à ce qui pourrait leur arriver.

—C'était à elle, dit une autre personne. Et à lui.

Emilia ferma les yeux quand elle vit une vieille femme lever la main et pointer un doigt tremblant. Elle rattrapa la main de Talia et entremêla leurs doigts, sursautant en entendant le coup de feu. La peur faisait ressortir le pire chez certaines personnes. Le groupe retint son souffle et, quand tout le monde s'écarta légèrement, Emilia vit le mari d'Anna qui s'effondrait. Mais autre chose attira son regard : une femme en robe blanche courait vers le bois voisin, les bras sur son ventre rond. Elle se dirigeait vers la zone où Emilia s'était cachée avec les enfants plusieurs mois plus tôt quand elle avait aidé à les faire partir clandestinement.

Elle entendit le coup de feu, vit la silhouette tomber. Anna s'écroula par terre, l'arrière de sa tête blonde couverte de sang, le corps déformé. Inanimé.

—Que ce soit une leçon pour vous tous.

Talia hurla et Emilia l'attrapa pour la serrer dans ses bras. Des cris et des murmures s'élevèrent de la foule, et on leur demanda de se mettre en marche. Leurs ravisseurs, arme à la main, riaient et plaisantaient, donnant des coups de botte à quiconque tombait. Tandis qu'ils avançaient vers une destination inconnue, le pire était d'entendre les coups de feu derrière eux ; le corps d'Emilia frémissait à chaque bruit inattendu. Ceux qui tombaient n'avaient pas droit à une seconde chance, mais elle ne les regardait pas, refusant de voir si ce qu'elle devinait était vrai.

—Où croyez-vous qu'ils nous emmènent ? demanda quelqu'un.

—Est-ce qu'on va marcher jusqu'à la gare ?

—La gare ? Ils nous transportent quelque part ?

Emilia entendait leurs questions qui faisaient écho à celles qu'elle avait déjà en tête. Elle était au courant pour ces endroits où ils amenaient les Juifs et ceux qui les avaient aidés.

Mais à cet instant, tandis qu'ils marchaient au pas dans la rue, elle vit un homme seul, son chapeau serré sur sa poitrine. Elle espérait que ses yeux trouveraient les siens et quand il la vit enfin, elle dut se retenir pour ne pas crier. Ce fut le moment le plus douloureux qu'elle ait jamais connu, plus éprouvant encore que quand sa mère était morte.

Tata. Il l'avait vue et il était vivant. Son visage était intact. Ses yeux avaient croisé les siens. Il était sain et sauf.

Emilia ne le quitta pas du regard, portant ses doigts à ses lèvres pour lui envoyer un baiser même si cela lui fit terriblement mal à la mâchoire, jusqu'à ce qu'elle ne puisse pas plus tourner la tête ; mais ses pas étaient plus légers, la douleur en elle s'était atténuée. Ils pourraient lui faire n'importe quoi, tout ce qui comptait pour elle, c'était que son père avait été épargné. Pour le moment en tout cas.

Elle aida un vieillard en l'attrapant par le coude quand il trébucha, et elle remarqua que tout le monde faisait de son mieux pour aider les autres maintenant qu'ils avaient vu ce qui arrivait aux plus lents du groupe. Ce fut alors qu'Emilia se rendit compte que le mari de Talia ne se trouvait pas parmi eux.

—Talia, murmura-t-elle. Où est Luke ?

Il avait pris tous les risques pour aller chercher Emilia la veille, mais là, il était introuvable. Faisait-il partie du groupe ? Il y avait eu beaucoup d'agitation, mais elle ne se souvenait pas l'avoir vu.

Talia se contenta de secouer la tête et Emilia se demanda s'il avait réussi à rester caché. S'ils l'avaient trouvé, ils l'auraient sûrement exécuté pour en faire un exemple, non ?

Ils continuaient d'avancer et Emilia remarqua que de nombreuses personnes autour d'elle qui étaient pieds nus avaient commencé à ralentir. Les pieds de Talia étaient blessés et du sang s'étalait sur sa peau, mais quand Emilia tendit les bras pour porter sa fille à sa place, elle refusa et la serra contre elle. Elle espérait juste que Talia ne saignait pas trop après l'accouchement. Elle avait dû la recoudre et elle n'était pas sûre que les points supporteraient une marche aussi épuisante.

Elle avait entendu des rumeurs sur la disparition de Polonais qui étaient arrêtés, puis forcés à travailler dans des camps, mais lorsqu'elle vit les wagons de marchandises de ses propres yeux, elle comprit ce qui leur arrivait. C'était le genre de transport habituellement réservé au bétail ou aux produits alimentaires, et quand ils s'approchèrent des rails, Emilia découvrit qu'ils n'étaient pas les seuls à avoir été rassemblés ce soir.

Des groupes de femmes et d'enfants étaient réunis et forcés de monter dans les voitures. *Dix, quinze, vingt, trente... quarante.* Emilia arrêta de compter. Comment autant de personnes pouvaient-elles tenir dans un si petit espace ? C'était comme si c'était une illusion et qu'ils allaient en sortir de l'autre côté.

Finalement, la porte du wagon se ferma devant eux et elle ne put qu'imaginer la terreur d'être plongé dans le noir. Il ne devait pas y avoir de lumière, d'air ou quoi que ce soit.

—*Bewegung !* beugla un homme de la Gestapo. En avant !

Ils avancèrent en traînant des pieds, les différents groupes n'en formant plus qu'un maintenant. Personne ne tomba, personne ne trébucha, ils se déplacèrent en silence jusque devant les wagons. Emilia se tenait toujours aux côtés de Talia et s'assurait de garder la jeune maman légèrement devant elle pour qu'elle ne soit pas à la traîne. Elle avait remarqué que le bébé n'avait pratiquement pas fait un bruit depuis qu'ils avaient commencé à marcher, mais elle hésitait à dire quoi que ce soit. Que pourrait-elle y faire si quelque chose n'allait pas ? Ce n'était pas comme si elle avait des médicaments ou des instruments à sa disposition, et Talia venait de perdre sa meilleure amie ; elle n'avait pas besoin de savoir qu'elle avait peut-être perdu son bébé la même nuit.

Quelque chose la poussa dans le dos ; une pointe qui s'enfonçait dans sa colonne vertébrale. Emilia cria et fit un pas en avant, manquant de cogner une vieille dame au passage. Mais elle l'oublia rapidement. La gorge sèche, elle vit le nombre de personnes qui étaient déjà entassées dans le wagon quand ce fut son tour de monter.

Quand l'objet dur se planta de nouveau dans son dos, elle se retourna et regarda l'homme de la Gestapo qui se tenait derrière elle droit dans les yeux. Avec un sourire suffisant, il s'apprêtait à la malmener encore une fois, mais elle fut plus rapide et fit un petit bond de côté pour éviter de subir cette douleur.

Les yeux d'Emilia commençaient à se remplir de larmes ; la chaleur produite par tant de corps ensemble était presque insupportable. Elle se colla un peu plus à la personne à côté d'elle pour faire de la place aux autres. Quelqu'un se pressa contre son dos et une autre personne effleura sa poitrine. Elle respira lentement et profondément pour essayer de se calmer quand la porte en bois noir se ferma. Une très faible lueur filtrait à travers la petite fenêtre haute obstruée par des planches. C'était comme s'ils étaient des animaux, parqués sans la moindre compassion, et c'était une image qu'elle ne pourrait jamais s'ôter de la tête alors qu'elle luttait contre les larmes et les pensées les plus sombres que son esprit ait jamais connues. Ils restèrent ainsi, serrés et tremblants, pendant ce qui sembla être des heures, mais étaient probablement quelques minutes. Le temps s'étirait tandis que les cris dehors continuaient, leurs oreilles se tendaient, se faisant plus sensibles, l'ouïe étant leur seul sens à ne pas être restreint. Emilia ne voyait et ne sentait rien d'autre que les corps autour d'elle, alors elle écoutait attentivement en espérant avoir un indice sur leur destination, sur leur destin. Allaient-ils être déportés dans un camp de travail ou une usine ? C'était là que tant de jeunes filles juives avaient été envoyées quand l'Allemagne avait commencé à occuper des parties de l'Europe, non ?

—Elle ne bouge pas, Emilia, dit soudain Talia, interrompant ses pensées. Pourquoi ne bouge-t-elle pas ?

Emilia posa sa main sur l'épaule de Talia et se pencha vers elle un moment.

—Je suis sûre qu'elle est juste fatiguée. Tenez-la contre vous et chantez pour elle.

C'était cruel de lui mentir quand elle savait pertinemment que quelque chose n'allait pas, mais dans le noir, dans un wagon rempli de soixante-dix ou quatre-vingts personnes, quelle aurait été l'utilité de lui dire que son bébé était peut-être mort ? Il n'y avait même pas assez de place pour s'asseoir ; ausculter un enfant était inenvisageable.

Soudain, un à-coup déséquilibra tout le monde. Le train démarra et des tressaillements venant du plancher en poussèrent certains à essayer de s'accroupir, leurs jambes certainement épuisées par la longue marche. Et quand ils bougèrent, Talia se mit à chanter, comme si elle chantait pour tout le monde et pas seulement pour son enfant. Certains se joignirent à elle, d'autres restèrent silencieux pendant que beaucoup pleuraient, doucement, comme s'ils ne voulaient pas qu'on les entende. Mais quand on pleurait en chœur ainsi, cela produisait un bruit qu'Emilia n'oublierait jamais. C'était la souffrance commune, la douleur commune, la prise de conscience que tout ce qu'ils avaient toujours connu, tout ce qu'ils avaient toujours chéri, leur était enlevé.

***

— Emilia, nous devons être fortes même quand tout tourne mal.

Elle tourna la tête vers sa mère. Elle n'avait que quinze ans et était déjà bien informée de la façon dont les bébés venaient au monde, écoutant chacune de ses paroles. Elle avait fini l'école et elle suivait sa mère comme son ombre. Elle lui apprendrait tout ce qu'elle pourrait pour qu'un jour, à son tour, elle puisse aider les femmes du village et perpétuer la tradition de leur famille.

— Comment sais-tu toujours quoi faire ? Et si tu ne peux pas les aider ?

Sa mère caressa son visage, ses doigts doux contre son menton ; elle lui sourit.

—Même dans les moments les plus sombres, même quand tout semble perdu, il y a toujours quelque chose à faire. Ces femmes en couches connaissent une douleur incomparable, mais peu importe la violence de leur accouchement, nous sommes là pour les rassurer et les apaiser. Et tu apprendras, comme je l'ai fait, à aider chaque femme dont tu t'occuperas.

Emilia écoutait, buvant chacune de ses paroles.

—Quand tu accompliras ça toute seule, tu sauras instinctivement quoi faire, Emilia. Tout comme ma mère m'a enseigné ce métier, je t'apprendrai tout ce que tu devras savoir pour qu'un jour, quand ce sera le moment, tu ne doutes jamais de tes capacités.

—Mais je t'ai vue, maman, dit Emilia. Tu sais exactement quoi dire, quoi faire. C'est comme si tu étais faite pour ce métier.

—Ça vient avec l'expérience, répondit sa mère avec un sourire. Maintenant, suis-moi, va chercher des serviettes et de l'eau chaude, et souviens-toi : nos paroles sont puissantes. Ce que tu dis quand tu entres dans cette chambre fait toute la différence pour la femme qui est allongée ici. Tu as le pouvoir de soulager sa douleur, simplement en disant la bonne parole au bon moment. Tes mots sont le meilleur outil que tu aies.

Elle suivit sa mère qui parlait joyeusement du fait qu'il faisait un temps magnifique pour mettre un bébé au monde, se demandant comment elle pourrait un jour se montrer à la hauteur de cette femme que tout le monde semblait aimer.

***

Emilia essuya une larme. La douce chanson de Talia s'arrêta et seuls les reniflements de leurs compagnons d'infortune s'élevaient dans le wagon alors qu'elle pensait à sa mère.

—On devrait peut-être se présenter ? suggéra Emilia assez fort pour être entendue malgré le bruit du train sur les rails. Je m'appelle Emilia et je suis sage-femme.

Le silence s'imposa avant que quelqu'un ne s'éclaircisse finalement la voix. Il y avait tant de personnes pressées les unes contre les autres qu'elle ne sut pas d'où elle venait ; elle connaissait le pouvoir de la voix pour réunir les gens dans les moments les plus sombres. Aujourd'hui, elle se rappellerait sa mère et suivrait ses conseils pour affronter les pires moments, les plus douloureux dans la vie d'une personne.

—Je m'appelle Maja. Je suis maman.

Emilia poussa un soupir de soulagement quand des murmures résonnèrent dans le wagon.

—Maja, vos enfants sont-ils avec vous ?

—Oui. Mes enfants sont ici avec moi.

—Je m'appelle Jakub, dit un homme. Ma femme est ici avec moi.

—Je suis Elena.

Ça marche, maman. Ça marche. Le pouvoir des mots soulage la douleur.

—Il faut parler ensemble, s'appuyer les uns sur les autres, dit Emilia après qu'une douzaine de personnes eurent donné leur nom. Nous pourrons survivre si nous restons tous ensemble et veillons les uns sur les autres.

Un grondement de voix emplit la voiture et Emilia se tourna vers Talia sans vraiment distinguer son visage dans le noir.

—Talia, puis-je porter votre fille un instant ?

Elle avait besoin de l'examiner brièvement pour savoir s'il y avait un espoir.

Emilia l'attrapa délicatement et la tint contre sa poitrine en lui tournant la tête pour écouter sa respiration. Elle n'entendait rien avec le bruit du train et les gens qui parlaient, alors elle posa ses doigts pour percevoir son pouls – ou n'importe quel signe de vie. Comme elle ne sentait rien, Emilia toucha les lèvres du nourrisson avec l'arrière de ses doigts en espérant sentir son souffle ou sa bouche bouger, mais rien.

Elle la rendit à Talia, puis déposa un baiser sur les cheveux de la jeune maman.

—Elle dort ? demanda Talia.

—Elle dort, répéta Emilia, soulagée que personne ne puisse voir les larmes qui brillaient dans ses yeux.

Elle n'avait jamais été une menteuse, mais elle ne pouvait pas se résoudre à annoncer à Talia qu'elle craignait que son bébé soit déjà mort, pas dans ces circonstances, pas quand elle avait déjà tant perdu en une seule nuit.

C'était à peine s'ils se rendaient compte qu'ils bougeaient quand le wagon cahota et s'arrêta brusquement. *Avons-nous déjà atteint notre destination ?*

Emilia aurait aimé connaître l'allemand pour comprendre les cris dehors.

—Ils font monter d'autres personnes, dit quelqu'un.

—Quelqu'un sait-il où ils nous emmènent ?

Emilia ferma les yeux et tendit l'oreille alors que tout le monde autour d'elle se taisait. Elle essayait de réfléchir malgré la douleur dans son visage et sa mâchoire, même quand elle ne bougeait pas. Mais ils eurent à peine le temps de se ressaisir avant que le train ne se remette en route. Et même si elle aurait aimé pouvoir le faire, elle ne trouvait rien à dire pour apaiser les inquiétudes de ceux qui l'entouraient. Ou les siennes.

***

Quand le train finit par s'arrêter, Emilia ressentit un creux dans son estomac, un tenaillement semblable à la faim, mais en pire. Ils restèrent immobiles et silencieux ; c'était à peine si l'on entendait quelqu'un tousser ou renifler dans le wagon jusqu'à ce qu'un gros bruit retentisse et que la porte s'ouvre.

La lumière aveugla Emilia ; c'était un tel contraste avec l'obscurité dans laquelle ils étaient enfermés depuis plusieurs heures qu'elle eut l'impression que cet éclat allait la transpercer.

—*Aus !*

Le cri fit sursauter Emilia tandis qu'elle observait les personnes devant elle.

—Dehors, dehors, dehors ! cria quelqu'un clairement à leur attention.

Les corps commencèrent à s'agiter malgré les jambes fatiguées et tremblantes à force d'être restés debout si longtemps.

Emilia elle-même avait mal aux jambes et ses muscles étaient brûlants. Mais elle se rappelait constamment qu'elle avait la chance de porter des bottines chaudes alors que tant d'autres étaient pieds nus, les orteils engourdis par le froid.

—Dehors !

Emilia descendit sur une plateforme et découvrit que leur wagon n'était pas le seul à être déchargé.

Elle se hissa sur la pointe des pieds pour essayer de savoir où ils se trouvaient et ce qui se passait, mais tout ce qu'elle voyait, c'étaient des rangées de lumières, des milliers en fait, parfaitement alignées, et des hommes en uniforme tenant des bergers allemands en laisse. Les SS. Elle en avait entendu parler et savait qu'ils étaient reconnaissables à leur uniforme entièrement noir à l'apparence aussi effroyable que leurs animaux. Emilia frissonna. Elle avait toujours adoré les chiens, mais il y avait quelque chose dans cette race en particulier et ce pour quoi ils avaient été entraînés qui la terrifiait.

Elle vit alors qu'il y avait d'autres personnes, très nombreuses, qui portaient de très étranges pyjamas rayés, le visage si émacié qu'il était presque pénible de les regarder. Un homme passa devant elle et hurla à la foule pour qu'ils avancent. Quand elle remarqua que certains étaient pieds nus, elle se rendit compte qu'ils ne pouvaient pas s'agir de gardes. *Sont-ils prisonniers ici ?*

—Dépêchez-vous ! aboya l'homme. Dépêchez !

Quelqu'un protesta parce qu'il n'appréciait pas qu'on le pousse, et un autre homme en pyjama s'approcha, visiblement terrorisé.

—S'il vous plaît, ne nous forcez pas à vous faire du mal. Faites ce qu'on vous dit. S'il vous plaît.

Emilia avançait avec la foule en regardant par-dessus son épaule pour surveiller Talia ; elle aurait aimé qu'elle reste plus près d'elle. *Il a parlé polonais. L'homme en pyjama a parlé polonais.* Son cœur s'emballa quand elle comprit que quelque chose clochait, que certains des gens qui travaillaient pour les SS faisaient partie de ses compatriotes. Pourquoi aidaient-ils les gardes à les maltraiter ? Avaient-ils peur pour leur propre vie ?

—Où sommes-nous ? demanda-t-elle quand un autre homme en pyjama passa devant elle. S'il vous plaît, dites-nous où nous sommes.

—Auschwitz, répondit-il sans la regarder et sans ralentir le pas.

Emilia s'arrêta de marcher et échangea un regard avec la femme qui se tenait derrière elle.

—C'est quoi, Auschwitz ? lança-t-elle en espérant qu'il l'entende.

Mais dans son cœur, elle savait. C'était l'endroit où ils amenaient les Juifs et d'autres prisonniers politiques. C'était l'endroit d'où personne ne sortait jamais.

Mais l'homme en pyjama rayé avait disparu, englouti par le flot d'humains qui submergeait la plus longue plateforme qu'elle ait jamais vue.

8

Auschwitz-Birkenau

Emilia essayait de comprendre ce qui se passait devant elle. Elle était si fatiguée que c'était comme si ses os hurlaient de douleur et elle ne comprenait pas encore comment ni pourquoi les gens étaient séparés en groupes. Quand ce fut son tour, elle chercha Talia du regard. Elle tenait toujours son bébé dans ses bras, le serrait contre elle comme un enfant se cramponnerait à son ours en peluche. Elle entendit Talia crier et aurait aimé pouvoir la consoler, mais elle vit une autre femme s'approcher d'elle et fut soulagée qu'elle ne soit pas seule.

Les hommes qui se tenaient devant elle ne portaient pas l'uniforme des SS comme elle s'y attendait, même s'ils faisaient preuve de la même arrogance en regardant tous les autres de haut. Leurs blouses blanches les identifiaient comme des médecins. C'était ce qu'elle présumait même si elle n'arrivait pas à comprendre leur rôle. Ils examinaient consciencieusement les files de femmes comme s'ils cherchaient quelque chose en particulier.

—Âge ?

Emilia s'éclaircit la voix.

—Vingt-deux ans.

Le docteur leva la tête et sembla l'étudier.

—État de santé ?

—Je suis en très bonne santé.

—Pas d'affection ?

Emilia se concentrait sur le haut de sa tête en regrettant de ne pas avoir le courage de lui dire que cela ne le regardait pas. Mais quand il la dévisagea à nouveau, elle répondit :

—Non.

Le médecin lui attrapa le menton pour lui faire tourner la tête et l'inspecter. Il ne lui demanda pas d'ouvrir la bouche et se permit simplement d'insérer un doigt entre ses lèvres, forçant sa mâchoire à s'abaisser. Dans l'agitation, elle avait oublié l'apparence que devait avoir son visage : les contusions devaient être violettes et bleues à présent, et sa mâchoire lui fit mal en s'ouvrant. Elle résista à l'envie de frapper sa main et d'exiger qu'il lui révèle ce qu'il cherchait.

—Profession ?

—Sage-femme.

Il cria quelque chose et un médecin légèrement plus grand qu'elle approcha, ses cheveux bruns plaqués en arrière. Il prit la parole, révélant un écart entre ses dents de devant. Elle n'arrivait pas à déterminer ce qui chez lui était différent, mais elle eut la chair de poule.

—Vous êtes sage-femme ?

—Oui.

—Vous avez de l'expérience ? demanda-t-il, la faisant frissonner en la détaillant de la tête aux pieds comme s'il cherchait à décider si elle méritait ou pas son attention. Vous avez des papiers ?

Emilia leva la tête.

—J'ai de l'expérience pour mettre au monde des bébés et aider des femmes à accoucher, et j'ai aussi travaillé en tant qu'infirmière, dit-elle avant de marquer une pause. Je n'ai pas mes papiers avec moi, ils étaient dans mon sac quand j'ai été amenée ici et on ne m'a pas permis de le prendre.

Elle avait été malmenée si violemment qu'elle n'avait pas pu le garder.

—Gardez-la, dit-il avant de s'éloigner. Elle nous sera utile.

Le médecin qui avait commencé à l'interroger acquiesça avant d'indiquer avec son pouce qu'elle devait aller à gauche. Emilia observa les gardes avec leurs chiens ; c'était comme s'ils mettaient quiconque au défi de ne pas suivre les ordres et attendaient de les lâcher sur eux. Elle baissa les yeux, suivit les directives qu'on lui avait données et vit qu'on envoyait Talia dans la direction opposée. Emilia remarqua que l'autre groupe, de loin le plus nombreux, était principalement composé de mères, d'enfants et de personnes âgées. Elle devinait qu'ils l'avaient séparée du reste en raison de son métier. Il n'y avait qu'une poignée de personnes à qui on avait donné l'ordre d'aller à gauche comme elle, et tandis qu'elle analysait avec qui elle se retrouvait, elle prit conscience qu'elles étaient toutes jeunes, probablement moins de la trentaine, et que la plupart semblaient fortes. Les hommes avaient été envoyés légèrement plus à gauche, ce qui indiquait qu'ils resteraient séparés par genre, et il y avait beaucoup plus d'hommes sur le côté gauche.

Le tri dura des heures et le groupe le plus important se dirigea en premier vers un gros bâtiment en béton sous les yeux des autres. Elle était terrifiée à l'idée que le bébé de Talia lui soit arraché des bras par un médecin, mais cela ne semblait pas les intéresser. Emilia la cherchait du regard et aurait aimé qu'elle se retourne pour pouvoir lui faire un signe, mais personne ne regardait ceux qui étaient à gauche, pas même Talia. Son seul espoir était qu'elles soient amenées dans un endroit convenable où elles pourraient se reposer après ce qu'elle avait vécu.

Comme une jeune femme pleurait à côté d'elle, Emilia tendit la main pour prendre la sienne alors qu'on leur ordonnait de marcher. Elles furent envoyées dans un autre bâtiment et forcées de se tenir en rang à nouveau comme elles l'avaient fait sur le quai.

—Nom ?

Emilia s'éclaircit la voix et considéra l'homme assis derrière la table. Il portait le même pyjama que celui qu'elle avait remarqué sur des hommes plus tôt.

—Emilia Bauchau, répondit-elle en comprenant que c'était une sorte d'inscription.

Elle regarda par-dessus son épaule pour voir l'autre groupe.

—Adresse ?

Elle cligna des yeux. Elle ne pouvait pas lui donner son adresse ; et s'ils allaient chercher son père ?

—Adresse !

Emilia leva les yeux et donna l'adresse d'une maison proche de la sienne abandonnée depuis longtemps.

Elle répondit à toutes les autres questions puis on lui tendit un papier. Quand on lui fit signe d'avancer, elle lut le document et fut surprise de ne pas voir son nom, mais une suite de chiffres. *63332.* Elle n'avait aucune idée de ce que cela signifiait et ne pouvait s'empêcher de le fixer, manquant de trébucher sur le sol en béton.

Quand les femmes devant elle s'écartèrent, elle se retrouva devant deux hommes, un qui tenait un tissu et l'autre, un instrument en métal avec un manche en bois. Le second se contenta de tendre la main sans lever les yeux. Elle hésita avant de lui remettre le papier – avec le sentiment de lui donner le ticket d'une commande, peut-être un manteau qu'elle serait venue récupérer.

—Bras gauche ?

—Mon bras ? Pourquoi ?

Elle hésita quand il tendit la main et un garde lui attrapa le bras, remonta la manche de sa veste et plaqua le bras d'Emilia sur la table. Elle tremblait, mais garda la tête tournée. Le garde postillonna sur sa joue et l'odeur de son haleine lui donna envie de vomir.

Elle ressentit une douleur mordante et grimaça en baissant les yeux quand le garde la lâcha enfin pour s'occuper de quelqu'un d'autre.

—Restez calme et ça ne fera pas trop mal, chuchota l'homme en commençant à la tatouer.

Alors Emilia se figea, comme une statue, craignant de bouger alors qu'une aiguille gravait son numéro sur sa peau. Quand il eut terminé, l'homme avec le tissu le plongea dans de l'encre verte avant d'en frotter sa peau alors qu'elle essayait de ne pas tressaillir.

63332. Le numéro était maintenant tatoué sur sa peau, la marquant à jamais. Elle ne pouvait pas s'empêcher de regarder son bras légèrement parsemé de taches de rousseur.

Emilia tira la manche de sa veste et la serra contre sa poitrine, les mains tremblantes, avant de suivre les autres femmes qui marchaient devant elle. Mais un cri les arrêta dans leur élan et elles regardèrent tout autour d'elles pour voir qui parlait.

—Je suis le commandant Rudolf Hoess, et je suis le responsable ici. Après avoir été traitées, vous serez amenées dans votre nouveau chez-vous, Auschwitz II – Birkenau.

Elle le vit enfin, probablement perché sur une table, les cheveux rasés sur les côtés et la tête levée pendant qu'il les inspectait de haut. Il était accompagné par des gardes et elle trouva ridicule qu'un homme armé ait besoin de renfort pour s'adresser à une pièce pleine de personnes déplacées et sans armes à leur disposition.

—Vous ne désobéirez pas aux gardes ici à Auschwitz, parce que si vous le faites, vous en subirez les conséquences. Travaillez dur, faites ce qu'on vous dit et vous serez libérées. C'est aussi simple que ça.

Emilia déglutit et détourna le regard quand une jeune femme essaya de s'enfuir en courant. Le commandant se mit à rire alors que deux gardes la rattrapaient et la battaient avec la crosse de leurs fusils. Une larme coula de l'œil d'Emilia, puis une autre. Elle s'efforça toutefois de se montrer brave face à une telle cruauté.

Je ne le crois pas, maman. Je ne crois pas qu'ils nous libéreront un jour.

9

Emilia était habituée à la nudité. Elle était habituée à voir des femmes dans ce qu'elle pensait être leur état le plus vulnérable, mais quand elle entra dans la salle froide en béton et vit la terreur sur les visages de celles qui l'entouraient, elle se rendit compte que ce n'était pas le cas. Là, les femmes étaient vraiment dans leur état le plus vulnérable. Là, la souffrance atteignait un niveau qu'elle n'avait jamais vu.

—Enlevez vos vêtements, leur cria un garde alors qu'elles se tenaient toutes au centre de la pièce.

Comme personne ne bougeait, il se mit à hurler, le regard fou.

—*Ich sagte, zieh dich aus !*

Emilia posa son manteau et leva lentement les mains pour défaire ses boutons. Elle hésita quand elle arriva au dernier, n'ayant pas l'habitude qu'on la voie en sous-vêtements. Elle observa autour d'elle et frissonna quand elle se rendit compte du nombre de gardes qui regardaient les femmes se déshabiller devant eux. Ils affichaient tous ce regard concupiscent et faisaient des gestes obscènes. Il y avait aussi des hommes en pyjamas rayés qui se tenaient là face à elles, mais ils avaient la décence de baisser les yeux. Peut-être étaient-ils eux aussi passés par cette épreuve humiliante.

—Dépêchez-vous ! hurla un garde en même temps qu'on poussait brusquement Emilia sur le côté.

Elle se recroquevilla, les bras croisés autour de son corps. *Je ne peux pas faire ça. Je ne peux pas retirer mes vêtements. Je ne peux pas. Je ne le ferai pas.*

—Faites ce qu'ils disent, lui murmura quelqu'un. Plus vite on se déshabille, plus vite ce sera fini.

Elle jeta un coup d'œil sur le côté et vit une femme qui devait avoir à peu près le même âge qu'elle ôter rapidement sa jupe. Emilia se pencha en avant et eut la nausée quand elle se rendit compte que toutes les autres s'exécutaient. Si elle refusait d'en faire autant, elle se démarquerait du reste du groupe. Or elle ne voulait pas qu'on la remarque.

Elle eut la chair de poule dès qu'elle se retrouva en sous-vêtements. *On ne doit pas les enlever aussi, hein ? S'il vous plaît, laissez-moi garder un minimum de dignité.* Elle n'avait jamais laissé quiconque la voir nue avant, à part sa mère quand elle était petite.

Mais l'ordre aboyé qui suivit la fit frissonner. *Ça ne peut pas m'arriver.* Mais si, et quand toutes les femmes se tinrent entièrement nues après avoir plié soigneusement leurs vêtements sur les bancs, elles se rapprochèrent, les mains sur la poitrine, les jambes croisées, formant un cercle pour essayer de cacher leurs parties les plus intimes.

Quand les personnes en pyjama se précipitèrent pour récupérer les vêtements, les femmes se mirent à crier. Voir ses affaires disparaître et être conduite dans une autre pièce en béton donna à Emilia le sentiment atroce qu'il n'y avait plus aucun espoir.

Elle leva les yeux, la douleur lancinante perdurant dans sa mâchoire et le nez plein de croûtes de sang séché, et vit les gardes reculer et disparaître dans l'ombre. Elle comprit rapidement pourquoi.

Les gardes riaient tandis qu'une eau glaciale tombait sur elles. Emilia poussa un cri si fort qu'elle fut elle-même surprise ; sa voix venait du plus profond de son corps et s'apparentait à un hurlement d'animal. À cause de la faible lumière, elle n'avait pas remarqué qu'elles étaient entrées dans un bâtiment de douche.

Ils ne me priveront pas de ma dignité. Je survivrai à cette épreuve, quelle qu'elle soit.

Après un temps interminable, l'eau s'arrêta enfin de tomber ; elles se tenaient toutes debout, tremblantes, les bras de nouveau croisés autour d'elles quand on leur donna l'ordre d'avancer vers une nouvelle destination inconnue. Emilia s'exécuta, consciente que, sans le moindre vêtement sur le dos, ce n'était pas le moment d'être désobéissante. C'est là que tout prit sens ; elle comprit pourquoi les gens portaient des vêtements à rayures, pourquoi ils détalaient devant les gardes comme s'ils les craignaient.

Ils sont prisonniers ici, exactement comme nous. Sur les bancs où elles avaient laissé leurs vêtements, elles trouvèrent des blouses à rayures ainsi qu'un assortiment d'autres vêtements. Elles allaient porter ces tenues qui feraient d'elles des prisonnières de cet endroit qu'ils appelaient Auschwitz. Et pour rendre la situation encore plus pénible, elles ne furent pas autorisées à s'habiller tout de suite. Elles allaient encore être humiliées.

—Mettez-vous en ligne ! cria un garde.

Elle forma une file avec les autres femmes en se demandant ce qui allait encore leur arriver. Quand elle comprit, elle sut qu'elle n'avait jamais été aussi près de craquer.

Ses cheveux avaient toujours fait sa fierté et sa joie. Elle portait ses cheveux châtain foncé brillants sur les épaules ; sa mère adorait les brosser, assises devant la cheminée à discuter de leur journée en buvant une tasse de thé. Emilia leva une main et la passa délicatement dans ses cheveux pour mémoriser cette sensation en essayant de relativiser. *Ce ne sont que des cheveux. Ils repousseront. Quand je quitterai cet endroit, je les laisserai pousser et ne les couperai plus jamais.*

Une larme se forma au coin de l'œil d'Emilia quand elle s'assit, brusquement poussée sur une chaise à côté d'un prisonnier qui tenait une tondeuse. Quand le métal frotta son cuir chevelu et que ses cheveux commencèrent à tomber sur ses épaules, elle croisa les doigts et recroquevilla les orteils. Elle ne voulait pas penser à la quantité de cheveux qu'elle allait trouver sur le sol.

Quand une goutte de sang coula sur sa tempe, Emilia leva la main pour l'essuyer et sentit alors son crâne rasé. Mais ils n'en avaient pas encore fini avec elle. Un autre prisonnier se plaça devant elle et saisit son menton pour la forcer à ouvrir la bouche et inspecter ses dents. Elle fut soulagée quand il passa rapidement à la suivante qui ne fut pas aussi chanceuse qu'elle puisqu'il sortit des tenailles. Elle grimaça et serra les poings en entendant sa voisine crier. Elle devina qu'ils cherchaient des plombages en or, seul objet de valeur qu'on pouvait trouver dans une bouche.

—Montez là-dessus, lui dit le prisonnier en désignant la table basse.

Emilia le fixa, n'étant pas sûre d'avoir bien compris. Mais quand elle vit la femme qui la précédait, son sang se glaça. *Non. Non, je ne peux pas faire ça.*

—Obéissez ou ils s'en prendront à nous, marmonna l'homme. Je suis désolé.

Elle savait qu'elle n'avait pas le choix, alors elle força ses pieds à bouger avant de s'aider de ses mains pour monter sur la table. Elle se releva et se mordit la lèvre inférieure pendant qu'on lui rasait les poils pubiens, puis les poils des jambes. Son corps était désormais entièrement glabre, dépourvu même du duvet soyeux qui couvrait ses cuisses.

—Bouge ! hurla le garde.

Emilia descendit de la table et avança encore, incapable de retenir ses larmes lorsqu'un garde lui toucha les fesses et qu'un autre lui palpa les seins quand elle entra dans la salle où se trouvaient les vêtements qu'elles allaient enfiler.

Elle remarqua alors qu'une fille avait du sang qui coulait le long de ses jambes et son cœur se brisa. S'il était possible de rendre cette épreuve encore plus dure, subir ses menstruations sans avoir de protections en faisait partie. Emilia espérait que ses règles n'arriveraient pas trop tôt.

Ce qu'elle vit juste avant de disparaître par la porte la rendit vraiment malade et, d'une certaine façon, reconnaissante d'avoir ces ecchymoses qui lui déformaient le visage. Une jeune femme, qui avait peut-être dix-sept ans, devait rester immobile pendant qu'un garde lui caressait les seins et déclarait qu'on ne devait pas toucher à ses cheveux. *Il va profiter de son corps, qu'elle le veuille ou non.* Emilia savait ce que ce genre d'hommes voulait et il était clair que ceux qui étaient ici se serviraient sans hésitation. Ils traitaient les femmes et filles juives comme si elles leur étaient inférieures, et à l'évidence, les lois de Nuremberg ne les empêcheraient pas de les utiliser comme des objets.

On leur ordonna d'attendre dehors, toujours nues et fraîchement tondues, supportant le vent impitoyable qui tournoyait autour d'elles. Mais ce n'était pas encore fini.

—L'une après l'autre ! hurla un garde.

Des chiens aboyaient, mais Emilia refusait de les regarder. Il y avait quelque chose d'encore plus terrifiant dans le fait d'être nue ; l'idée des dents pointues du chien déchirant sa chair suffisait à lui donner envie de pleurer. Mais elle se retint. Elle ne laisserait personne voir comme elle se sentait humiliée, mortifiée par ce qu'elle traversait.

En avançant dans la file, elle vit ce qui les attendait. Il y avait une grande baignoire avec de l'eau salie par toutes les femmes qui y avaient déjà été immergées, et les cris révélaient à Emilia qu'elle ne contenait pas que de l'eau. Quand son tour arriva et qu'elle évita le bâton qu'on agita devant elle pour plonger son pied dans le liquide, elle comprit pourquoi les autres avaient crié.

—En entier !

Elle se tenait debout dans la baignoire quand on la frappa à la tête pour la forcer à s'immerger. Le liquide lui piqua la peau, la rongea comme de l'acide et lui brûla les yeux et le cuir chevelu. *Ils essaient de nous désinfecter au cas où nous serions porteuses de maladies.*

Quand elle sortit, elle résista à l'envie de se frotter les yeux et la peau en sachant que cela risquait d'être encore plus douloureux avec le vent froid qui la privait de ses dernières réserves de chaleur corporelle.

On les laissa ainsi une heure, peut-être même plus, avant de les faire rentrer dans la chaleur relative du bâtiment en béton où elles s'étaient déshabillées.

Emilia se jeta sur la pile de vêtements, s'habilla rapidement, horrifiée qu'il n'y ait pas de sous-vêtements. Pourquoi ne pouvaient-elles pas porter ceux qu'elles avaient en arrivant ? Quel intérêt y avait-il à priver quelqu'un de quelque chose d'aussi élémentaire ? On ne leur fournit qu'une jupe, une blouse et un foulard qu'Emilia posa sur son crâne nu en se demandant comment il allait tenir en place sans cheveux. Mais elle était habillée maintenant et il ne lui restait plus qu'à fouiller parmi les chaussures pour trouver une paire qui lui irait. Elle regrettait ses bottes chaudes et confortables, et ses chaussettes douces, surtout quand elle découvrit que les seules chaussures disponibles étaient ouvertes. Elle se demanda comment elles allaient éviter les engelures sans chaussettes.

Emilia avait la gorge serrée tandis qu'elle marchait avec les autres femmes. Tout le monde était silencieux ; pas un murmure ne s'élevait quand elles sortirent du bâtiment. Elle observa les clôtures surmontées de fil barbelé, les gardes SS avec leurs fusils, en poste de guet, et les innombrables baraquements qui parsemaient le terrain.

Des têtes sortaient par les portes pour les observer, des visages tristes et creusés qui semblaient dépourvus de vie. Emilia fut parcourue par un frisson. *Et si je finis comme ça ? Et si c'était ici que j'allais vivre pour le restant de mes jours ?*

Cette vie mériterait-elle d'être vécue ?

10

La marche parut interminable. Chaque pas dans la poussière donnait à Emilia l'impression qu'elle ne repartirait jamais et l'entraînait dans les profondeurs de quelque chose qu'elle ne comprenait pas. C'était un terrain vague parsemé de bâtiments, une extension du néant où aucun brin d'herbe ne couvrait le sol. Mais il y avait une forêt dense de bouleaux pas loin.

Tandis que la lumière du jour diminuait et que la pluie commençait à tomber, détrempant rapidement la blouse trop grande qu'elle portait désormais, Emilia observa les rangées de bâtiments en bois qui se ressemblaient tous sur sa gauche. Les clôtures barbelées se dressaient derrière eux et la large route sur laquelle ils étaient arrivés s'étendait au loin. Il y avait des bâtiments partout. Elle comprit qu'il n'y aurait aucun moyen de s'enfuir, quoi qu'ils aient prévu de leur faire subir.

—Par ici, finit par dire le garde en s'arrêtant devant l'une des baraques.

La construction était différente de la plupart de celles devant lesquelles ils étaient passés. Celle-là était faite en briques, peut-être plus récente que les structures en bois dans l'autre partie du camp, et n'avait rien à voir avec les bâtiments verts de l'autre côté.

Emilia se tenait face à la porte en bois ouverte et attendait qu'on lui demande d'entrer. Comme elle était la dernière, on la poussa par-derrière. S'ils continuaient à agir ainsi, elle finirait par être couverte de bleus assortis à ceux de son visage. Ses pieds rechignaient toujours à bouger, même si elle risquait de se prendre un autre coup.

Mais son esprit se détourna rapidement de sa douleur pour se concentrer sur la pièce où elle venait d'entrer, sur le sol nu qui donnait une odeur terreuse aux baraquements. Des yeux se rivèrent sur elle ; des lits superposés de trois couchettes étaient occupés par des femmes aux visages empreints d'un tel désespoir qu'Emilia dut détourner le regard. La surpopulation produisait une odeur dérangeante, mais elle résista à l'envie de retirer son foulard pour se couvrir le nez. Tous les blocs étaient-ils comme celui-ci ? Ou avait-elle été amenée dans le pire bâtiment du camp ?

—Dépêchez-vous ! cria une voix féminine cassante qui la fit frissonner.

Emilia remarqua un triangle inversé vert cousu sur la blouse de la femme et se demanda ce qu'il signifiait et pourquoi il était différent du triangle rouge qui lui avait été attribué.

Elle fut alors poussée sur le côté, mais pas par un garde ; par les autres femmes qui se bousculaient pour trouver une place sur l'un des lits tandis que de nouvelles personnes entraient. Cet endroit était rempli d'êtres humains entassés dans un espace destiné à en contenir moins de la moitié. Les femmes qui avaient déjà leur place crièrent et râlèrent sur les nouvelles arrivantes, ne voulant clairement pas partager davantage leurs lits. Elle ne pouvait pas les blâmer. Elles étaient serrées les unes contre les autres, probablement pour lutter contre le froid. Comment pouvaient-elles grimper jusqu'aux lits les plus élevés qui touchaient presque le plafond ?

Il n'y avait pas de lumière, pas de chauffage, pas de matelas… et seulement de minuscules fenêtres qui devaient à peine permettre à un rayon de soleil de filtrer au petit matin. La paille au sol n'aurait même pas convenu à des cochons et Emilia eut immédiatement les chevilles qui la démangeaient. Le lendemain, elle serait couverte de plaques rouges qu'elle gratterait pendant des jours.

—Écoutez les kapos, ce sont vos responsables maintenant, dit un garde avant de se tourner vers la porte. Elles sont libres de faire de vous ce qu'elles veulent, alors écoutez-les.

Emilia s'avança vers le fond de la salle en se forçant à regarder les personnes qui la scrutaient dans les yeux, vides comme s'il n'y avait plus personne derrière ces regards. Elle monta gauchement au deuxième niveau et vit un petit coin où elle espérait pouvoir tenir. Chaque couchette était déjà occupée par cinq ou six prisonnières.

—Trouve un autre endroit, grogna quelqu'un alors qu'une autre femme tendait la jambe et frappait la main d'Emilia, manquant de la faire tomber.

Mais Emilia se battit pour sa place en s'asseyant, les mains repliées pour se faire un oreiller alors que son corps s'habituait au matelas de paille dur sous elle. Elle voyait des couvertures élimées, mais personne ne les partagerait avec elle. *Je ne pleurerai pas. Je ne pleurerai pas.* Elle songea qu'après une nuit de sommeil, ça irait mieux. Sa mère répétait que l'aube apportait un nouveau jour et une nouvelle perspective. Mais elle se demanda si même sa chère maman aurait trouvé un moyen de rester positive dans cet enfer.

***

Le matin arriva plus vite qu'Emilia ne s'y attendait. Un bruit sourd retentit juste avant que la porte de leurs baraques ne soit ouverte et qu'une femme commence à hurler.

—*Zählappell ! Zählappell !*

L'appel. Quand quelqu'un passa sur elle, elle se mit en boule. Comme elle fut la dernière à descendre, elle reçut un coup de fouet ou de quelque chose de similaire de la part de la femme qui criait. La kapo, c'était comme ça que le garde avait appelé la responsable. Celle qui portait le triangle.

Emilia n'avait aucune notion de l'heure mais elle savait qu'il était tôt. Elle se glissa près de la femme à côté d'elle en espérant recevoir un accueil plus chaleureux d'au moins l'une de ses codétenues avec qui elle allait désormais partager ce lieu. Tout le monde avait le même regard profondément désespéré, un regard qui exprimait qu'elles essayaient de rester en vie. Celles qui étaient là depuis le plus longtemps formaient des groupes, se protégeaient les unes les autres et n'appréciaient pas l'arrivée des nouvelles.

—Ils nous réveillent aussi tôt tous les matins ? demanda Emilia.

La femme la regarda à peine et Emilia essaya de ne pas être choquée par son poignet et son bras décharnés quand elle leva la main pour gratter son cou couvert de plaies. Emilia essaya aussi d'ignorer la douleur qui montait dans son ventre alors que sa vessie attendait d'être vidée.

—On se lève à 4 h 30 tous les matins, répondit une autre à voix basse. L'appel est à 5 h 15. Tu es en retard, ils te battent. Tu ne fais pas ce qu'ils te demandent ? Ils te battent.

Emilia se tortilla. Elle n'en doutait pas : les gardes semblaient prendre du plaisir à frapper n'importe qui. Elle suivit les autres qui se dépêchaient et découvrit les sanitaires pour se laver qui consistaient en de l'eau sale dans laquelle elle n'osa pas plonger les doigts. Il n'y avait pas de papier toilette, pas de savon, rien. Elle se soulagea rapidement quand elle en eut l'occasion dans l'un des seaux qui était déjà presque plein et dont l'odeur était insupportable. Elle n'enviait pas la personne chargée de les vider et espérait qu'en tant que nouvelle arrivée, cette mission ne lui incomberait pas.

—Viens, dit une autre femme d'une voix plus douce que celle des autres auxquelles elle avait essayé de parler jusqu'ici. Dépêche-toi et tu ne seras pas la dernière dans la queue pour le petit déjeuner.

Emilia courut à côté d'elle. Elle avait l'impression qu'il lui fallait vite apprendre à ne pas faire de faux pas si elle voulait éviter les punitions.

—Je m'appelle Emilia, dit-elle tandis qu'elles marchaient.

—Lena, dit la femme avec un petit sourire qui prit Emilia par surprise.

C'était le premier qu'elle voyait depuis son arrivée.

—Tu as un travail ici ? Qu'est-ce qu'on est censées faire toute la journée ?

La femme s'arrêta un instant et la regarda fixement.

—Tu n'es vraiment pas au courant ?

Emilia secoua la tête. *Elle devrait ?*

La femme se remit à marcher, lentement, mais d'un pas régulier, et Emilia la suivit, remarquant pour la première fois qu'elle avait des cheveux longs sous son foulard. Encore une première : toutes les autres femmes qu'elle avait vues avaient eu la tête rasée, comme elle. Et cette femme était jolie, avec des lèvres pulpeuses et de grands yeux brillants.

—Ils ne gardent que les robustes parce qu'ils veulent qu'on travaille toute la journée. Ils font sortir presque tout le monde le jour et on turbine jusqu'à ce que le corps flanche ou meure, expliqua-t-elle avant d'émettre un bruit guttural. Nous, on est les chanceuses.

Emilia essaya de dissimuler son choc. Que voulait-elle dire par là ?

—C'est comme ça tous les jours ?

Lena acquiesça. Mais avant qu'Emilia ne puisse lui demander où les femmes qui n'étaient pas fortes allaient en s'inquiétant pour Talia, on les fit entrer dans un bâtiment et Lena disparut dans la foule. L'estomac d'Emilia gronda en pensant au petit déjeuner. Elle se plaça derrière les autres dans la file et récupéra une tasse, surprise qu'il n'y ait pas d'odeurs de cuisine. Il lui fallut un long moment pour comprendre qu'on ne leur donnerait que du liquide.

—On ne nous donne pas à manger ? demanda-t-elle.

Trois femmes se tournèrent vers elle, les joues creuses, les yeux exprimant toute leur douleur, tandis qu'on versait dans sa tasse quelque chose que quelqu'un avait qualifié de café, chaud contre ses mains. Elle observa une femme qui utilisa son doigt pour se frotter les dents avant de se gargariser avec le liquide et de l'avaler. Cela ne ressemblait définitivement pas à du café.

—Bienvenue à Auschwitz, marmonna l'une d'elles.

—On dirait qu'elle s'attendait à un hôtel.

Quand Emilia porta la tasse à ses lèvres en essayant de ne pas sentir l'odeur du liquide immonde qu'elle s'efforçait de boire et en écoutant les femmes autour d'elle, elle ne put s'empêcher de pleurer. *C'est trop dur d'être forte. Un matin et je m'écroule déjà. Un matin et je ne sais pas comment je vais survivre.*

—Allons à l'appel, lança Lena qui réapparut à ses côtés. Et ne les écoute pas. Elles sont toujours horribles avec les nouvelles.

—Je peux te demander depuis combien de temps tu es ici ?

Lena détourna le regard.

—Assez longtemps pour avoir perdu toutes les filles avec qui je suis arrivée, répondit-elle avec un soupir. Bois tout, tu t'y habitueras. La soif est encore pire que la faim, et ils ne nous donnent pas d'eau.

—Ta famille ? demanda Emilia.

Les yeux de Lena s'illuminèrent.

—Toujours en sécurité, j'espère.

Peu de temps après, elle se retrouva à suivre à nouveau Lena, formant une file avec toutes les autres tandis que les gardes venaient les inspecter. Une femme trébucha et fut sévèrement battue. Quand Emilia voulut l'aider, Lena l'en empêcha.

—Non, chuchota-t-elle. Ça ne ferait qu'empirer les choses. Pour toutes les deux. Quoi qu'il arrive, ne bouge pas.

—Mais…

—Non, répéta-t-elle sur un ton catégorique. Suis les ordres des kapos, ne fais rien pour les autres, et tu vivras peut-être pour voir le jour suivant. Ils profiteront de la moindre occasion pour être cruels. Ils n'ont même pas besoin de raison et personne ne les arrêtera. Tu dois t'assurer de passer inaperçue, de n'être qu'un numéro.

Elle se mordit la lèvre.

—Et ne bouge pas. Le moindre geste leur suffit pour te frapper et te détruire.

À contrecœur, Emilia suivit son conseil, tremblant tandis qu'elle essayait de ne pas regarder les gardes ou la femme au sol. Elle sentit que la kapo la surveillait et se demanda ce qu'elle avait fait pour attirer son attention, ou si elle avait remarqué son premier élan pour aider la femme. Comment ces kapos étaient-elles choisies pour avoir le destin de tant de femmes entre les mains ? Mais le garde SS prit la relève en tapant son bâton contre sa botte ; Emilia sursauta à chaque coup. Pendant l'appel, elle essaya de ne pas réagir et ne comprit qu'on appelait son numéro qu'à la deuxième fois où on le hurla. Elle baissa les yeux sur son bras.

63332. Emilia releva les yeux, terrifiée par la punition qui pourrait lui être infligée pour avoir tardé à répondre, mais le garde SS s'approcha, si près qu'elle put sentir les saucisses qu'il avait mangées au petit déjeuner et son haleine putride. Mais son corps la trahit et son estomac gargouilla à l'idée d'une vraie nourriture, même si l'odeur était dégoûtante.

—C'est toi la sage-femme ?

—Oui.

—Emmenez les autres, dit-il en la poussant. Je prends celle-là.

Emilia ne put ignorer les regards des autres femmes. Elles avaient l'air en colère contre elle alors qu'elles se mettaient lentement en marche, en ligne. Elle comprit qu'elle avait évité le travail avec elles. Lui en voulaient-elles de s'être distinguée, de ne pas avoir à accomplir les tâches harassantes qu'elles étaient forcées d'endurer ? Se montreraient-elles plus antipathiques encore envers elle ? Puis elle remarqua qu'un petit groupe qui portait des foulards rouges ou blancs courait sans surveillance vers l'entrée principale par laquelle elle était arrivée la veille. L'une d'elles leva très légèrement une main, et Emilia se rendit compte que c'était Lena.

Elle n'eut pas le temps de les observer puisqu'on lui ordonna de s'éloigner rapidement du baraquement où elle avait passé la nuit. Cela lui montra comme le camp était vaste, que le nombre de bâtiments érigés pour accueillir des prisonniers était énorme et elle essaya d'intégrer tout ça, de comprendre où elle se trouvait alors qu'elles marchaient sur la longue route poussiéreuse, passaient des clôtures barbelées suffisamment intimidantes pour garder les bêtes dangereuses à l'intérieur.

—Block 25, block des malades, annonça le garde. Le block 23, par ici, c'est l'hôpital.

Elle nota mentalement les numéros des blocks et se demanda ce qui différenciait celui des malades de l'hôpital. Ne formaient-ils pas un tout ?

—Par ici, dit le garde en la faisant entrer dans une cabane en bois simple, bien plus petite que le bâtiment dans lequel elle avait dormi.

Elle obéit et eut une lueur d'espoir quand elle se demanda si elle allait mettre ses compétences de sage-femme à profit. Si quelqu'un devait profiter de sa douceur et de son expertise, c'étaient bien les femmes qui vivaient ici. Elle ne pouvait pas imaginer que quelqu'un veuille mettre un enfant au monde de ce côté-ci des grilles d'Auschwitz. Elle imaginait que si c'était le cas, elles étaient arrivées enceintes ou avaient été violées par les gardes pervers qui semblaient grandement apprécier le spectacle de toutes ces femmes nues réunies.

L'odeur qu'elle sentit en entrant indiqua à Emilia que quelque chose n'allait pas. Elle suivit le garde dans la cabane rudimentaire et eut du mal à cacher sa surprise quand elle découvrit deux femmes en tablier et trois patientes à diverses étapes du travail. Les futures mères étaient allongées à même le sol ou sur les lits du bas, leurs jupes relevées jusqu'à la taille, étouffant leurs cris de souffrance. Quand elle s'approcha en plissant les yeux pour s'habituer à la semi-obscurité, elle vit qu'une mère portait déjà son bébé contre sa poitrine. Les femmes en tablier étaient-elles sages-femmes ou infirmières, ou juste des gardes qui avaient été appelées en renfort ?

Elle dut se retenir pour ne pas demander qu'on apporte de l'eau fraîche aux futures mères ; leurs lèvres étaient sèches et craquelées et leurs yeux enfoncés exprimaient leur désespoir. Emilia remarqua deux seaux d'eau souillée près de la porte. Elle ne savait pas exactement à quoi ils servaient, mais ce n'était certainement pas pour boire.

Les femmes en tablier la fusillèrent du regard. Il était évident qu'elles étaient responsables et qu'elles ne fournissaient aucun effort pour assister les futures mères, même avec un garde dans la salle. Elle jeta un nouveau coup d'œil perplexe aux seaux et sentit ses cheveux se dresser sur sa nuque.

—J'ai une nouvelle sage-femme pour vous, annonça le garde en poussant Emilia comme s'il l'offrait en cadeau.

Comme il restait légèrement tourné, elle devina que c'était plus parce qu'il était mal à l'aise que pour offrir un minimum d'intimité aux femmes en train d'accoucher.

—Utilisez-la comme vous voulez. Le docteur a pensé qu'elle serait utile avec toutes ces femmes enceintes. On a besoin qu'elles se remettent au travail après avoir accouché, je ne veux pas qu'elles restent ici plus de quelques heures.

L'une des sages-femmes haussa les épaules, l'autre grommela, inspectant vaguement l'une des femmes qui étaient clairement en pleine contraction. Emilia savait qu'elle était censée rester tranquille et apprendre, que la sentence pour ne pas avoir obéi à l'un des gardes du camp était assurément la mort, mais après avoir dévoué sa vie à aider les femmes et les bébés, il lui était presque impossible de rester là sans apporter son aide. Où étaient les serviettes mouillées pour les soulager ? Pourquoi ne faisait-on rien pour apaiser leur douleur ?

À la seconde où le garde tourna le dos, la sage-femme lança à Emilia un long regard noir avant de jeter un coup d'œil au bébé, puis à l'un des seaux. Emilia suivit son regard et comprit lentement ce qu'elle lui demandait.

Non. Je dois me tromper. Je dois...

L'infirmière émit un rire amer et Emilia sut qu'elle ne se trompait pas.

—Non ! cria Emilia en se précipitant vers le bébé.

Ah ça non ! Elles ne peuvent pas garder cette eau ici pour ce que je pense ?

La deuxième sage-femme poussa Emilia quand elle voulut attraper l'enfant. La mère pleurait doucement dans un coin, trop faible pour se lever, ou peut-être simplement résignée au destin du bébé qu'elle venait de mettre au monde. *Savait-elle ce qui allait lui arriver ? En était-elle consciente ? Comment pouvaient-ils faire ça ? Comment un comportement aussi barbare pouvait-il être adopté ici ? Est-ce parce que le bébé est juif ou font-ils ça à tous les bébés nés dans le camp ? Est-ce pour cette raison que Lena a dit qu'on avait de la chance ?*

—Ça suffit ! aboya le garde derrière elle.

Emilia se figea. Une vague d'émotions, de larmes et de haine monta en elle ; elle n'avait jamais ressenti ça. Si ce devait être sa vie, alors elle n'était pas sûre de vouloir encore la vivre.

—Sales Juifs, marmonna la sage-femme à côté de la mère et du bébé.

Mais les yeux d'Emilia s'étaient posés sur autre chose : un petit corps abandonné dans un coin, inerte. Elle ne s'était pas trompée dans ses suppositions, elle n'avait plus aucun doute maintenant. C'était un lieu de mort. Elle refusait de faire ce genre de travail. Ils se débarrassaient des bébés avant de s'empresser de renvoyer les femmes aux champs pour travailler.

Sors. Je dois sortir d'ici !

Emilia se retourna sans réfléchir et se mit à courir, échappant au garde quand elle passa devant lui et poussa la porte avant de s'écrouler sur le sol dur et de vomir le peu qu'elle avait dans l'estomac. Le souvenir de ce à quoi elle venait d'assister faisait monter la bile dans sa gorge. S'il le fallait, elle courrait aussi vite que possible et se jetterait sur les clôtures électriques pour mettre fin à sa misérable existence. Mais elle ne participerait jamais au meurtre d'un enfant.

—Stop ! hurla le garde qui l'avait amenée jusque-là, ses bottes rabattant la poussière dans ses yeux avant qu'il ne se place au-dessus d'elle tandis qu'elle essayait de se relever et de lui échapper.

Ne le voyant pas lever le pied, elle n'eut pas le temps d'éviter le coup violent dans le ventre qui lui coupa le souffle. Mais elle ne lui donnerait pas la satisfaction de la voir pleurer, alors elle se força à se relever et à soutenir son regard malgré la douleur cuisante dans son ventre, malgré le fait qu'elle aurait juste voulu se mettre en boule et hurler.

—Je ne le ferai pas, déclara-t-elle.

Il posa sa main sur sa ceinture comme s'il croyait pouvoir lui faire peur en sortant son arme ou sa matraque. Mais elle était plus forte que ça, elle devait l'être parce que personne ne la forcerait à faire quelque chose d'aussi cruel. Pour elle, le simple fait d'être témoin d'une telle barbarie était aussi mal que de la pratiquer elle-même.

—Autant me tuer.

Emilia trembla quand il leva son arme et la pointa sur sa tête, mais elle garda le menton haut et le regard impassible. Si ce devait être son dernier souffle, son dernier geste, elle voulait qu'on se souvienne de son acte de défi face au mal.

Elle entendit le clic du pistolet et ferma involontairement les yeux.

11

Londres, 1995
Mardi

Emilia regardait fixement le magnétophone quand il émit un clic qui la fit sursauter et sortir de ses souvenirs.

—Juste un instant, dit Hannah en cherchant une autre cassette dans son sac.

Emilia l'observa la changer consciencieusement et écrire quelque chose sur l'étiquette de l'objet qui contenait désormais son histoire. Les mots étaient sortis tout seuls comme si elle avait attendu toute sa vie de les prononcer. Ce qui, en un sens, était le cas.

Lucy se pencha en avant pour lui prendre la main, les yeux remplis de larmes.

—Maman, toutes ces années, j'aurais aimé…

—J'aurais dû t'en parler, dit Emilia.

Elle serra les doigts de sa fille, regrettant chaque année où elle était restée silencieuse quand elle vit la douleur se refléter sur son visage. Pourquoi avaient-ils pensé que c'était une bonne idée de cacher leur passé à leur propre famille ? Aux personnes dont ils étaient le plus proches ? De dire à leur fille que la guerre n'avait pas affecté leurs familles ? Mais elle savait pourquoi, bien sûr qu'elle le savait. Après avoir survécu à Auschwitz, après avoir bâti une nouvelle vie loin de ce qui leur était arrivé, pourquoi auraient-ils voulu revivre ça ? En tout cas, c'était ce qu'ils s'étaient dit.

—Toutes ces années, je ne voulais pas te faire porter ce fardeau ; c'étaient des souvenirs plus faciles à enfouir qu'à raconter. Je ne voulais pas que tu saches ce par quoi j'étais passée. Je ne voulais pas que tu portes ma souffrance, en sachant qui j'avais perdu et ce que j'avais enduré.

Je ne le veux toujours pas. Même à soixante-quinze ans, je ne veux toujours pas faire porter le poids de mes souvenirs à ma fille.

Lucy hocha la tête, ses doigts toujours enlacés aux siens.

—Mais tes souvenirs, maman, ils semblent si vivaces, si…

Emilia acquiesça.

—Ces choses que j'ai vues, ces choses que j'ai vécues… j'aurais fait n'importe quoi pour les oublier. Et pendant un moment, peut-être que je l'ai fait. Peut-être que j'ai réussi à écarter le passé alors que je compensais ce que j'avais raté, mais dernièrement, depuis que ton père est parti…

Les yeux de Lucy étaient rivés sur elle alors que sa voix s'estompait.

—Depuis qu'il est parti ? répéta-t-elle pour qu'elle continue.

—Depuis, poursuivit-elle en entendant le tremblement dans sa voix, le passé semble m'avoir rattrapée comme un train qui arrive en gare. Comme si ça s'était passé hier, comme si ces souvenirs avaient été conservés dans un coffre dans mon esprit et attendaient d'être libérés.

Elles restèrent assises en silence et Hannah s'éclaircit la voix avant de parler doucement.

—Emilia, voudriez-vous faire une pause ou peut-on continuer ?

—Maman ? demanda Lucy. Je prépare à nouveau du thé ? Ou est-ce que ça suffit pour aujourd'hui ? Tu n'es pas obligée de partager d'autres souvenirs, pas si c'est trop douloureux.

—Du thé, ce serait parfait, s'il te plaît, dit Emilia qui regretta que sa fille enlève sa main de la sienne en se levant. Et, oui, on peut continuer. Maintenant que j'ai commencé, je pense que c'est mieux si on continue.

Hannah sourit, appuya sur le bouton « Rec » du magnétophone et Emilia se rendit compte qu'elle se sentait particulièrement à l'aise avec elle. Peut-être était-ce simplement parce qu'elle l'avait vue à la télévision et que cela lui donnait l'impression de la connaître déjà.

—Emilia, êtes-vous consciente que pendant le temps que vous avez passé à Auschwitz, des bébés ont survécu et été donnés à des familles allemandes ? Que tous les bébés nés là-bas ne sont pas morts ?

—Oui, je le savais, répondit-elle. C'étaient ceux qui avaient de la chance. En tout cas, c'était ce que nous nous disions. Tout ce que nous faisions, c'était pour sauver ces bébés. C'est ce qui nous faisait tenir pour continuer.

—Quand vous dites « nous », demanda Hannah, à qui faites-vous référence ? Une autre sage-femme du camp ?

—Je parle d'Aleksy, bien sûr, répondit Emilia alors que Lucy revenait dans la pièce. Si vous voulez connaître mon histoire, alors vous devez comprendre la sienne. Sans lui, je n'aurais peut-être pas survécu à mon premier jour à Auschwitz.

ALEKSY

12

Pologne, 1941

— Qu'allons-nous faire pour rester en sécurité, Aleksy ? J'ai l'impression de sentir la respiration de la Gestapo sur ma nuque parfois, comme s'ils surveillaient chacun de nos pas.

Il attrapa ses mains et les serra entre les siennes. Aleksy voulait la rassurer, murmurer des mots apaisants à sa femme pour qu'elle cesse de s'inquiéter. Mais comme il ne voulait pas lui mentir, il ne savait pas quoi répondre. Comment pouvait-il affirmer qu'il assurerait sa sécurité quand leur village était occupé par l'ennemi ? Quand il avait vu de ses propres yeux, seulement deux semaines plus tôt, des Juifs être emmenés jusqu'à une rivière où on leur avait demandé de nager et que la plupart s'étaient noyés avant d'atteindre l'autre rive ? C'était une brutalité qu'il n'arrivait tout simplement pas à concevoir. Et pourtant des actes aussi ignobles étaient commis tous les jours autour d'eux.

—J'aimerais qu'on puisse s'enfuir, Aleksy. J'aimerais qu'on puisse trouver quelque part où disparaître, un endroit plus sûr qu'ici…

—Natalia, tu sais que je ferai tout ce que je pourrai pour notre sécurité, tu as ma parole, mais…

Lui disait-il qu'aucun endroit en Europe n'était sûr ? Qu'il n'y aurait nulle part où il pouvait l'amener, même s'il le voulait ? Que même s'ils couraient dans la forêt, on les retrouverait ? Il ne s'était jamais senti aussi impuissant, en sachant qu'il ne pouvait rien faire en tant qu'époux pour la protéger.

Il voyait bien les larmes dans ses yeux quand elle le regarda avec courage.

—On ne peut pas se protéger d'eux, c'est ça ? Pas s'ils viennent pour nous ? Pas s'ils décident de nous rassembler et de nous déporter ?

Ils se regardèrent pendant un long moment avant qu'elle ne se blottisse contre son torse et qu'il la serre dans ses bras. Ils avaient eu leur premier bébé, n'étaient mariés que depuis trois ans ; c'était censé être la période le plus heureuse de leur vie et au lieu de cela, ça avait été la plus angoissante puisqu'il essayait non seulement de protéger sa femme et son jeune fils, mais aussi ses patients. Il était reconnaissant de pouvoir lui offrir un toit quand beaucoup n'avaient pas cette chance, mais il éprouvait toujours ce sentiment d'impuissance parce qu'il n'était pas capable de garantir la sécurité de sa famille.

—Je travaille sur quelque chose, finit-il par dire en prenant soin de bien choisir ses mots pour ne pas l'inquiéter. Quelque chose qui pourrait nous aider, aider mes patients aussi et tout notre village.

Natalia s'écarta de ses bras et essuya ses joues avec le dos de sa main.

—C'est quoi ?

—Je ne veux rien te cacher, mais je ne suis pas entièrement certain de savoir comment ça va marcher. Il faut que tu me fasses confiance, Natalia. Il faut que tu me croies quand je te dis que je ferai tout ce qui est en mon pouvoir, mais que je pourrai devoir te cacher certaines choses pour ta sécurité. Moins tu en sais sur ce que je fais, mieux c'est.

Elle prit ses mains dans les siennes et les porta à sa bouche pour embrasser ses doigts.

—J'ai confiance en toi, Aleksy. Bien sûr, dit-elle avec un long soupir. Je déteste que tu portes tout ce poids sur les épaules, mais j'ai tellement de chance. Au moins, tu rentres à la maison tous les soirs.

Il resta assis avec elle encore un moment avant de se lever. Quand il entendit le bébé crier dans l'autre pièce, il l'interpréta comme le signal qu'il était temps de partir.

—Je crois qu'il y a quelqu'un qui a faim, fit-il remarquer en embrassant sa femme sur le haut de la tête avant de prendre sa veste. Je te retrouve après le travail et on pourra continuer à discuter.

Elle le salua avec un sourire et il passa la porte en regardant le ciel où les nuages se dissipaient pour laisser place aux rayons du soleil. Il faisait le trajet de chez lui à son cabinet chaque matin depuis presque un an maintenant et aurait pu trouver son chemin les yeux fermés, mais il ne s'était jamais habitué aux agents de la Gestapo postés au coin des rues ou patrouillant de façon aléatoire ou encore à ces drapeaux exhibés bien en vue et flottant au vent. Tout comme Natalia, il sentait leur présence à chaque pas, avait le sentiment troublant que chacun de ses mouvements était épié, et avait peur de commettre une erreur. Et avec les nazis, une erreur pouvait coûter la vie.

Il avait entendu les histoires de familles du village qui avaient été arrêtées, rassemblées et emportées Dieu seul savait où. La plupart des hommes avaient été réduits en esclavage par les Allemands, les usant jusqu'à l'os en punition de leur seule ethnicité. Ce genre de récit ne faisait qu'accroître ses craintes quant à l'avenir et ce qu'il risquait de lui arriver s'il menait son projet à bien et que sa manœuvre était découverte.

Il ouvrit la porte de la clinique de la Croix-Rouge et se rendit dans son bureau. Avant la guerre, une infirmière travaillait avec lui et accueillait les patients à leur arrivée, mais il n'y avait plus que lui aujourd'hui. Parfois, il essayait de faire semblant d'avoir une vie normale avec sa famille, mais en vrai, ça n'avait rien de normal ; il travaillait pour le Troisième Reich comme les ouvriers et avait ordre de traiter tous les patients qui travaillaient pour les nazis. Rien ne semblait plus important pour Hitler que sa force ouvrière, en dehors d'exterminer ceux qu'il méprisait.

Aleksy parcourut les notes qu'il avait prises la veille, puis sortit son planning pour voir ce qui l'attendait. De nombreux patients prenaient rendez-vous, reconnaissants d'avoir de nouveau un médecin dans le village après une si longue période sans, mais certains se présentaient sans prévenir. Il leva les yeux quand il entendit la porte et vit l'un d'eux dans la salle d'attente.

Il tenait son chapeau à la main et se redressa quand ses yeux croisèrent ceux d'Aleksy.

—Leon, dit-il, accueillant l'homme par son prénom puisqu'il le connaissait depuis avant la guerre. Ça me fait plaisir de vous voir. Comment vous portez-vous ?

Quand Leon secoua la tête, Aleksy l'invita à entrer dans son bureau, alarmé par son silence. C'était le genre d'homme qui ne viendrait jamais voir un docteur sans que sa femme insiste, alors le trouver dans son cabinet aujourd'hui était une surprise.

—Vous êtes souffrant ? demanda Aleksy en fermant la porte. Donnez-moi un instant pour trouver votre dossier de patient.

—Je ne suis pas malade.

La voix grave de Leon emplit la pièce et Aleksy arrêta de chercher pour s'asseoir dans la chaise en face de lui.

—Quelque chose vous tracasse alors ? Vous savez que je traite tout ce que vous me dévoilez de façon strictement confidentielle. Vous pouvez me faire confiance, Leon.

—Même si vous travaillez pour eux ?

Aleksy fixa son regard sur lui et baissa instinctivement le volume de sa voix au cas où quelqu'un les écouterait.

—J'ai prononcé mon serment envers ma profession, pas envers mon supérieur. Nous suivons tous des ordres pour rester en vie, mais cela ne veut pas dire que je trahirais un patient.

Il y eut un long moment de silence avant que Leon ne reparle en serrant son chapeau entre ses mains.

—Je coupais du bois ce matin pour essayer de faire ce que je pouvais pour préparer les choses pour ma femme. Il ne reste plus grand-chose, mais je voulais au moins couper ce qu'il y avait.

—Vous êtes en permission à la maison ? demanda Aleksy en sachant bien que Leon avait été emporté et forcé à travailler dans l'une de leurs carrières par les Allemands un an plus tôt. Depuis combien de temps êtes-vous parti ?

—Ils m'ont donné deux semaines. Deux semaines à passer avec ma famille avant de devoir reprendre du service.

—Je vois. Ça a dû être merveilleux de rentrer à la maison auprès d'eux ?

Leon se frotta les yeux, la tête baissée, accablé par un épuisement évident, avant de relever enfin les yeux vers Aleksy.

—Savez-vous combien d'hommes meurent en faisant le travail que je fais ? Nous travaillons douze heures par jour, ils nous nourrissent à peine et nous devons porter des blocs de granit de cinquante kilos sur notre dos. Des hommes meurent écrasés chaque jour par des rochers qui s'écroulent ou poussés par un garde du haut de la falaise quand ils en ont assez de nous ou juste quand ils s'ennuient et veulent se divertir un peu.

Aleksy n'avait rien à dire. Mais être confronté à la réalité du travail des autres lui faisait prendre conscience de la chance qu'il avait.

Leon le regardait fixement.

—Puis je suis rentré et j'ai découvert une épouse si maigre que je peux voir ses os saillir, et des enfants qui pleurent chaque nuit pas juste pour voir leur père, mais parce qu'ils ont si faim que ça leur fait mal. Ils ont mal au ventre et leurs petits bras et leurs jambes ressemblent à des brindilles. Il n'y a rien ici pour eux, et je ne peux rien faire si je dois repartir.

Aleksy écoutait en acquiesçant. Il comprenait. Il avait les mêmes craintes quand il imaginait Natalia et son jeune fils sans lui, devant se débrouiller seuls. Donc les inquiétudes de Leon ne l'étonnaient pas.

—Vous avez dit que vous coupiez du bois ce matin ? S'est-il passé quelque chose ? Est-ce ce qui vous a poussé à venir me voir ?

Leon détourna alors les yeux et regarda au loin par la fenêtre.

—J'ai regardé la hache, je l'ai tenue dans une main, et je me suis demandé si je pouvais le faire. Si je pouvais la lever et me trancher la main gauche, le bras gauche, n'importe quelle partie du corps qui m'empêcherait de repartir là-bas.

L'homme solidement charpenté assis en face de lui se mit à pleurer. Des larmes silencieuses coulaient sur ses joues tandis qu'il s'écroulait, sa tête dans ses mains.

—Je ne peux pas retourner là-bas. Je n'y retournerai pas. Mais si je ne fais rien, ils viendront me chercher. Ils me traqueront, moi et ma famille, et ils nous tueront. Nous n'avons nulle part où nous cacher, il n'y a rien que je puisse faire.

Aleksy se pencha en avant et regarda Leon dans les yeux quand il leva enfin la tête.

—Vous pourriez vous tuer avec un geste aussi idiot, et votre femme n'aurait plus personne. Il n'y a aucun moyen de le faire de manière sécurisée, de garantir que vous ne mourrez pas.

—Au moins, je ne serais plus l'esclave d'Hitler, marmonna-t-il avant de tourner de nouveau la tête vers la fenêtre. Au moins, je n'aurais plus à retourner là-bas.

—Leon, vous me faites confiance pour vous aider ? demanda Aleksy en se levant et en entrant dans la pièce attenante où il conservait les médicaments et le matériel. Je sais que vous ne voulez pas mourir, que vous voulez être présent pour votre famille… Et si j'avais une autre solution ?

Leon émit un grognement, et quand il revint dans son bureau, Aleksy perçut l'intérêt que lui témoignait son patient. Le docteur, une seringue à la main, s'assit à son bureau, le cœur battant la chamade. Il l'avait préparée depuis des jours en se demandant s'il pourrait l'utiliser et quand, et avait caché l'échantillon dans des tubes à essai au fond de son placard.

—Remontez votre manche.

Leon s'exécuta et Aleksy pria pour que ce qu'il s'apprêtait à faire fonctionne. Il travaillait sur ce projet depuis des mois et essayait de définir si son idée était brillante ou idiote, mais ça semblait être le bon moment pour le découvrir.

—Ce qui se passe dans cette pièce doit rester un secret entre nous deux. Vous ne pourrez pas raconter à votre femme ou à qui que ce soit ce qui s'est produit ici, sinon, nous pourrions nous retrouver face à un peloton d'exécution.

Leon acquiesça.

—Êtes-vous sûr que ça m'évitera de retourner là-bas ?

—Cela vous donnera une éruption cutanée, une infection ou la mort, dit Aleksy en plaçant l'aiguille sur le muscle du bras de Leon. Ou cela pourrait vous sauver. Et si c'est le cas, cela pourrait aussi sauver tous les habitants de notre village.

Leon détourna le regard, le bras toujours tendu, et Aleksy enfonça consciencieusement l'aiguille sans savoir si son plan allait fonctionner. Quand il eut terminé, pendant que Leon redescendait sa manche, Aleksy retourna s'asseoir. Il était surpris que son patient ne lui pose pas plus de questions et se contente de rester assis en silence.

—Je veux que vous reveniez à la même heure dans deux jours. Pour que cela fonctionne, je dois faire une prise de sang pour constater les résultats. Je pourrai alors vous annoncer ce qui vous évitera de devoir quitter votre famille à nouveau, expliqua-t-il avant de marquer une pause. Vous me promettez de revenir ?

Leon se leva, les épaules légèrement plus hautes qu'à son arrivée.

—Je reviendrai.

—Leon, avant de revenir exercer ici, j'étais sergent dans notre armée. L'Armée rouge a ouvert le feu sur mon bataillon et la plupart des hommes avec qui j'étais ont péri. Quand ils m'ont trouvé vivant, j'ai été fait prisonnier, mais par miracle, j'ai réussi à m'échapper du wagon de marchandises et à rentrer chez moi. Je vous raconte ça pour que vous compreniez que j'ai vu la brutalité des Allemands de mes propres yeux, je sais ce dont ils sont capables, la peur qu'ils inspirent. Vous pouvez me croire : je fais tout ce qui est en mon pouvoir pour aider.

Aleksy serra la main que Leon lui tendit.

—Merci, docteur.

—Merci pour votre confiance, dit Aleksy en souriant.

Quand Leon partit, et après avoir vérifié que personne d'autre n'attendait, Aleksy s'assit dans sa chaise et ferma les yeux en repensant à la décision qu'il venait de prendre. Il réfléchit à toutes les choses qui pourraient mal se passer. *Mais si j'ai raison...* si ce qu'il essayait de faire était une réussite, alors ce n'était pas qu'à Leon qu'il éviterait de retourner dans les mines.

***

Après une longue journée à ausculter les ouvriers de l'aciérie voisine et à examiner d'autres hommes qui avaient miraculeusement survécu au travail des champs et étaient revenus en permission, il fit un détour pour une visite à domicile en rentrant chez lui. La plupart des habitants du village étaient heureux de compter un médecin parmi eux, mais pour certains, se rendre à la clinique de la Croix-Rouge était un acte de désespoir. Même si Aleksy pensait qu'ils étaient tous désespérés de vivre sous l'occupation allemande, il parvenait toujours à garder ses pensées pour lui et à se concentrer sur son travail. Aujourd'hui, il avait entendu dire qu'une femme du village avait deux enfants malades, et il avait décidé de passer la voir.

Il frappa à la porte en espérant que c'était la bonne adresse, et quand une femme aux yeux rougis par les larmes répondit, il sut immédiatement qu'il avait bien fait.

—Je suis le docteur Aleksy Gorski, annonça-t-il en tendant la main. J'ai cru comprendre que vos enfants n'allaient pas bien ?

Elle acquiesça et ouvrit un peu plus la porte. Il laissa retomber sa main quand elle ne la serra pas.

—Je ne peux pas me permettre de payer un médecin.

—Je n'attends aucun paiement, donc ce ne sera pas un problème. Les seules personnes qui peuvent se permettre de me payer sont les Allemands, et si je suis honnête avec vous, ce ne sont pas mes patients préférés.

Elle sourit et il la suivit dans sa maison. Comme dans toutes les autres, des tissus noirs obstruaient les ouvertures et il aurait aimé pouvoir lui dire de les arracher et ouvrir toutes les portes et fenêtres. Mais ce n'était pas possible, alors il entra silencieusement dans l'une des chambres où il trouva deux petits enfants bordés dans leurs lits, le visage rougi.

—Depuis combien de temps sont-ils comme ça ? demanda-t-il en posant sa sacoche.

—Quelques jours seulement, répondit-elle en se tenant les mains devant les lits. Si ça avait duré plus d'une semaine, je vous aurais appelé, mais…

—Vous faites de votre mieux dans ces circonstances, dit-il rapidement en sortant son stéthoscope. Nous vivons des temps éprouvants, mais ces enfants ont une mère à la maison qui les aime, alors je n'émettrai aucun jugement.

Il écouta la respiration haletante du premier enfant avant de glisser son thermomètre sous sa langue pour prendre sa température. Puis il se tourna vers l'autre enfant et en fit autant.

—Ils vont guérir ?

Aleksy lui sourit.

—Ils se remettraient bien plus vite s'ils pouvaient manger quelque chose de consistant, mais oui, ils vont guérir. Leurs poumons sont clairs, ce qui est toujours ma première préoccupation.

Il observa les deux enfants en regrettant de ne pas déjà connaître le résultat de sa petite expérience. Si elle était sûre, ils seraient les candidats idéaux pour ce qu'il prévoyait puisqu'ils montraient déjà des symptômes.

—Que leur faites-vous pour les soulager ? demanda-t-il.

—Ils se plaignent tous les deux de maux de tête, alors j'utilise des verres à ventouses et des linges frais pour la fièvre bien sûr.

Il acquiesça et vérifia leur température.

—Je vais vous laisser un peu d'huile d'eucalyptus à mettre sur leurs oreillers la nuit, et si vous pouvez leur faire boire autant d'eau que possible, ça aidera aussi, conseilla-t-il en souriant à la mère qui donnait l'impression qu'elle allait s'effondrer devant lui. Comment vous sentez-vous ? En dehors de la fatigue ?

Elle avait l'air gênée, mais il lui attrapa la main et la tint un instant.

—Moi aussi j'ai un enfant, et je vois l'effet que ça a sur ma femme, et pourtant, je suis plus chanceux que beaucoup d'autres. En temps normal, je lui aurais demandé de vous apporter du bouillon de poulet pour les enfants, mais ce n'est malheureusement plus possible.

Aleksy sortit une petite fiole d'huile d'eucalyptus de sa sacoche et la posa sur la table de chevet à côté du lit, avant de remballer ses affaires.

—S'il y a du changement, faites-moi prévenir. Sinon, j'essaierais de les garder aussi hydratés que possible, même si ce n'est qu'avec de la soupe de légumes, et si par miracle vous pouvez trouver du miel, ça aiderait aussi.

La femme le raccompagna jusqu'à la porte, mais quand il l'atteignit, elle lui demanda d'attendre et disparut. Elle revint de l'extérieur de la maison, un canard dans les mains.

—S'il vous plaît, prenez ça. En guise de paiement.

Aleksy secoua la tête et posa une main sur son épaule.

—Vous avez plus besoin de ce canard que moi, répondit-il fermement. Maintenant, s'il vous plaît, si vous avez besoin de moi, appelez-moi, et ça vaut aussi pour toutes les autres familles du quartier. Dites-leur que je n'attends rien en retour, je veux juste aider comme je peux.

Sur ce, il lui dit au revoir et reprit sa longue marche jusque chez lui, content de pouvoir se dégourdir les jambes et se vider la tête avant de retrouver son épouse. Parce qu'il ne pouvait pas s'empêcher de penser à Leon. Oui ou non, avait-il tué le pauvre homme ?

***

Le lendemain, Aleksy fut tenu occupé par une liste interminable de patients qui franchissaient sa porte. Il examina tout, des pieds pleins d'ampoules suppurantes aux os brisés, mais il ne pensait toujours qu'à Leon. Il fut tenté de lui rendre visite chez lui juste pour vérifier qu'il n'était pas souffrant, mais il ne voulait pas attirer l'attention sur son patient.

Quand il entendit sa porte claquer, il leva les yeux de ses papiers.

—La clinique est fermée, lança-t-il. Je serai disponible dans un instant si c'est urgent.

Aleksy reposa les documents qu'il lisait dans le dossier et tria les notes sur ses patients avant de se lever, mais il s'arrêta net quand il vit un géant qui remplissait l'encadrement de la porte. Il était très grand, avec des épaules larges, et il portait des vêtements civils, pas un uniforme, avec un manteau aussi épais qu'une peau d'ours. Quelque chose chez lui força Aleksy à s'immobiliser. L'homme lui semblait familier.

—Puis-je vous aider ? demanda-t-il.

Il aurait presque aimé avoir une arme à sa disposition quand l'homme le regarda.

—Vous êtes le docteur ? Gorski ?

Il n'était pas allemand. Aleksy se détendit légèrement.

—Oui. Êtes-vous souffrant ? demanda-t-il avant de s'éclaircir la voix.

—Vous ne vous souvenez pas de moi ?

Aleksy l'étudia consciencieusement pour essayer de l'identifier.

—Je…

—La nuit où on est tombés dans l'embuscade. J'ai cru que tout le monde était mort.

Il se souvint soudainement de lui, se rappela l'avoir vu le matin où ils avaient levé le camp avec leur unité sans savoir ce que leur réservait cette journée, à l'époque où ils combattaient encore les nazis.

—Je pensais être le seul survivant.

L'homme grogna.

—J'ai rampé jusqu'à une ferme dans la nuit et ils m'ont aidé à survivre.

Aleksy acquiesça, des larmes lui piquant les yeux tandis qu'il se remémorait ce jour comme si c'était hier, se souvenait des cris des hommes autour de lui et du bruit constant des coups de feu.

—Savez-vous ce que font les hommes comme nous ? Nous nous battons pour la cause.

La résistance. Bien sûr.

—Oui, je sais.

Aleksy remua, mal à l'aise, inquiet à l'idée que quelqu'un les entende même s'il savait que c'était de la paranoïa.

Il alla chercher les deux verres qu'il gardait dans son bureau et y versa de la vodka. Il ne connaissait même pas le nom de cet homme, mais ils avaient combattu ensemble et cela signifiait beaucoup. Il lui tendit un verre.

—À la survie, dit Aleksy avant d'avaler une grande gorgée. Ce que nous avons vécu, aucun homme ne devrait l'endurer.

—À la survie.

Ils restèrent ainsi un long moment et finirent leurs verres avant que l'autre homme ne pose le sien et se racle la gorge.

—Je suis ici parce que nous avons besoin d'un docteur, pour soigner les membres de la résistance blessés. Beaucoup d'hommes se battent pour nous, mais peu ont de l'expérience en médecine.

Aleksy hésita, mais ne détacha pas ses yeux des siens.

—Allez-vous nous aider ?

Il y avait tant de raisons pour lesquelles il aurait dû dire non, mais à cet instant, Aleksy savait qu'une seule réponse pouvait franchir ses lèvres.

—Oui. Je vais vous aider.

—Bien, dit-il en tendant la main. Vous pouvez m'appeler Capitaine.

—Aleksy, dit-il en serrant la main du capitaine, espérant qu'il ne venait pas de mettre sa vie et celle de sa famille en danger.

—Nous vous ferons savoir quand nous aurons besoin de vous, affirma-t-il en se tournant pour partir. Je ne reviendrai pas ici ; si nous avons besoin de vous, il y aura une pierre près de votre porte. Vous devrez venir à la lisière de la forêt le soir, et quelqu'un vous attendra.

—Pas devant ma maison, protesta Aleksy. Je veux que personne ne vienne chez moi, je ne prendrai pas le risque que ma famille soit mêlée à ça. Ce devra être à cette porte, ici.

L'homme acquiesça.

—Faudra-t-il que j'apporte du matériel médical quand je serai appelé ? demanda Aleksy.

—Oui.

—Y a-t-il autre chose que vous pouvez me dire ? Concernant ce à quoi je dois m'attendre ?

—Moins vous en savez, mieux c'est.

Quelle ironie. J'ai dit presque les mêmes mots à Leon hier à peine.

L'homme partit sans dire un mot et Aleksy resta là en espérant que personne ne l'ait vu entrer ou sortir de la clinique. Quelques heures plus tôt, un officier allemand était assis ici ; que se serait-il passé s'il avait toujours été là ? Si lui et ce Capitaine s'étaient croisés ? Mieux valait ne pas y penser.

Aleksy ferma la porte à clé pour éviter que quelqu'un d'autre n'entre et alla chercher la bourse qu'il cachait au fond de son placard à matériel. Il regarda la petite pilule à l'intérieur en priant pour n'avoir jamais à l'utiliser avant de refermer le petit sac et de le glisser dans sa poche.

Il avait un collègue qui avait aidé la résistance, et il lui avait dit qu'il gardait toujours une pilule de cyanure dans sa poche au cas où il serait capturé. Ils avaient tous entendu les histoires de torture perpétrée sur ceux qui aidaient les Juifs ou sortaient des rangs pour se rebeller contre les nazis, et Aleksy savait que s'il devait choisir entre une mort rapide avec cette pilule et une mort lente entre les mains de l'ennemi, il préférait le poison.

La décision la plus difficile à prendre était de savoir s'il devait aussi en mettre une à disposition de sa femme. Il chassa cette pensée, refusant d'imaginer le danger qui la menacerait s'il était attrapé, car il savait que la cruauté de l'ennemi n'avait pas de limites, même quand les femmes et les enfants étaient impliqués.

Aleksy referma le placard à clé et rassembla ses affaires avant de mettre son sac sur son épaule et de quitter la clinique pour sa tournée du soir. La pilule était aussi lourde que du plomb dans sa poche. Il s'efforça de ne plus y penser.

Mais c'était impossible.

13

Aleksy ne s'était jamais senti aussi nerveux. Pas même quand il s'était échappé du train de marchandises et avait couru pour sauver sa peau ou quand sa femme avait accouché. Cinq jours plus tôt, il était assis en face de Leon et avait prélevé son sang en lui disant qu'il passerait le voir chez lui dès qu'il recevrait les résultats. C'était le protocole en temps de guerre ; tous les prélèvements devaient être envoyés au laboratoire géré par les nazis en Pologne pour être analysés. Depuis, l'attente des résultats l'avait empêché de dormir.

Mais après tous ces jours, il n'avait pas reçu une lettre, mais un télégramme. Il le tenait, la main tremblante. Il n'y avait que cinq mots sur la page.

TEST DE WEIL-FELIX POSITIF

Aleksy se laissa tomber dans son fauteuil, le télégramme toujours à la main, relisant le message encore et encore. Ça avait marché. Son plan avait fonctionné ! L'injection qu'il avait faite à Leon, la substance pour laquelle il avait fait de si longues recherches, avait donné exactement ce qu'il espérait. Il avait transmis à son patient un faux positif au typhus, ce qui voulait dire qu'il avait indubitablement sauvé la vie de cet homme. Le mieux, après l'avoir ausculté quotidiennement, c'était qu'il ne présentait aucun signe d'être infecté ou de souffrir d'effet secondaire.

Il avait passé des mois à se préparer pour ça, pour ce qui pourrait se passer s'il parvenait à un tel résultat. Alors il rassembla rapidement ses affaires, glissa le télégramme dans sa sacoche en cuir et quitta la clinique à la hâte. Il envisagea de laisser un message sur la porte, mais décida qu'il devait faire vite et se contenta de fermer la porte à clé. Mais quand il se retourna, il tomba nez à nez avec l'officier nazi qui était déjà venu la semaine précédente.

—Où allez-vous comme ça ?

L'officier plissa les yeux et posa sa main sur son arme.

Aleksy se figea.

—Monsieur, j'ai un cas confirmé de typhus dans le village. J'ai fermé la clinique pour faire une visite à domicile.

Il essaya de ne pas sourire en voyant la surprise sur le visage de l'officier.

—Le typhus, vous dites ? Vous avez une preuve ?

—Vous permettez ? demanda Aleksy en désignant sa sacoche.

Il savait qu'il valait mieux ne pas chercher quelque chose sans prévenir, de crainte de se faire tirer dessus.

L'officier acquiesça.

Aleksy sortit le télégramme et le tendit à l'officier.

—Vous verrez, monsieur, que ce sont les médecins de votre laboratoire qui ont confirmé le cas. Je leur ai envoyé l'échantillon de sang il y a cinq jours.

—Le typhus ? Il y a du typhus dans le village ?

—Oui, monsieur. On m'a parlé d'autres patients qui ne se sentent pas bien, donc je dois me dépêcher d'agir pour m'assurer qu'il ne se répande pas, expliqua Aleksy avant de ranger le télégramme dans son sac. Aviez-vous besoin de me voir urgemment, monsieur, ou puis-je continuer ? Je peux rouvrir la clinique pour vous si nécessaire.

L'officier lui aboya de partir et Aleksy disparut, un léger sourire aux lèvres tandis qu'il prenait conscience que son plan avait fonctionné. Il ne serait pas surpris si la moitié des Allemands dans le village étaient partis d'ici la nuit, et le reste la semaine suivante, une fois qu'il aurait obtenu encore un ou deux tests positifs. Il imaginait qu'ils s'installeraient dans le village le plus proche à deux heures de marche du leur, ou peut-être qu'ils iraient encore plus loin. Tant qu'ils partaient, peu lui importait leur destination.

Après quinze petites minutes de marche, Aleksy arriva chez Leon. Il découvrit son patient, assis au soleil, en train de regarder ses enfants jouer. Si les nouvelles qu'il apportait avaient été différentes, cette visite aurait été difficile, mais aujourd'hui, il avait le pas léger quand il le héla.

—Leon !

Ce dernier leva la tête, les yeux écarquillés. Son épouse apparut à la porte et Aleksy remarqua aussitôt sa minceur extrême, ses yeux creusés et ses doigts osseux quand elle se cramponna à la porte.

—Pouvons-nous laisser vos enfants dehors ? demanda Aleksy. J'ai besoin de vous voir, tous les deux.

Leon s'adressa à ses enfants tandis que sa femme invitait Aleksy à entrer. Il la suivit et s'assit à la table où il secoua la tête quand elle lui proposa du thé.

—Il n'y a personne d'autre dans la maison ? demanda-t-il quand Leon entra et prit place en face, sa femme derrière lui.

—Il n'y a que nous, répondit Leon.

—Je sais que ça va vous surprendre, mais Leon est positif au typhus. J'ai reçu un télégramme il n'y a pas une heure, confirmant les résultats du test que j'ai fait la semaine dernière, ce qui veut dire qu'il peut désormais rester en quarantaine à la maison.

—Le typhus ? répéta sa femme, sous le choc.

Aleksy adressa à Leon un long regard et sut en le voyant hocher légèrement la tête qu'il avait compris.

—Je pense que vous recevrez un message sous peu pour vous demander de rester chez vous et vous dire que vous ne devez en aucun cas retourner travailler, expliqua Aleksy. Le typhus est une maladie extrêmement contagieuse et les Allemands ont particulièrement peur qu'il se répande dans leur armée.

La pauvre femme de Leon semblait sur le point de s'évanouir, mais Leon frappa sa main sur la table en bois, le sourire aux lèvres.

—Je n'aurai pas à retourner là-bas ? Je peux rester ?

—Aussi longtemps que je pourrai convaincre les nazis que vous avez le typhus, oui.

—Mais Leon n'a eu aucun symptôme, il n'a pas…

Aleksy regarda Leon se lever et prendre sa femme dans ses bras pour la serrer très fort contre son torse.

—Il vaut mieux que vous acceptiez le diagnostic sans poser de questions, dit Aleksy. Pour le bien de tous. Et assurez-vous de ne pas être vu, surtout les prochaines semaines.

Il se leva pour partir et Leon l'accompagna. Ni l'un ni l'autre ne parla avant qu'ils n'atteignent la porte.

—L'injection que vous m'avez faite…

Aleksy se pencha vers lui et lui donna une tape dans le dos, comme on féliciterait quelqu'un qui vient de remporter une course difficile.

—Ça a fonctionné comme je l'espérais. Vous n'avez pas vraiment le typhus, ne vous inquiétez pas. (Il leva la main pour ouvrir la porte avant de jeter un œil derrière lui.) Vous ne devez jamais dire la vérité à qui que ce soit, pas même à votre femme, Leon. Cela doit rester un secret entre nous, vous comprenez ?

—Oui, docteur. Je comprends.

Tandis qu'Aleksy s'éloignait de la maison en faisant un signe aux enfants qui jouaient encore dans le jardin, il entendit un cri retentir et ne put s'empêcher de sourire. Ce n'était pas le genre de réaction qu'il voyait habituellement quand il annonçait à quelqu'un qu'il avait une maladie infectieuse. Il espérait juste que c'était le début de quelque chose de plus grande ampleur, que ce serait un moyen d'assurer la sécurité de sa communauté. Ils étaient assez éloignés des autres villages pour pouvoir être complètement isolés des horreurs de l'occupation nazie si son plan était une réussite ; son plus grand défi consisterait à garder cela secret.

***

Aleksy avait marché presque deux heures jusqu'au village le plus proche pour rendre visite à son ami et collègue médecin, Marcin. Il l'avait rencontré pendant sa formation, de nombreuses années plus tôt. Ils étaient toujours restés en contact, et quelques mois auparavant, ils avaient émis la théorie que Proteus OX19, habituellement utilisé comme outil pour confirmer le typhus, pouvait créer un faux positif lorsque le sang d'un patient y était exposé. À condition que l'un d'eux trouve le courage de l'injecter directement à un patient. Ils avaient bien bu et ri en pensant comme ce serait brillant de tromper les nazis et de créer une oasis de villages qui retrouveraient presque la sérénité d'avant-guerre. Quand Aleksy était rentré chez lui, cette idée l'avait obsédé. Et Leon s'était présenté au moment idéal.

Aleksy avait envisagé d'écrire à son ami pour partager la nouvelle, mais sans avoir établi de code, il craignait que son message ne soit intercepté. Ces nouvelles pourraient aussi changer la vie des patients de Marcin, ainsi que des autres villages alentour s'ils arrivaient à générer une peur suffisante.

Quand il arriva chez son collègue ce dimanche après-midi, sans prévenir, fatigué et en sueur, Marcin ne cacha pas sa surprise.

—Aleksy ? Qu'est-ce qui t'amène ?

—J'apporte des nouvelles, mon cher ami. Mais je crains que sans eau, je périsse avant de pouvoir les partager avec toi. Je ne suis pas habitué à une si longue marche.

Ils rirent et se serrèrent la main avant qu'Aleksy ne suive son vieil ami à l'intérieur, où ils s'assirent autour de la table de la cuisine. Il but le verre d'eau qu'il lui offrit et adressa un sourire à Marcin.

—Alors, raconte-moi, dit ce dernier. Je suppose que tu n'as pas fait toute cette route pour boire un café infect avec moi et me raconter comme la vie sous occupation est dure ? Je ne mentionne même pas le fait que je ne t'ai jamais vu aussi souriant.

—Le café est si mauvais ces derniers temps que je crois que ça ne vaut même pas la peine d'en boire. (Aleksy fouilla dans son sac et sortit le télégramme qu'il gardait sur lui depuis qu'il l'avait reçu.) Mais j'ai quelque chose qui, je pense, va t'intéresser. Une nouvelle qui va tout changer.

Marcin prit le papier et mit ses lunettes, mais quelques secondes plus tard, il les avait enlevées et fixait de nouveau Aleksy.

—C'est ce que je pense que c'est ?

—Oui, confirma-t-il avec un sourire radieux. Ça a marché.

—Ça a marché ?

Aleksy éclata de rire et Marcin l'imita.

—Ça a marché. J'ai injecté Proteus 19 à mon premier patient, j'ai envoyé l'échantillon et le test est revenu positif.

Marcin se leva.

—Ça se fête ! J'ai mis de côté une bouteille de ma vodka préférée pour une occasion spéciale, déclara-t-il en secouant la tête. Tu es sûr que ça a fonctionné ? N'étais-tu pas terrifié à l'idée de le contaminer réellement ?

—Je te promets que ça a marché. Peut-être qu'on est plus intelligents qu'on ne le pensait ? Et, non, je n'ai pas eu peur. Cet homme, il était prêt à s'ôter la vie, tant il était malheureux. C'était le sujet idéal pour le test, expliqua Aleksy alors que Marcin lui servait un verre.

Ils trinquèrent et burent une gorgée.

—Mais maintenant, nous devons élaborer un plan, poursuivit Aleksy. Je dois simuler la propagation du typhus parmi mes patients si je veux que ça marche vraiment, et nous devons faire la même chose ici, dans ton village. Je conserverai des rapports sur chaque patient pour faire des statistiques épidémiologiques confirmées et enregistrées par l'armée allemande, qui montreront combien la maladie est contagieuse, et qu'à chaque nouveau cas, je crains qu'elle ne décime notre petit village et ceux alentour. Qui sait jusqu'où elle pourrait se répandre si nous sommes malins ?

Marcin acquiesça, les yeux brillants. Peut-être que la réussite du plan dont ils avaient discuté si longuement avait éveillé quelque chose en lui. C'était un miracle ou en tout cas leur réalisation qui s'en rapprochait le plus.

—Oui, il faut qu'on commence à répandre la maladie pour que ce soit crédible, et surtout, on va devoir augmenter le nombre de cas rapportés avec l'hiver qui s'installe et les faire diminuer à chaque printemps. On doit planifier ça aussi soigneusement que possible.

—Je suis d'accord, dit Aleksy en prenant une autre gorgée. Je me disais que quiconque se présente avec de la fièvre ou des marques rouges sur la peau recevrait une injection et devrait faire une prise de sang. S'ils envoyaient quelqu'un pour vérifier l'état des patients ou nos rapports, nous aurions de quoi justifier notre diagnostic. On aurait besoin de donner une raison pour avoir fait un prélèvement au départ.

—Aleksy, cela pourrait tout changer, s'écria Marcin en leur servant un autre verre. Si on arrive à tenir la distance…

—On pourrait se débarrasser d'eux complètement, termina Aleksy. On pourrait devenir les seuls villages non occupés. On pourra peut-être permettre à tous les habitants de la région d'être en sécurité et de ne pas participer à la guerre.

—Rien ne fait plus peur aux nazis que le typhus. C'est brillant, absolument brillant !

Ils se sourirent de chaque côté de la table comme deux enfants qui prépareraient une blague, avant que Marcin ne reprenne le télégramme comme s'il devait le lire une deuxième fois pour y croire. Son ami avait raison, il n'y avait rien que les nazis craignaient plus, en sachant que c'était une maladie qui pouvait se répandre comme un feu de forêt dans leur armée. C'était aussi une maladie qu'ils aimaient dire être propagée par les Juifs, et la dernière chose qu'ils voulaient, c'était qu'elle se répande parmi leurs soldats.

—Dois-je attendre une semaine avant d'envoyer mon premier prélèvement ? demanda-t-il. Je pense qu'il serait pertinent qu'il se soit déjà répandu ici, surtout si tu as un autre patient dans les prochains jours ?

—Je trouve que c'est une idée brillante, dit Aleksy. Mais ça reste entre nous ?

—Bien sûr. On ne peut pas prendre le risque que qui que ce soit sache ce qu'on a fait, pas sans savoir à qui on peut faire confiance. On ne peut même pas le dire à nos femmes, Aleksy. Ça doit rester entre toi et moi.

—Je suis d'accord.

Il y avait des rumeurs sur ceux qui, parmi eux, collaboraient avec les nazis, généralement pour bénéficier de meilleurs traitements ou recevoir de plus grandes rations, et même si Aleksy détestait cette idée, il savait que c'était probablement vrai. Il savait aussi qu'il était fortement improbable que Leon dévoile quelque chose ; il était trop reconnaissant de pouvoir rester chez lui pour divulguer leur secret. Le docteur décida toutefois de ne pas en parler à son collègue. Mais Aleksy pourrait-il se retenir d'en parler à sa femme ? Le lui cacher serait beaucoup plus dur… il partageait tout avec Natalia.

—À notre stratagème pour pigeonner ces salauds, dit Marcin en levant son verre.

—À notre stratagème, répéta Alex qui refusait de penser à sa femme ou à ce qui se passerait si sa supercherie était découverte.

Il sauvait son village de la seule façon qu'il connaissait, et tout ce qu'il pouvait espérer pour la suite, c'était qu'ils soient capables de tenir les Allemands à distance jusqu'à ce que les Alliés gagnent.

Mais certains jours, il se demandait si le reste du monde combiné pourrait un jour vaincre les forces d'Hitler. Si l'Amérique n'entrait pas en guerre, il craignait que le règne de la terreur ne se termine jamais.

—Marcin, au cas où nous serions démasqués, dit-il en sortant la pilule qu'il avait mise dans sa poche quelques jours plus tôt pour la montrer à son ami, conscient que c'était un moment comme un autre pour en parler avec lui. S'ils arrivent à distinguer le vrai du faux, si nous nous faisons prendre…

Le sourire de Marcin disparut et Aleksy le regarda vider le reste de son verre, les yeux aussi sombres que le sujet de leur conversation.

—Je ferai pareil. S'ils nous attrapent…

Ni l'un ni l'autre n'était capable de terminer cette phrase.

—Un autre verre ?

—Oui, répondit Aleksy en rangeant la petite pilule dans sa poche de devant et en chassant l'éventualité que les nazis les capturent. S'il te plaît.

Tout était bon pour lui faire oublier les circonstances qui pourraient l'amener à avaler volontairement du cyanure.

***

Ce soir-là, Aleksy rentra chez lui, épuisé par cette si longue marche, mais soulagé de ne pas avoir été arrêté par la Gestapo. Il ne savait pas trop si c'était son imagination, mais il avait l'impression d'avoir croisé moins d'uniformes que d'habitude en traversant le village. Il s'y était préparé, bien sûr, avec son télégramme soigneusement rangé dans son sac et une histoire où il expliquerait qu'il était nécessaire qu'il prévienne le médecin du village voisin de la propagation potentielle de la maladie, mais cela s'était révélé inutile. Par contre, il ne s'était pas préparé à entendre au beau milieu de la nuit la voix de sa femme qui lui donna le sentiment d'être un intrus dans sa propre maison quand il entra dans leur chambre.

—Où étais-tu ?

Il s'assit sur le lit et le matelas s'enfonça sous son poids.

—J'étais si inquiète, dit-elle avant qu'il n'ait le temps de répondre. J'ai cru qu'il t'était arrivé quelque chose, qu'ils avaient découvert ce que tu manigances, quoi que ce soit, que…

—Chut, ma chérie, tu n'as pas à t'inquiéter, dit-il en tendant la main vers sa femme. (Il détestait la peur dans sa voix.) J'ai rendu visite à un collègue, tu te souviens de Marcin ? Nous avons fait notre formation ensemble.

Même dans le noir, il distinguait son visage et lui caressa les cheveux avant de poser ses mains sur ses joues.

—Je sais que j'ai dit que je comprenais, mais je ne supporte pas de ne pas savoir. J'ai besoin que tu me dises ce que tu fais.

Aleksy prit une grande inspiration et était à deux doigts de lui révéler la vérité. Mais il avait demandé à Marcin de ne dévoiler à personne ce qu'ils faisaient…

Alors pouvait-il, en toute bonne conscience, tout raconter à son épouse ? Il sentait qu'elle attendait sa réponse ; ils étaient mariés depuis assez longtemps pour interpréter ses longues pauses, ce qu'elle n'exprimait pas avec des mots.

—Mon amour, il y a eu un cas confirmé de typhus, dit-il en choisissant bien ses mots.

—Le typhus ! Oh, Aleksy, c'est terrible.

Il garda les mains sur son visage, essayant de réfléchir à ce qu'il pourrait dire pour la rassurer, mais ne trouva rien.

—Ce n'est pas si grave, c'est un cas bénin, mais j'ai reçu un courrier de confirmation après avoir envoyé un prélèvement sanguin.

—Et cela ne se limite qu'à un cas ?

—Eh bien, oui et non. J'ai demandé à l'homme de rester en quarantaine chez lui, mais ce matin, j'ai rendu visite à une famille pour voir deux jeunes enfants pour la deuxième fois. Je dois y retourner après-demain pour faire le test sur eux aussi.

—Pourquoi pas aujourd'hui ? N'aurais-tu pas dû prélever leur sang dès que tu as soupçonné qu'ils pouvaient être contaminés ?

Il marqua une pause et baissa les mains pour les poser sur les siennes.

—Natalia, tu te souviens quand je t'ai dit que je ferais des choses et que je ne pourrais peut-être pas partager la vérité avec toi ?

Elle ne dit rien, mais il sut qu'elle comprenait.

—Alors je sais que tu comprendras quand j'affirme que nous ne courons aucun risque face à cette épidémie de typhus. En revanche, je pense que les nazis pourraient quitter notre village, une fois qu'il y aura assez de cas pour leur faire croire que la maladie se propage.

—Quand tu dis qu'il n'y a pas de risque pour nous, tu parles du virus ?

Aleksy déglutit. Il savait ce qu'elle demandait et il ne voulait pas en dire plus et trahir Marcin.

—Je crois qu'on ne court aucun danger, ma chérie. S'il y en avait un, je m'arrangerais pour vous isoler, toi et Jan.

—Mais le risque, si quelqu'un découvre ce que tu fais, s'ils se rendent compte que tu les as trompés, si c'est ce que tu fais…

Il lui serra la main.

—Si je ne prends pas de risques, alors tout ce que je fais, c'est rester les bras croisés et aider l'ennemi. J'ai fini par comprendre que je n'ai pas besoin de porter un uniforme pour me battre, Natalia. Ça, c'est plus mortel que toutes les balles du monde. Ça signifie qu'on pourra protéger énormément de vies.

Il se leva et se déshabilla avant de se glisser dans le lit à côté de sa femme. Elle se rapprocha de lui jusqu'à ce qu'il la serre contre sa poitrine et pose son menton sur sa tête.

—J'ai entendu quelque chose d'horrible aujourd'hui, c'est pour ça que j'étais si inquiète pour toi.

Il déposa un baiser sur son front.

—C'était quoi, ma chérie ?

—Qu'il y avait un docteur dans une autre ville… ils ont découvert qu'il aidait la résistance, murmura-t-elle. Ils l'ont torturé, puis ils l'ont pendu sur la place du village à la vue de tous. Je ne pouvais pas m'empêcher de penser que tu avais pu être attrapé toi aussi. Que peut-être ton bon cœur t'avait fait accepter de courir des risques que tu ne prendrais pas habituellement.

Il contracta la mâchoire en entendant ses paroles. Il y avait donc une raison si on était venu le trouver dans sa clinique l'autre jour, sauf que le capitaine n'avait pas pensé à lui raconter ce qui était arrivé à leur dernier médecin. Un frisson le traversa, la peur peut-être, mais il l'ignora. Il avait prêté serment quand il était devenu docteur, et il aiderait n'importe qui dans le besoin, quels que soient les risques. Quel genre de docteur serait-il s'il laissait souffrir les jeunes hommes qui se battaient pour eux, ces hommes loin de leurs familles qui vivaient dans les forêts pour mener une guérilla contre les nazis ?

—Est-ce que tu les aides, Aleksy ?

Il n'allait pas mentir à sa femme, pas à ce propos.

—Tu serais en colère si c'était le cas ?

—Jamais, mais je ne dirai pas que je n'ai pas peur. Y a-t-il quelque chose que je puisse faire pour aider ? Serais-je plus discrète si je les assistais, en tant qu'infirmière ? Est-ce que je pourrais passer inaperçue ?

Aleksy savait que c'était hypocrite de sa part de se mettre lui-même en danger sans laisser le choix à sa femme sur le sujet, mais la simple idée qu'elle aide la résistance ou fasse quoi que ce soit qui pourrait mettre sa vie en danger n'était pas envisageable. Il avait besoin de la savoir en sécurité.

—Non, Natalia, le mieux que tu puisses faire, c'est rester à la maison et veiller sur Jan. Laisse-moi prendre les risques pour vous deux.

Elle se blottit contre lui quand le bébé se mit à pleurer.

—Je m'en occupe, dit-il en repoussant les couvertures.

—Non, il va s'énerver. Je vais y aller.

Elle se pencha vers lui et lui donna un long et doux baiser sur les lèvres avant de murmurer :

—Je t'aime, Aleksy. Tu as un grand cœur.

—Je t'aime aussi, susurra-t-il en la tirant vers lui pour un autre baiser.

Elle lui manqua dès qu'elle sortit du lit et il resta allongé à fixer le plafond. Son corps était épuisé, mais son esprit était en alerte, se posait des questions, lui faisait se demander constamment s'il avait pris la bonne décision en lançant cette histoire d'épidémie de typhus.

Qui serais-je si je laissais tous les autres souffrir juste pour mettre ma famille dans un cocon ? Si je n'étais pas prêt à prendre des risques qui pourraient sauver de nombreuses vies, quand tant de nos hommes sont morts en se battant ou faits prisonniers de guerre ?

Il se leva et écouta sa femme qui chantait doucement pour leur fils, avant d'entrer dans la chambre et de la voir le bercer. Elle avait allumé une lampe à huile qui projetait des ombres autour d'eux. Il s'approcha parderrière et prit Natalia et Jan dans ses bras. Il enfouit son nez entre son épaule et son cou et ils restèrent ainsi un long moment, dans la semi-obscurité, alors qu'il luttait contre les nuages d'inquiétude qui se rassemblaient dans son esprit.

Si quelque chose arrivait à sa famille, il savait qu'il ne pourrait jamais se le pardonner.

***

Cela faisait un peu plus de trois semaines qu'Aleksy avait reçu le télégramme. Il se tenait devant sa clinique et regardait les derniers agents de la Gestapo quitter le village avec leurs bottes parfaitement cirées après avoir décroché leurs drapeaux. Même s'il en avait rêvé, les voir partir de leur propre chef était assez étonnant. Cela confirmait qu'il avait eu raison de prendre ce risque ; bientôt, ils pourraient tous fréquenter les endroits que les nazis avaient réquisitionnés et se déplacer librement sans craindre le couvre-feu.

Depuis le premier cas positif, il avait trouvé quatre autres patients qui avaient des symptômes qu'il pouvait attribuer au typhus, et le dernier télégramme qu'il avait reçu confirmant le diagnostic était accompagné d'une note l'informant que les nazis mettaient leur village en quarantaine. Aucun des ouvriers en permission ne devrait retourner travailler et les nazis ne reviendraient pas avant le printemps, ce qui leur offrait quelques mois de répit. Mais il fut encore plus heureux quand il apprit que son ami avait aussi réussi : leur village n'était pas le seul à être déserté. Ils pouvaient trouver de nombreuses causes à l'épidémie, à commencer par la pénurie de savon, mais pour finir les résultats parlaient d'eux-mêmes : la maladie était présente, en tout cas selon les prélèvements sanguins qu'il leur fournissait.

Alors qu'il allait s'en aller, une femme sortit de l'ombre et franchit sa porte avec le sourire.

—Ce soir, apportez du matériel pour des blessures par balle et des fractures, chuchota-t-elle, toujours aussi souriante, comme si elle discutait avec un vieil ami.

—Où ? demanda Aleksy à voix basse. Je croyais que vous deviez laisser une pierre devant la porte ? Quelqu'un pourrait passer près de ma clinique.

—La maison en briques près de la forêt. Venez quand la nuit sera tombée.

Aleksy acquiesça et regarda la femme partir. Il ne pouvait s'empêcher de penser à ce que son épouse lui avait dit concernant le docteur qui avait été pendu pour avoir travaillé avec la résistance. La pilule dans sa poche semblait animée d'un pouls qui s'accélérait quand il devenait nerveux.

—Mon cœur, c'est l'heure de rentrer ? demanda une voix douce derrière lui.

Il avait presque oublié que Natalia l'attendait. Elle avait été d'une aide inestimable quand il avait dû faire les prélèvements sanguins aux Allemands avant qu'ils ne puissent partir, et aujourd'hui, elle était venue l'assister pour s'occuper des patients qui avaient besoin d'être auscultés, laissant leur fils à la voisine.

—Une minute, dit-il en prenant son sac pour y mettre ce dont il aurait besoin.

Mais Natalia était devant lui et pencha la tête pour sonder ses yeux.

—Est-ce que tout va bien ?

—Ils ont envoyé un message.

—La résistance ? demanda-t-elle, le visage pâle.

Aleksy acquiesça.

—Alors dis-moi ce dont tu as besoin pour que je t'aide à tout rassembler. Ça ira plus vite si on travaille ensemble.

C'est ainsi que, malgré la promesse qu'il s'était faite, il entraîna sa femme à sa suite.

—Ils sont partis, Aleksy. Les Allemands sont partis, affirma-t-elle tandis qu'ils s'apprêtaient à rentrer chez eux. Quoi que tu aies fait, quel que soit le plan que tu as mis au point, tu as réussi à débarrasser notre village d'eux une bonne fois pour toutes, et je veux te dire merci, déclara-t-elle en lui caressant le visage. Sans ton courage, qui sait ce qui aurait pu se passer, combien de personnes auraient pu être arrêtées ou tuées ?

Il ferma la porte à clé et lui tendit le bras pour qu'elle puisse y passer le sien. Il ne pouvait s'empêcher de sourire quand ils effectuèrent tout le trajet jusque chez eux sans voir un seul visage étranger au village qu'il aimait tant.

Il vit alors des panneaux partout, des panneaux qui indiquaient qu'ils étaient enfin libérés de l'oppression, en tout cas, pour le moment.

ACHTUNG ! FLECKFIEBER !

Danger, typhus ! C'étaient les mots les plus satisfaisants, les plus poétiques qu'Aleksy ait jamais lus. D'une manière ou d'une autre, en pleine guerre, Marcin et lui avaient réussi à bâtir une forteresse. Il espérait juste qu'ils pourraient feindre une épidémie assez longtemps pour garder tout le monde en sécurité. Le lendemain, ils iraient faire un pique-nique, se promener jusqu'à un champ près d'un lac pour se tremper les pieds dans l'eau et se détendre pour la première fois depuis ce qui semblait être une éternité.

—Je t'aime, dit Natalia en posant sa tête sur son épaule alors qu'ils marchaient tranquillement comme ils ne l'auraient jamais fait sous l'occupation.

Il déposa un baiser sur sa tête et passa son bras autour de sa taille.

—Je t'aime aussi.

14

Deux ans plus tard

Aleksy sut que quelque chose n'allait pas à la seconde où il toucha la porte de sa clinique. Elle était déjà entrouverte.

—Y a quelqu'un ? lança-t-il en la poussant avec son pied.

Il s'attendait presque à trouver un membre de la résistance qui aurait choisi de l'attendre à l'intérieur au lieu de prendre le risque d'être vu devant, malgré son insistance pour qu'ils ne se montrent pas sur son lieu de travail. Habituellement, quelqu'un venait avec des provisions pour le remercier de les aider et cachait soigneusement dans un morceau de pain un minuscule papier roulé, détaillant ce dont ils pourraient avoir besoin pour les soins. Les chances qu'un espion des nazis exerce parmi eux étant très élevées, ils avaient pris toutes les précautions en faisant attention à rester bien cachés. Pour cette raison, Aleksy se montrait extrêmement prudent dans chaque aspect de son travail, gardant son secret, documentant méticuleusement les cas de typhus et lisant tout ce qu'il pouvait sur la maladie pour s'assurer que la propagation ressemble au maximum à une véritable épidémie. Les médecins allemands étaient parmi les meilleurs du monde et Aleksy s'attendait à ce qu'ils vérifient le nombre de cas régulièrement pour s'assurer de la cohérence de ses rapports.

Ce qu'il n'avait pas prévu, c'était de trouver un nazi assis dans son cabinet. Il occupait confortablement son espace personnel, ses bottes noires posées sur le bureau d'Aleksy, écrasant les papiers qu'il avait laissés là la veille. C'était l'officier qu'il avait examiné avant l'épidémie de typhus, celui sur lequel il était tombé le jour où il avait reçu le premier télégramme de confirmation.

—Bonjour, docteur.

—Aaah, bonjour, dit Aleksy en s'éclaircissant la voix, toujours dans l'encadrement de la porte. Je ne m'attendais pas à vous voir.

Je ne m'attendais pas à voir un Allemand, quel qu'il soit. Pas en pleine épidémie.

Il s'efforça de se détendre et de sourire. Les nazis étaient comme des prédateurs : ils traquaient leur proie et percevaient chaque faiblesse, chaque signe évocateur.

—Prenons un verre.

L'homme se leva, traversa la pièce et attrapa une bouteille de vodka qu'Aleksy conservait là ainsi que deux petits verres. Il avait à l'évidence déjà fait une inspection approfondie de son bureau. Aleksy réfléchit activement, certain que l'homme ne pouvait pas avoir trouvé quoi que ce soit pour l'incriminer et le placer dans le collimateur des Allemands.

—Il est un peu tôt pour moi et j'ai toute une journée de rendez-vous qui m'attend…

—J'insiste.

Aleksy posa sa sacoche marron et prit le verre qu'on lui offrait. Il acquiesça et avala une gorgée, la vodka lui brûlant la gorge plus que d'habitude.

—On m'a envoyé inspecter vos patients atteints du typhus. N'oubliez pas que nous étions très confortablement installés dans votre joli petit village, avant d'être forcés de partir dans la précipitation.

—Oh, je ne savais pas que vous aviez une formation médicale, dit Aleksy. Mais je suis très content que quelqu'un ait été envoyé. Gérer tout cela seul est éreintant, surtout après l'hiver que nous venons d'avoir.

En voyant le sourire entendu qu'il reçut en retour, Aleksy eut du mal à garder son calme. Il serra son verre si fort qu'il craignait qu'il n'éclate dans sa main.

—C'est plutôt pratique, cette épidémie, non ? Vous laisser ici comme si nous n'occupions plus votre pays pitoyable ? Vous avez dû bien profiter ces deux dernières années.

—Pas du tout, dit prudemment Aleksy en prenant une autre gorgée et en regardant son nouvel ami lui verser un autre verre. (Il craignait qu'un nazi ivre soit encore plus dangereux et impitoyable.) Nous n'avons plus que quelques cas positifs. J'ai pris soin de faire respecter une quarantaine stricte à toutes les personnes infectées.

—Et pourtant, il continue à se propager ? fit remarquer l'Allemand avant de vider son verre et de se lever. Laissez-moi voir votre matériel.

—Mon matériel ? répéta Aleksy, pris de panique. Y a-t-il quelque chose en particulier que vous aimeriez voir ? Les bandages peut-être ?

—J'aimerais beaucoup voir le matériel qu'il vous reste, dit-il en donnant un coup de pied à une chaise en passant. Je suppose que vous n'en utilisez pas beaucoup puisqu'il n'y a plus personne qui travaille pour notre pays ici ? Pas d'ouvriers à soigner ?

Aleksy prit la clé et, en essayant désespérément d'arrêter sa main de trembler, l'inséra dans la serrure pour ouvrir le placard.

—Monsieur, si nous avions accès à des vaccins, ou à plus de médicaments, ou même à davantage de savon, je crois que j'aurais pu étouffer l'épidémie il y a des mois, peut-être même un an. J'ai été précis dans mes demandes de matériel.

—Alors c'est notre faute ?

Aleksy réfléchit à sa réponse, incapable d'empêcher ses yeux de se poser sur l'arme fixée à la taille de l'homme.

—Non, monsieur, bien sûr que non. Je vous donne juste mon opinion de médecin sur mes tentatives pour gérer la maladie. Comme vous le savez, elle est hautement contagieuse.

Aleksy l'observa farfouiller.

—Vous savez, il y aurait un moyen bien plus simple d'arrêter l'épidémie.

Aleksy se figea et la sueur se forma sur son front.

—Une balle par malade, puis on pourrait brûler leurs maisons et la maladie avec.

Impossible de rester impassible et ne pas réagir, malgré tous ses efforts.

—Je pense que ce serait une horrible perte de vies humaines, et de biens matériels aussi.

Le visage de l'homme était devenu rougeaud, ses joues parsemées de taches roses, et Aleksy l'observa attraper la bouteille et prendre une rasade avant de la reposer brutalement.

—Amenez-moi voir ces patients. Je veux en voir un.

Il sortit de sa poche quelque chose qu'Aleksy identifia comme une liste de noms quand il la lui tendit.

—Cet homme, en haut de la liste, amenez-moi chez lui. Le SS-Sturmbannführer Oberleiter m'a demandé de voir ces patients de mes propres yeux.

Aleksy savait qu'il devait jouer un rôle, qu'il devait garder son calme, prétendre qu'il n'était qu'un simple médecin qui faisait son travail. Le fait qu'ils aient envoyé quelqu'un ne le surprenait pas ; il savait que ça finirait par arriver, mais il s'attendait à voir un docteur ou même une équipe de docteurs allemands, pas un agent de la Gestapo seul.

—Bien sûr, on pourrait y aller tout de suite. Mais je vous préviens, vous vous mettez en danger.

L'homme se figea, faisant grincer ses bottes sur le sol.

—Vous devez savoir comme cette maladie est contagieuse ? Ce patient… je suppose que vous connaissez les symptômes ?

L'Allemand plissa les yeux et se balança légèrement sur ses pieds. À l'évidence, l'alcool commençait à faire effet. Il considéra Aleksy un instant avant de se diriger vers la porte.

—Ce n'est pas la dernière fois que vous nous verrez. Vous êtes averti, docteur. La prochaine fois, vous ne vous en tirerez pas aussi facilement.

Quand il partit en faisant claquer la porte derrière lui, Aleksy se laissa tomber dans son fauteuil ; ses jambes ne pouvaient plus le soutenir.

Qu'est-ce que j'ai fait ? Il devrait transmettre le message à Marcin, peut-être *via* la résistance. Son ami devait savoir que leur secret pouvait imploser à tout instant. Après deux ans à vivre sans oppression, à profiter des sourires de sa femme, à ne pas avoir à regarder par-dessus son épaule pour voir qui pourrait le surveiller.

Il avait le sentiment accablant que tout allait se terminer abruptement.

***

Cette fois, quand ils arrivèrent, Aleksy était prêt. Pas pour le vacarme des camions et des soldats qui apparurent sur la place du village, mais pour voir ses patients interrogés et son diagnostic, remis en question.

—Vous êtes le docteur Gorski ?

Aleksy se tenait devant sa clinique, sa sacoche à la main en attendant d'être convoqué.

—Oui, c'est bien ça.

—Ravi de faire votre connaissance en personne, dit l'homme qu'il identifia comme un médecin grâce à son manteau blanc. Je suis le docteur Richard Herbold, nous avons échangé par courrier concernant votre épidémie de typhus.

Ils avaient envoyé le médecin-chef nazi des aciéries locales. Aleksy savait qu'il ne serait pas facile à duper.

—Docteur Herbold, ravi de vous rencontrer, dit-il en lui serrant la main. J'imagine que vous aimeriez lire mes notes ou peut-être rendre visite à certains de mes patients ?

—Je pense qu'on devrait commencer par les patients, affirma-t-il sur un ton froid en jaugeant Aleksy.

—Comme vous voulez. Je vous en prie, suivez-moi.

Il l'amènerait d'abord chez un vieil homme avec une horrible toux et des rougeurs plein le visage à cause des ventouses que sa femme insistait pour lui appliquer chaque jour, puis chez un homme plus jeune qui était son cas confirmé le plus récent et souffrait d'une violente fièvre. Il était convaincu qu'il pourrait tromper même le plus expérimenté des médecins avec leurs symptômes.

—Ça ne vous inquiète pas, que je les examine ? Comme je l'ai dit dans mes lettres, je suis surpris par le peu de morts que vous avez rapportés. Les cas de typhus aux aciéries sont presque toujours mortels. Jusqu'à présent, vous avez été remarquablement chanceux.

—Peut-être est-ce dû au fait que mes patients restent chez eux et qu'un membre de leur famille s'occupe d'eux ? répondit Aleksy. Ou, comme je le dis à mes patients chaque fois que je les vois, c'est simplement la grâce de Dieu.

—Certains ont émis l'idée, commença le docteur Herbold, que vous pourriez avoir un patient porteur du typhus dont vous prélèveriez le sang à chaque fois pour obtenir des résultats positifs.

—Ce n'est certainement pas le cas, protesta Aleksy, les sourcils froncés, et je vous invite à faire vos propres prélèvements tant que vous êtes ici. La plupart de mes patients ont eu des symptômes moins importants que ce que je me serais attendu à voir durant une épidémie, mais je peux vous assurer que vos échantillons fourniront les mêmes résultats que les miens.

Il n'avait aucun doute là-dessus. En revanche, il ne savait pas comment ces résultats seraient interprétés et si les médecins nazis comprendraient que quelque chose avait induit de faux positifs. Il n'aurait jamais pensé devoir faire durer la supercherie aussi longtemps ; il n'aurait jamais cru que la guerre durerait si longtemps sans signe d'essoufflement, année après année.

Mais tant que son travail pour la résistance n'était pas détecté, tant que personne ne savait qu'il utilisait son matériel pour aider les hommes qui semaient le chaos dans l'armée allemande, il pouvait être tranquille. Encore la nuit dernière, il avait rampé dans le noir, une torche pour seule source de lumière, et avait extrait une balle du corps d'un jeune soldat clandestin. Il lui avait donné des médicaments pour éviter l'infection et lui avait fait mordre un bâton pendant qu'il recousait sa blessure. C'était un travail difficile, dans des circonstances éprouvantes, mais la joie que lui apportait le fait d'aider un compatriote valait le coup.

—Docteur, vous connaissez les conséquences si vous nous mentez, n'est-ce pas ? Si vous trompez notre Führer ?

—Bien sûr. Et quand vous aurez vu ces patients et aurez fait les prélèvements, vous aurez la garantie que je n'ai rien fait de la sorte. Je vous encourage à pratiquer des tests sanguins et je vous suis reconnaissant pour votre assistance dans la gestion de cette épidémie.

Aleksy pensa à son ami Marcin et se demanda s'il allait avoir droit au même interrogatoire, en espérant qu'il avait gardé des rapports aussi complets que prévu.

—S'il vous plaît, par ici, dit-il quand ils arrivèrent chez le premier patient. Je suis vraiment désolé, mais le savon est très difficile à trouver… Mes patients peuvent manquer d'hygiène. Peut-être que des fournitures supplémentaires aideraient à se débarrasser de la maladie ?

Il posa les yeux sur l'homme qu'ils étaient venus voir et il fut content de l'entendre tousser et de voir les taches familières sur son visage.

Il espérait que cette inspection les protégerait au moins quelques mois de plus. Après ça, il savait qu'il n'aurait pas d'autre option que de mettre fin à sa fausse épidémie.

***

Depuis sa dernière visite, quinze jours plus tôt, Aleksy n'avait pas eu de nouvelles du docteur Herbold. Il avait écrit à Marcin et lui avait dit qu'il serait heureux qu'aucun nouveau cas de typhus ne soit rapporté et qu'il espérait que l'épidémie arriverait bientôt à son terme. Il était certain que son ami comprendrait le sens caché de son message.

Heureusement, il n'avait pas eu d'autres visites de son ami de la Gestapo, mais Natalia et Jan étaient passés pour son plus grand plaisir plus tôt dans la journée. Même si la nourriture se faisait rare et que la minceur de Natalia était devenue inquiétante, ils arrivaient à compléter leurs rations avec les légumes du jardin dont elle s'occupait plusieurs heures chaque jour. Aujourd'hui, elle lui avait fait la surprise d'apporter un petit pique-nique. Ils l'avaient pris dans le champ voisin et avaient passé une demi-heure assis au soleil. Les pas hésitants de Jan dans l'herbe les avaient fait rire. Ses mains grassouillettes étaient chaudes et douces dans celles d'Aleksy quand ils retournèrent lentement à la clinique. Il avait pensé à eux toute la journée, pressé de rentrer à la maison et de voir son fils avant qu'il n'aille au lit.

Il ferma la porte de sa clinique et regarda autour de lui, surpris par le calme des rues. Il avait été occupé tout l'après-midi, terré dans son bureau pour recevoir ses patients et travailler méticuleusement sur ses notes sur le typhus.

—Docteur Gorski !

Il se retourna soudainement et vit un jeune homme courir dans la rue, les bras en l'air pour lui faire signe.

—Aleksy Gorski ! cria-t-il de nouveau.

Le sang d'Aleksy se glaça. C'était un jeune homme dont il s'était occupé deux semaines plus tôt pour lui enlever une balle profondément logée dans sa cuisse. Aucun membre de la résistance ne venait en ville à découvert, préférant rester caché dans les forêts qui s'étendaient entre les villages.

—Docteur, dit-il, essoufflé quand il atteignit Aleksy, ses vêtements en loques couvrant sa fine silhouette. Docteur, vous êtes sur la liste noire de la Gestapo. Ils ont déjà pris votre ami, Marcin.

—Vous connaissez Marcin ? demanda Aleksy en attrapant son sac tandis qu'il regardait fixement le jeune homme. Vous êtes certain qu'ils l'ont capturé ?

—Il nous aidait, comme vous le faites.

Aleksy toucha sa poche et sentit la pilule qui y était cachée. Marcin avait-il choisi d'en finir ou attendrait-il une balle des nazis ?

—Vous devez partir. Ils savent que vous nous aidez. Quelqu'un nous a trahis.

Ce n'était donc pas la fausse épidémie de typhus qui l'avait rattrapé, mais son travail avec les membres du réseau clandestin. Ses mains se mirent à trembler.

—Où vais-je aller ? Que vais-je faire ?

Le jeune homme secoua la tête.

—Courir.

À l'instant où ce mot passa ses lèvres, il se retourna et se remit à courir sur la route. Il avait risqué sa vie pour prévenir Aleksy, et pour cela, il lui en serait éternellement reconnaissant. Aleksy laissa tomber sa sacoche pour déboutonner sa veste et se mit à courir aussi vite qu'il le pouvait.

Natalia. Je dois rejoindre Natalia avant qu'ils ne me trouvent. Je dois m'assurer qu'elle sera en sécurité. Si la Gestapo ne pouvait pas le trouver, il savait que ce serait sa famille qu'ils iraient chercher.

La terreur monta dans sa gorge comme une boule qu'il n'arrivait pas à avaler et ses jambes tremblaient alors qu'il les forçait à aller de plus en plus vite et à courir comme si sa vie en dépendait. Et c'était le cas ; sans sa famille, il n'avait pas de vie. Sans sa famille, il ne voulait pas vivre.

La route semblait interminable, le plus long trajet de sa vie. Il arriva enfin au coin et ralentit, s'attendant à trouver la Gestapo autour de sa maison. Il s'appuya contre un arbre, le souffle court, les ongles grattant l'écorce. Mais aucun bruit ne sortait de chez lui.

Natalia était généralement dans le jardin à cette heure de la journée, à ramasser des légumes pour le dîner ou à laisser Jan jouer. Ses poils se hérissèrent quand il se rendit compte que ce silence était anormal. Mais peut-être étaient-ils simplement assis dans la cuisine et qu'elle chantait et parlait à leur fils pour le convaincre de manger ses légumes, ignorant avec bonheur ce qui se tramait.

Aleksy marcha lentement jusqu'à la porte, tâchant de ne produire aucun bruit à chacun de ses pas, même si sa respiration résonnait dans ses oreilles. Il tourna la poignée, entra et avança prudemment jusqu'à la cuisine.

Il dut se retenir de toutes ses forces pour ne pas hurler, pour ne pas rugir son désespoir quand son pire cauchemar apparut sous ses yeux. Il croisa le regard vide de sa femme, vit son magnifique visage mutilé et couvert de sang, ses yeux gonflés. Quand il entendit son fils pleurer, le désespoir dans son gémissement lui arracha le cœur de la poitrine. Depuis combien de temps étaient-ils dans cette situation ? Depuis combien de temps attendaient-ils son retour ?

—Bonsoir, docteur, dit une voix dans l'ombre. Je suis sûr que vous ne vous attendiez pas à me revoir aussi vite ?

15

Auschwitz-Birkenau

— Je vous en prie, supplia Aleksy, les mains levées tandis qu'il entrait dans la cuisine.

Il regarda sa femme et l'implora silencieusement de lui pardonner. *Qu'est-ce que j'ai fait ? Qu'est-ce que j'ai fait ?!*

—Prenez-moi, mais laissez mon épouse. Elle n'a rien à voir avec tout ça. S'il vous plaît, laissez-la partir ?

Il n'eut que le silence pour réponse. Un silence de mort.

Le cœur d'Aleksy battait la chamade. Il se rapprocha et découvrit que leur visiteur de la Gestapo était seul. Il devait trouver un moyen de le distraire, faire quelque chose, n'importe quoi, pour sauver Natalia. Pour atteindre Jan, le prendre dans ses bras et courir, comme on lui avait conseillé de le faire. Courir sans jamais regarder en arrière.

—S'il vous plaît, je vous en supplie, laissez-la partir.

Le bruit de pas derrière lui et les yeux de sa femme écarquillés par la terreur le firent chanceler. Quand il entendit son fils crier et vit deux autres agents de la Gestapo derrière lui, il tomba à genoux.

—Je ferai n'importe quoi, tout ce que vous me demanderez, cria-t-il. J'ai été un médecin loyal, tout ce qui m'importe, c'est de soigner mes patients.

—Aaah, mais ce n'est pas vrai, n'est-ce pas, docteur ?

Le bruit des bottes lourdes de l'officier de la Gestapo résonna dans sa cuisine. Il se rapprocha et utilisa son arme pour faire lever le menton d'Aleksy.

—Il semblerait que vous ayez été très occupé par toutes sortes de missions que vous n'auriez pas dû accomplir.

Il ferma les yeux, tremblant tandis qu'il gardait la tête levée, le canon du pistolet contre sa peau.

—Je suis un docteur de la Croix-Rouge. Je suis obligé d'aider quiconque entre dans ma clinique. C'est tout ce dont je suis coupable.

—Et votre petite ruse avec le typhus ? demanda l'officier en enfonçant un peu plus son arme contre sa mâchoire. Nous n'avons pas de preuves, mais je vous démasquerai, d'une manière ou d'une autre.

—Votre médecin est venu prélever des échantillons de sang. Les résultats n'étaient-ils pas positifs ? N'a-t-il pas vu mes patients de ses propres yeux ? Je n'ai rien fait, rien !

L'agent de la Gestapo haussa les épaules. Le fils d'Aleksy se mit à pleurer encore plus fort et sa femme sanglota. Ces pleurs lui brisaient le cœur ; il entendait leur douleur. Il se rendit alors compte qu'elle avait les mains attachées, si fermement qu'elle n'aurait aucune chance de s'échapper ou de se défendre.

—Tuez-les, dit l'homme qui se tenait devant Aleksy. Mais on garde celui-là. Il nous sera encore utile.

—Non ! cria Aleksy avant d'être arrêté par un coup de botte dans la poitrine et d'être projeté contre le mur. Il avança à genoux vers sa femme quand un bruit assourdissant retentit dans la petite pièce.

Sa femme s'écroula, une traînée de sang coulant sur sa tempe. Il lui attrapa les mains, les délia et passa ses bras autour d'elle tandis qu'elle retombait, inerte, contre lui.

Aleksy savait qu'elle était morte à la façon dont son corps bougeait, dont son front était posé contre son épaule. Il se retourna en sanglotant et lâcha Natalia pour se tourner vers son fils dont il fixait les beaux et grands yeux marron pour essayer de lui dire que tout irait bien, qu'il l'aimait, que son père ferait n'importe quoi pour le sauver.

Ce qu'il ne vit pas, ce fut l'arme pointée sur lui, le canon sur son front au moment où il entendit une autre détonation, une autre explosion qui aurait tout aussi bien pu viser son cœur.

***

Aleksy n'avait aucune idée du temps qu'il avait passé allongé par terre, inconscient. Quand il se réveilla, il avait l'impression que sa tête allait exploser et quand il leva la main, il sentit une grosse bosse. Du sang avait coulé sur sa joue et dans son cou.

Ce fut alors que tout lui revint, parce qu'il prit conscience que ce n'était pas son sang, mais celui de sa femme, quand il l'avait serrée dans ses bras. Avant… Il poussa un cri en s'asseyant quand il vit le corps mort de son petit garçon, aussi immobile que celui de Natalia. Tous deux avaient été tués comme si leur vie ne signifiait rien, en un battement de cils.

—Il est réveillé, dit quelqu'un. Attrapez-le.

Ils durent mettre Aleksy sur ses pieds et le pousser pour avancer car il essayait désespérément de résister, de retourner auprès de ceux qu'il aimait, prêt à prendre la pilule qu'il avait gardée pour pouvoir les rejoindre. Il huma la légère odeur de cuisine de Natalia alors qu'ils le traînaient dans le couloir, le faisant passer devant une photo du jour de leur mariage dans l'entrée et la porte ouverte de la chambre de leur fils. Il pouvait presque le voir dans son berceau, souriant pendant qu'ils le préparaient pour aller au lit, réclamant toujours une autre histoire, levant toujours les bras pour se cramponner au cou de sa maman pour un autre câlin.

On l'amena dehors, loin de sa famille. Il aurait préféré qu'ils lui tirent une balle à lui aussi, qu'ils lui aient ôté la vie dans la cuisine pour qu'il puisse rester avec eux plutôt que d'endurer la torture de les abandonner.

Aleksy s'écroula ; ses jambes le lâchèrent. Il tomba à genoux, ne pouvant supporter de faire un pas de plus. Il ne pouvait pas pleurer, l'émotion était coincée dans sa poitrine et l'étouffait. Il arrivait à peine à respirer. Comment pourrait-il vivre sans eux ?

Ils ne l'avaient pas tué, même s'il avait prié pour que sa vie prenne fin.

Quelqu'un l'attrapa par le col pour le relever, et il trébucha une nouvelle fois en entendant les hommes rire. De la fumée de cigarette flottait, dessinant des volutes dans l'air avant que le vent ne les emporte ; la vie continuait malgré l'atrocité qui avait eu lieu dans sa propre maison et qui avait fait voler en éclats toute son existence.

Et pourtant, ils le faisaient marcher sur la route poussiéreuse, la tête basse tandis qu'ils rejoignaient d'autres personnes, d'autres malheureux qui avançaient au pas autour de lui. Aleksy ne leva pas les yeux ; il ne voulait pas voir qui étaient les autres, quelles autres familles avaient été anéanties. Car il savait que tous avaient perdu quelqu'un, que tout le monde autour de lui pleurait un être aimé, comme lui.

Il pensa à Marcin et à sa famille, se demanda s'ils avaient eu le temps de s'échapper ou s'ils avaient subi le même sort, aux mains de ces brutes qui brisaient des vies aussi facilement qu'ils écrasaient une cigarette.

Ils marchèrent sans s'arrêter, avec pour seul fond sonore le bruit des pas et les pleurs de ceux qui avaient perdu quelqu'un, mais la plupart marchaient en silence. Il glissa sa main dans sa poche, conscient du choix qui s'offrait à lui, de ce qu'il pouvait faire s'il le voulait, mais il n'attrapa pas la pilule. Il ne l'utiliserait pas, mais il ne la jetterait pas non plus, pas encore. Il pourrait la donner à quelqu'un qui en aurait vraiment besoin.

Quand il leva les yeux, ils étaient arrivés à la gare. Les pancartes qui annonçaient l'épidémie de typhus avaient été arrachées et piétinées par les soldats. Ce ne furent pas les militaires et la Gestapo qui l'effrayèrent le plus, mais les wagons qui attendaient à la gare, les hommes qui étaient contraints d'y monter, entassés comme des sardines. Beaucoup ne portaient pas de chaussures, certains étaient quasiment nus, mais personne n'y prêtait attention. On les frappait, leur criait dessus, se moquait d'eux, comme si leur souffrance n'était qu'un jeu cruel.

Aleksy regarda autour d'eux, notant tout ce qui se passait alors qu'on le poussait en direction du wagon à bestiaux le plus proche. Le nombre de wagons semblait infini et quand il les étudia, il vit la pancarte fixée sur le côté. *Huit chevaux*. C'était un wagon destiné à transporter des animaux à travers l'Europe, pas des hommes. Il observa ceux qui se tenaient devant lui aider les autres à monter à bord. Les gens avec des valises se cramponnaient à leurs poignées, pour conserver désespérément les maigres affaires qui leur restaient. Il fallut quelques minutes pour charger tout le monde à bord et fermer les portes, si bien qu'ils se retrouvèrent pratiquement dans le noir, enveloppés par l'odeur nauséabonde de toutes ces personnes enfermées dans un lieu clos, mal aéré et trop petit. Il porta une main à sa gorge en se demandant comment il pourrait continuer à respirer, où ils allaient et quel était son destin maintenant qu'on lui avait tout pris.

—S'il vous plaît, quelqu'un peut m'aider ? cria quelqu'un. Je crois que ma fille s'est cassé la jambe. Je vous en prie.

Aleksy prit une profonde inspiration, remplit ses poumons d'air confiné et s'éclaircit la voix. Si ce devait être sa pénitence pour le restant de ses jours, alors il dédierait sa vie à sauver les autres, à faire tout ce qu'il pourrait pour soulager la souffrance de ceux qui l'entouraient. C'était le seul don qui lui restait, et tandis qu'il pleurait sa famille en silence, leurs souvenirs à jamais gravés dans son existence, il releva la tête et se mit au travail.

—Je suis médecin, dit-il calmement. Je vais vous aider.

Le train se mit en marche et commença à rouler sur les rails, les faisant tous chanceler et s'écraser les uns sur les autres. Il se fraya un chemin entre tous ces corps et trouva un homme dans un coin avec sa fille dans les bras.

—Vous pouvez nous aider ?

Il chassa ses larmes en clignant des yeux.

—Je peux essayer.

—Vous êtes bien le docteur Gorski ? demanda quelqu'un. Où est votre famille ? Que s'est-il passé ?

Il se rapprocha silencieusement de la fillette en sachant qu'à chaque fois qu'on lui poserait cette question, il serait incapable d'y répondre. Quelqu'un se mit alors à chanter, rapidement accompagné par d'autres ; les voix douces s'unirent à l'intérieur de la voiture bruyante et des larmes se mirent à couler sur les joues d'Aleksy.

Les paroles de leur hymne national n'avaient jamais semblé si pertinentes.

La Pologne n'a pas encore disparu,
Tant que nous vivons.
Ce que l'étranger nous a pris de force
Nous le reprendrons par le sabre.

Aleksy fit de son mieux pour soigner la petite fille en utilisant un bandage qu'il trouva dans sa poche.

—Docteur Gorski, appela quelqu'un d'autre d'une voix enrouée.

Il se dirigea vers la voix en poussant les personnes serrées les unes contre les autres.

—Êtes-vous blessée ?

La femme se mit à pleurer, et quand il se rapprocha d'elle, elle lui saisit l'épaule.

—Je suis la seule qui reste, murmura-t-elle. Ma famille, ils sont tous morts, et je suis grièvement blessée au bras.

—Que puis-je faire pour vous ?

—J'ai tellement mal, je ne peux pas continuer.

Aleksy la tint dans ses bras pendant qu'elle pleurait, en essayant de contenir sa propre peine, conscient qu'en parlant de son bras, elle évoquait surtout la douleur dans son cœur. Il mit sa main dans sa poche, toucha la pilule et sut ce qu'il devait faire.

—Si la douleur est vraiment trop grande, si vous décidez que vous ne pouvez pas affronter une autre journée, cela vous offrira le choix, dit-il. Vous pouvez mettre fin à vos jours en un instant avec ça.

Elle se figea dans ses bras, et quand elle prit la pilule dans sa main, il la referma autour de ses doigts.

—S'il vous plaît, prenez le temps d'y réfléchir.

Ils n'échangèrent plus un mot tandis qu'ils essayaient de rester debout dans cette voiture, violemment secoués par les cahots.

***

Quand leur train s'arrêta, Aleksy avait versé tant de larmes dans le noir qu'il avait l'impression que ses yeux ne se rouvriraient plus tant ils étaient secs et gonflés. L'air dans le wagon était fétide ; les cahots du train avaient rendu malades nombre d'entre eux, dont lui, et une forte odeur de transpiration se mêlait à tout ça. Il avait lui-même la peau moite et ses vêtements collaient. À un moment, il s'était concentré sur un trou entre les planches du wagon et avait vu la campagne qui défilait, tandis que le train avançait à vive allure. S'ils se déplaçaient si vite, c'était certainement parce que le train destiné à transporter des cargaisons bien plus lourdes, du bétail ou des chevaux, avait aujourd'hui des humains à son bord.

En voyant toutes ces personnes qui tremblaient violemment autour de lui, Aleksy n'aurait su dire si c'était à cause du choc ou du froid. Il se redressa quand le train ralentit et finit par s'arrêter et attendit avec tous les autres en retenant sa respiration pour découvrir où ils se retrouvaient.

Quand Aleksy entendit crier en allemand dehors, il tendit l'oreille. Mais soudain, la porte de leur wagon s'ouvrit et la lumière jaillit, les éblouissant après tant de temps passé dans l'obscurité. Il leva la main pour se protéger les yeux. Quelqu'un hurla et le bruit distinct d'un coup de fouet ne laissa aucun doute sur le fait qu'ils devaient obéir aux ordres. Il jeta un coup d'œil à la femme à côté de qui il avait fait ce long voyage dans l'obscurité ; il savait qu'elle ne descendrait pas de cette voiture, alors il attrapa sa main pour la serrer une dernière fois.

—*Raus ! Raus !*

La foule avança dans la bousculade et Aleksy suivit le mouvement, content de bouger après être resté si longtemps immobile. Dans ce wagon, il n'avait cessé de revivre la dernière fois qu'il avait vu sa femme et tenu son fils dans ses bras. Avoir quelque chose à faire lui permettait d'échapper brièvement aux souvenirs qu'il serait forcé d'endurer pour le restant de sa vie.

Il avait à peine conscience de ce qui se passait, de l'endroit où il se trouvait et des personnes qui l'entouraient. Il avançait péniblement, pas après pas. Ils marchaient tous en procession, comme des prisonniers, comme s'ils étaient coupables d'un crime capital, même s'il savait que la plupart de ceux qui l'entouraient étaient des Juifs, persécutés pour aucune autre raison que leur religion, ou des non-Juifs, comme lui, qui avaient simplement essayé d'aider les autres. La seule chose qu'il remarqua quand il leva la tête pour voir le ciel fut une arche en fer forgé bordée de chaque côté par des clôtures en fil barbelé.

Arbeit macht frei.

En traduisant la phrase dans sa tête, il comprit que cela voulait dire « Le travail vous rendra libres » et se demanda ce que cela sous-entendait. S'agissait-il du travail des jeunes Polonais et Slovaques dont il avait entendu parler ? Était-il destiné à accomplir un travail éreintant pour les Allemands, comme l'avait fait Leon dans le passé, quand il était venu voir Aleksy et l'avait supplié de l'aider ?

On les fit entrer dans un bâtiment en béton dans lequel il faisait encore plus froid qu'à l'extérieur. Il se déshabilla quand on le lui ordonna, leva la tête et frissonna quand on lui balança de l'eau froide. Puis on lui rasa la tête, lui inspecta la bouche et enfin on lui donna des vêtements qui n'étaient pas les siens.

—Nom ?

Aleksy cligna des yeux en regardant fixement la bouche de la personne assise devant lui. Quand quelqu'un le poussa, il essaya de se concentrer sur ce qu'on lui disait.

—Nom ? lui redemanda l'homme qui tiqua quand un garde s'approcha, comme s'il avait peur de ce qui pourrait arriver.

—Aleksy Gorski.

Il répondit à d'autres questions, la bouche si sèche qu'il arrivait à peine à bouger la langue pour former les mots.

—Profession ?

—Médecin.

Une fois que toutes ses réponses furent notées, on lui donna une carte avant de lui ordonner de rejoindre une autre file. Le tri continua jusqu'à ce qu'il arrive devant un autre homme ; celui-ci ne tenait pas un stylo, mais une aiguille rudimentaire.

—Bras, dit l'homme en désignant le bras gauche d'Aleksy.

Il roula sa manche et grimaça quand l'aiguille commença à gratter sa peau. Ce ne fut que lorsqu'on essuya l'encre verte sur sa blessure qu'il comprit qu'on venait de lui tatouer le même numéro que celui qui apparaissait sur sa carte.

—Stop.

Il leva les yeux.

—Tu es docteur, Gorski ?

Aleksy acquiesça.

—Tu es qualifié ?

Il s'éclaircit la voix et regarda l'homme dans son uniforme parfaitement amidonné, qui ressemblait tant à celui qui avait ôté la vie à sa femme. À sa magnifique Natalia.

—Oui. Je suis un médecin de la Croix-Rouge, et avant la guerre, je travaillais pour l'hôpital de Varsovie, en tant qu'obstétricien.

—Alors viens avec moi.

Aleksy jeta un regard au tatoueur, mais son visage restait impassible. Il n'exprimait rien, ne donnait aucun indice pour savoir s'il devait avoir peur ou pas.

Ils retournèrent dans le bâtiment précédent, dans une zone où des hommes en blouses blanches examinaient de jeunes femmes. Aleksy détourna le regard en voyant leur gêne. Ce n'étaient que des adolescentes qu'on bousculait, nues devant des hommes qui semblaient se réjouir de leur malaise. Il remarqua qu'une de ces femmes était visiblement enceinte, le ventre rond, ce qui rendait la situation encore plus épouvantable.

—C'est le docteur ? dit un homme avec une attitude de responsable, la démarche assurée tandis qu'il marchait vers Aleksy, un bloc-notes à la main. Vous êtes le docteur Aleksy Gorski ? Le médecin polonais ?

—Oui.

—J'ai entendu cette histoire d'épidémie de typhus. On dirait que mes collègues ont cru que vous les aviez dupés jusqu'à ce qu'ils examinent vos patients de leurs propres yeux.

Aleksy ne réagit pas et déglutit en silence.

—Je suis le docteur Josef Mengele, et je suis médecin SS, déclara-t-il en regardant ses notes. Je vois que vous étiez obstétricien avant la guerre ? Est-ce exact ?

—C'est exact, dit Aleksy, ses yeux se redirigeant vers les jeunes femmes qu'on autorisait enfin à se rhabiller.

—Alors vous apprécierez ma fascination pour les femmes enceintes, dit-il avec le sourire. Ces femmes sont toutes enceintes, et je vais assurer leur suivi. Et peut-être faire quelques expériences pour étudier le miracle du corps humain.

Aleksy sentit le sang lui monter au visage, furieux, en voyant son sourire et sa façon d'observer ces pauvres femmes.

—Vous ferez un compte rendu au quartier hospitalier, dit Mengele en tournant le dos aux femmes qui se rassemblaient. Nous autorisons désormais les médecins prisonniers à soigner d'autres prisonniers, et j'attends de vous que vous fassiez des comptes rendus de votre travail chaque jour.

—Je serai médecin ici ?

—Oui. Vous aurez des rations supplémentaires et le privilège de ne pas avoir à effectuer un travail physique. Vous ferez des envieux parmi vos camarades prisonniers.

Je suis donc un prisonnier. Un prisonnier avec un numéro tatoué sur le bras, marqué jusqu'à ma mort.

—Docteur Mengele, les gens ici, demanda Aleksy qui avait besoin de savoir. Ce sont principalement des Juifs ?

—Soigner des Juifs vous pose problème ?

—Non, répondit-il en choisissant soigneusement ses mots. Je soignerai tous les patients, quelle que soit leur ethnie ou leur religion. Je voulais juste savoir quel était cet endroit, si c'est ici que tant de Juifs ont été déportés ces dernières années ?

—Vous êtes à Auschwitz, dit le docteur Mengele. Ceux qui se retrouvent dans ce camp nous sont utiles pour accomplir le travail qu'ils peuvent. Quant à ceux qui ne sont pas utiles ? Eh bien, ils vont ailleurs.

Aleksy resta là jusqu'à ce qu'un garde s'approche pour le faire avancer. Il n'était pas sûr de vouloir savoir quel était cet « ailleurs ».

16

— On y est ?

Aleksy se tenait debout dans la pièce. On aurait dit que ce bâtiment était encore pire que celui dans lequel il allait vivre, si c'était possible. Il n'avait pas fermé l'œil de la nuit, dérangé par les démangeaisons à cause de la paille souillée sur laquelle on l'avait forcé à se coucher, se répétant qu'il ne se le serait jamais pardonné si sa femme avait dû subir l'humiliation d'être prisonnière. Puis il s'était rappelé ses derniers instants, ce qui était arrivé dans leur maison, et s'était demandé si elle aurait choisi la mort plutôt que la survie. Aussi insupportable qu'elle puisse être.

—C'est le block 23. Le docteur Mengele viendra te voir plus tard dans la journée.

Le garde qui s'adressait à lui semblait indifférent et Aleksy se demandait même ce qu'il était censé faire.

Il n'y avait aucun matériel ; pas de bandages, pas de médicaments, pas de couvertures. Rien. Quand il entendit quelqu'un tousser, il se dirigea vers le fond de la pièce. Il y avait là une femme, émaciée, malade et visiblement fiévreuse.

—Il y a quelqu'un ici !

Le garde le considéra comme s'il était fou.

—Évidemment. C'est un hôpital.

Aleksy se retourna. Il savait que cela lui vaudrait peut-être des coups, mais il devait demander du matériel. Que pourrait-il faire sans rien pour soigner ses patients ? Et pourquoi était-il le seul médecin ?

—J'ai besoin de matériel. Des couvertures, de l'eau propre, de la nourriture, des bandages et quelques médicaments.

Le garde éclata de rire.

—Les patients reçoivent moins de nourriture que les autres. Ce sont des fainéants qui ne travaillent pas, ils n'ont pas besoin d'être nourris.

Aleksy déglutit et s'efforça de cacher sa colère. Cela ne lui apporterait rien de bon.

—Il y a d'autres hôpitaux ici ? À Auschwitz ?

Le garde haussa les épaules.

—Tu poses trop de questions.

Sur ce, il quitta la pièce en faisant claquer la porte derrière lui. Aleksy se dirigea aussitôt vers la même porte pour la rouvrir et laisser entrer la lumière et surtout de l'air frais. Quelques rayons de soleil perçaient à travers les nuages et il voulait en profiter au maximum.

—Il fait si froid ici, dit la femme recroquevillée contre le mur.

—Ouvrir la porte ne fera pas sortir la chaleur. Il n'y en a pas.

Il regarda le poêle et regretta de ne pas pouvoir l'allumer ; cela aurait fait une énorme différence. Mais les malades n'étaient pas les seuls à souffrir. Il avait vu les visages et les corps meurtris de ceux de son dortoir et savait que tout le monde dans le camp souffrait du manque d'hygiène général.

Il s'approcha de la femme et remarqua comme elle croisait ses bras squelettiques sur son corps. Il attrapa sa main et la posa sur le lit pour prendre son pouls en essayant de ne pas frissonner quand il vit les minuscules boutons rouges partout sur sa peau, causés par les insectes et les poux qui vivaient dans les matelas de paille. Aleksy sourit et vérifia ses yeux, l'intérieur de sa bouche et sa gorge et écouta attentivement sa respiration en regrettant de ne pas avoir sa sacoche avec lui.

—Je pense que vous avez une pneumonie, dit Aleksy, comme la respiration de la femme sifflait quand elle inspirait et expirait.

Il y a tant de choses que je pourrais faire pour vous, pour vous sauver la vie, si vous pouviez venir à ma clinique.

Puis Aleksy se leva et adressa un sourire à sa première patiente.

—Essayez de vous reposer.

—Merci.

Il marqua une pause pour la regarder avant de s'accroupir.

—Je ferai de mon mieux pour vous aider. Pouvez-vous me dire comment vous vous appelez ?

—Joanka, murmura-t-elle. Je m'appelle Joanka.

Aleksy acquiesça et lui tapota la main.

—Enchanté, Joanka. Moi, c'est Aleksy.

Elle commença à parler, mais sa toux mit fin à leur conversation. Alors Aleksy fit la seule chose qu'il pouvait faire pour améliorer la qualité du bâtiment dont on lui avait donné la charge : il se leva et utilisa un gros tas de foin pour essayer de nettoyer le sol avant de récupérer tous les oreillers remplis de paille des lits. Il les apporta dehors et les battit avec son poing, encore et encore, pour essayer de les débarrasser des parasites et de la poussière. Puis il les laissa dehors en espérant que le soleil aiderait. Il se retourna pour entrer dans le bâtiment, étourdi par tous ces efforts accomplis l'estomac vide.

—Pourquoi les oreillers sont-ils dehors ? Vous n'en voulez pas ?

Aleksy se retourna vers la voix derrière lui. Quelque chose chez cet homme le mettait mal à l'aise et le prit au dépourvu. Il recula pour le laisser passer.

—Le bâtiment est plein de parasites et je me suis dit que la literie pourrait être aérée, répondit Aleksy.

—Bien.

Il attendit, retrouvant légèrement son souffle, bien que ce docteur Mengele l'en empêche.

—Monsieur, vous êtes responsable des soins aux patients ici ?

—De tous les hôpitaux et infirmeries ici, à Auschwitz-Birkenau, oui. Sur le camp principal, nous avons aussi un secteur des maladies contagieuses ainsi qu'un bloc de chirurgie, dit-il avec un petit sourire. Peut-être aurais-je dû vous envoyer là-bas ?

Il y a donc d'autres hôpitaux.

—J'aimerais simplement en savoir plus sur votre équipement. Sur ce que vous attendez de moi et sur la façon dont je peux apporter mon aide.

Le docteur Mengele s'avança vers Aleksy en semblant ignorer la patiente dans le coin.

—Vous m'êtes agréable parce que vous n'êtes pas juif et que je suis impressionné par votre travail. Vos collègues disent beaucoup de bien de vous.

Aleksy ne savait pas du tout à quels collègues il avait pu parler, mais il n'avait pas vu Marcin arriver et avait trop peur de poser des questions à son propos.

—Alors mon travail ici est de soigner seulement des patients juifs ? demanda Aleksy.

—J'aimerais que vous soigniez tous les patients et les remettiez sur pied pour travailler aussi vite que possible. Nous perdons trop de main-d'œuvre.

Il aurait aimé être assez courageux pour lui dire qu'en tant que médecins, ils savaient tous les deux que personne ne pouvait rester en bonne santé dans de telles conditions, sans parler de guérir. Mais il tint sa langue.

—Y a-t-il du matériel auquel je pourrais avoir accès ? Pour pouvoir traiter ces patients de manière adéquate pour vous ?

—Je verrai ce que je pourrai trouver, dit le docteur Mengele, semblant étudier Aleksy.

Il avait l'impression que c'était une sorte de test, comme si sa tâche était de toute façon vouée à l'échec.

—J'apprécierais tout ce que vous pourrez me fournir, dit-il avant d'ajouter : pour qu'ils puissent retourner au travail le plus vite possible.

Mengele ne dit rien pendant un long moment, comme s'il réfléchissait, avant de se retourner et de se diriger vers la porte. Mais une fois devant, il fit demi-tour.

—J'aimerais un compte rendu sur chaque femme enceinte. Notez leur numéro et prévenez-moi immédiatement.

Aleksy acquiesça.

—Vous vous en occuperez personnellement ?

Mengele sourit.

—Je les suivrai personnellement et les ferai déplacer dans un autre camp où elles recevront de meilleurs repas et des rations de lait. Vous pouvez m'aider à répandre l'information que toute femme enceinte doit se présenter pour qu'on s'occupe d'elle. Elles vous feront confiance.

—Oui, monsieur.

Aleksy ne croyait pas une seconde qu'il se montrerait bon avec ces futures mères. Toutes les femmes qu'il avait vues jusqu'ici, autres que celles avec qui il était arrivé dans le train, ressemblaient à des squelettes ambulants. Il doutait que beaucoup d'entre elles puissent même tomber enceintes après avoir passé quelques mois au camp, à moins qu'elles ne reçoivent des rations supplémentaires.

—Je m'intéresse tout particulièrement aux grossesses gémellaires. Je suis sûr que vous pouvez le comprendre, en tant qu'obstétricien. Il y a quelque chose de fascinant dans le corps féminin, non ?

Aleksy se força à acquiescer tandis que la bile montait dans sa gorge, et quand Mengele partit enfin, une voix faible résonna depuis le fond du bâtiment. Manifestement, sa seule patiente était volontairement restée silencieuse tant que le docteur SS était dans la pièce.

—Vous savez, les plus malades vont directement dans le bâtiment en béton, celui-là là-bas.

Aleksy s'approcha de la porte pour voir l'endroit qu'elle désignait et découvrit de la fumée qui s'échappait de la cheminée.

—Qu'y a-t-il à l'intérieur ?

La femme toussa avant de répondre.

—Je ne sais pas. Mais personne n'en ressort jamais. On l'appelle la cheminée.

***

Aleksy parcourait le trajet de son dortoir à l'hôpital de fortune juste après le petit déjeuner. Il regarda ses mains en marchant et remarqua comme elles avaient changé au cours des mois qu'il avait passés au camp. Avant, elles étaient douces et fermes, ses ongles soigneusement coupés, et maintenant, elles avaient plus d'os que de chair, ses ongles étaient rongés et sa peau, gercée à cause du froid.

Il n'avait jamais imaginé auparavant qu'un endroit comme Auschwitz pouvait exister, et chaque jour, il se réveillait et se demandait si c'était sa pénitence pour ce qu'il avait fait. Puis il écoutait les histoires des autres détenus en faisant de son mieux pour les aider à résoudre leurs problèmes et se rendait compte qu'il n'était pas différent de tous les autres. Tous étaient ici soit en raison de leur religion, soit parce qu'ils avaient œuvré contre le Troisième Reich, et il savait au fond de son cœur que tout ce qu'il avait fait, c'était se battre pour aider les autres. Pour cela, Dieu ne pouvait pas à le punir.

Il entra dans le bâtiment et regarda autour de lui. Chaque matin, il éprouvait ce même sentiment d'impuissance, mais il savait aussi que parfois, faire de son mieux suffisait. Le repos après une dure journée de travail et quelques mots gentils pouvaient accomplir des merveilles sur une personne en souffrance, et il était soulagé de voir que tout le monde avait survécu à la nuit.

—Anastasia, dit-il en voyant une jeune femme enceinte avec ses autres patients. Combien de fois vous ai-je demandé de vous reposer ?

Elle sourit en passant devant lui et lui toucha l'épaule. Ce doux contact féminin l'arrêta dans son élan. Elle l'effleura du bout des doigts comme sa femme aurait pu le faire s'il était passé devant elle dans le couloir.

Anastasia était rom et il avait découvert qu'elle était enceinte quand il avait été envoyé dans l'un des bâtiments de la section qui leur était réservée. Il ne s'attendait pas à l'accueil que les siens lui avaient fait et s'était aussitôt pris de sympathie pour Anastasia le jour où elle lui avait adressé la parole. Mais quand il avait entendu sa sœur insister pour qu'elle dise à leur kapo qu'elle était enceinte, il l'avait prise à part. Ses soupçons concernant Mengele s'étaient avérés : il avait entendu des histoires horribles sur les expériences qu'il faisait sur les femmes enceintes et la terreur qu'il leur inspirait. Mais le plus effrayant, cela avait été de voir de ses propres yeux les femmes entrer dans ce bâtiment. Il frissonna en se rappelant le jour où il avait compris à quoi servait cet endroit.

Elle l'avait regardé, son bébé blotti contre sa poitrine. Et il avait su. Il n'y avait pas de camp spécial, il n'y avait pas de rations supplémentaires ou de lait. La femme ressemblait à un squelette ambulant, et ses yeux... Ils lui avaient dit que, quoi qu'il lui soit arrivé, la vie lui avait été ôtée. Le docteur Mengele lui avait fait quelque chose, mais il ne l'avait certainement pas aidée.

Puis il s'était levé, impuissant, les mains pendantes de chaque côté de son corps tandis qu'il avait regardé de l'autre côté de la clôture barbelée alors qu'elle et d'autres femmes étaient amenées dans le bâtiment. Le bâtiment dont personne ne revenait. L'endroit qu'ils appelaient la cheminée. C'était là qu'il avait compris ce qu'indiquaient les panaches de fumée. Pourquoi personne ne revenait jamais.

—Aleksy, reviens, dit Anastasia d'une voix douce tandis qu'il clignait des yeux. On ne peut pas penser à eux. On ne peut pas penser à ce qu'on a perdu. On doit se concentrer sur notre survie.

Il acquiesça. Mais même s'il ne pensait pas au passé, son esprit cherchait toujours un moyen de la protéger. Comment empêcherait-il que son bébé lui soit enlevé ? Qu'elle le soit avec lui ? Sa grossesse ne passerait pas inaperçue éternellement, et alors, il serait interrogé aussi.

—Je ne sais pas combien de temps je pourrai encore te garder ici, dit-il. Je ne veux pas que tu attrapes quelque chose en côtoyant les malades, mais tu sais que je ferai n'importe quoi pour t'aider.

—Je pense que la kapo sait déjà que je ne suis pas assez malade pour être ici.

—Tu m'as laissé m'inquiéter pour la kapo, dit Aleksy en souriant à la jeune femme qui paraissait plus âgée qu'elle ne l'était. Je devrais te renvoyer pour ce soir et te dire que tu devras revenir ici immédiatement si tu te sens de nouveau mal.

Anastasia lui tapota la main et il fit sa tournée, écoutant les plaintes de chacun. Parfois, il se rendait compte qu'écouter ses patients était aussi utile que les soigner puisque cela leur rappelait qu'ils étaient des personnes et pas de simples numéros.

—J'ai une bonne nouvelle aujourd'hui, déclara-t-il en ouvrant un petit paquet qu'il avait gardé dans sa poche toute la nuit. On dirait que les kapos apprécient que je les soigne. Alors ils m'ont donné un peu à manger.

Tout le monde se tut dans la salle et Aleksy se retrouva à diviser deux saucisses en dix morceaux, un pour chacun de ses patients, et un pour lui. Mais quand ce fut le tour d'Anastasia, il lui en donna deux. Quand elle le regarda avec un air songeur, il secoua légèrement la tête et lui fit fermer la main autour des deux morceaux.

Il n'avait pas pu sauver sa femme, mais il était déterminé à sauver cette jeune patiente, même si son estomac le faisait souffrir quand il voyait de la nourriture qu'il ne consommerait pas lui-même. Et même s'il se demandait comment un bébé pourrait survivre dans les conditions d'Auschwitz, il espérait pouvoir la sauver. On avait interdit aux mères de nourrir leurs bébés, de faire quoi que ce soit qui interromprait leur travail. Mais les bébés n'étaient pas les seuls à inquiéter Aleksy, puisque si vous ne travailliez pas, vous ne surviviez pas.

Les mots qu'il avait lus la première fois qu'il était entré dans le camp disaient : « Le travail vous rendra libres », mais il pensait qu'il aurait été bien plus approprié d'affirmer simplement : « Travaillez ou vous ne vivrez pas un jour de plus ».

Les nazis ne voulaient pas garder en vie des prisonniers à l'agonie ; ils voulaient qu'ils meurent.

***

Aleksy avait fini par comprendre que la vie à Auschwitz était un exercice de routine brutale. Ils étaient réveillés à la même heure chaque jour ; ils restaient debout dans le froid pour l'appel et on leur servait la même bouillie à chaque repas, s'il pouvait considérer ça comme un repas. Une autre partie de sa routine quotidienne et hebdomadaire consistait à voir ses patients, tandis que ceux qui étaient trop faibles pour survivre étaient amenés dans le bâtiment d'où personne ne revenait.

Il avait posé des questions et commençait à comprendre les allées et venues dans le camp. Et plus il comprenait, plus il savait qu'il ne fallait faire confiance au docteur Mengele sous aucun prétexte. Il avait aussi appris qu'il avait beaucoup de chance de ne pas avoir été envoyé dans les champs ou accomplir un autre travail harassant comme les autres. Les plus chanceux, ceux qui s'étaient attiré les faveurs des kapos, étaient affectés au nettoyage des bâtiments, au service du café et du pain et aux tâches de bureau. Mais pour la plupart, le travail était plus dur que tout ce qu'ils auraient jamais pu imaginer et était rendu encore plus pénible par les maigres rations qui suffisaient à peine à les tenir en vie chaque jour.

Aleksy sourit aux visages tournés vers lui. Le seul instrument dont il disposait était le pouvoir d'ordonner de se reposer, et il l'utilisait aussi souvent qu'il le pouvait. Il n'y avait pas de pommade spéciale pour les ampoules en dehors d'un peu de baume quand il avait de la chance. Il était presque impossible de se procurer des médicaments, mais les patients qui venaient le voir pouvaient se reposer, et il en était reconnaissant.

On lui avait juste donné un couteau, et même si ce n'était pas grand-chose, c'était son bien le plus précieux, qu'il emportait dans son lit chaque nuit pour éviter qu'on le lui vole. Il le gardait aiguisé pour trancher les peaux mortes ou ouvrir des plaies, et l'utilisait comme une lame pour raser les cheveux quand c'était nécessaire. Les femmes détestaient rester chauves, mais c'était pratique pour éviter les poux qui semblaient envahir chaque oreiller, chaque brin de foin et chaque corps.

Quelqu'un passa la porte, une kapo aidant à soutenir une femme qui saignait. Aleksy se précipita vers elle avant qu'elle ne tombe et la porta jusqu'au lit vide le plus proche. Il s'occupait principalement de femmes, ce qui était inhabituel puisque les hommes et les femmes étaient strictement séparés dans le camp. Il était tout jeune quand il avait commencé sa carrière en tant qu'obstétricien, et il ne lui avait pas fallu longtemps pour se sentir à l'aise en compagnie des femmes, et cela s'était même renforcé après avoir épousé Natalia.

—Que s'est-il passé ? demanda-t-il. D'où vient ce sang ?

La femme leva le pied et grimaça quand il la toucha malgré la délicatesse avec laquelle il passait ses mains sur sa peau. Ses pieds étaient dans un état pitoyable, noirs et sales, et une grosse entaille remontait sur sa jambe.

Aleksy prit une profonde inspiration et alla chercher ses affaires. Il avait une aiguille et le seul fil qu'il avait pu récupérer venait de vieilles couvertures… Les patientes les moins affaiblies l'aidaient souvent à les défaire, si bien qu'il disposait d'un petit tas de fils avec lequel il pourrait suturer la blessure de la jeune femme.

—Je crains que ça fasse mal, la prévint-il.

Il n'aurait jamais eu à prononcer ces mots avant le camp puisqu'il préparait toujours tout ce dont il avait besoin pour éviter aux patients de souffrir, mais ici, il n'avait pas le choix.

—Essayez de penser à quelque chose d'agréable de chez vous, un refuge pour votre esprit. Je promets de travailler aussi vite que possible.

La porte s'ouvrit brusquement, mais Aleksy ne leva pas les yeux, déterminé à nettoyer la blessure rapidement en tapotant le peu d'eau qu'on lui avait donnée contre sa peau, l'aiguille entre les dents tandis qu'il se préparait à la recoudre.

—Viens avec moi.

Le ton dur exprimait un ordre qu'il ne pouvait ignorer. Il continua pourtant à coudre, tirant l'aiguille à travers sa peau en essayant de faire aussi vite que possible. Aleksy jeta un coup d'œil à sa patiente et fut soulagé de voir que ses yeux étaient fermés. Elle s'était évanouie sous l'effet de la douleur.

—Maintenant.

Quelque chose de pointu s'enfonça dans son dos et le bouscula, l'obligeant à appuyer plus fort qu'il ne le voulait sur la peau de la jeune femme. Il termina rapidement sa tâche avant de se lever.

—On m'a dit de travailler ici en tant que médecin et que ces femmes étaient mes patientes, dit Aleksy. Je suis les ordres.

Le garde le regardait fixement.

—Les nouveaux ordres sont que les femmes docteurs soigneront les femmes. Tu ne reviendras pas pour soigner ces sales pouilleuses.

Aleksy ne réagit pas à ces paroles délibérément offensantes. Il espérait que les femmes derrière lui ne les avaient pas entendues, mais il savait pertinemment qu'elles avaient entendu bien pire depuis leur incarcération.

—Où dois-je aller ? demanda-t-il en espérant désespérément qu'on ne l'affecte pas aux champs.

Beaucoup de ses patientes étaient des filles de la campagne qui s'étaient portées volontaires pour travailler aux champs, pensant qu'elles s'occuperaient des bêtes ou des récoltes. Mais ils leur faisaient retourner la terre et répandre du fumier de vache à la main sans pouvoir les laver ensuite. Finalement, c'était aussi dur que le travail dans les carrières.

—Il y a une épidémie de typhus, l'informa le garde en pointant la porte. J'ai entendu dire que c'était ta spécialité, et on a un nouveau bâtiment pour les maladies infectieuses.

Aleksy regarda son couteau en se demandant s'il devait le léguer au prochain médecin, mais se ravisa. C'était l'un des seuls instruments dont il disposait, après tout.

—Donc je vais m'occuper de ces patients ?

Le garde grogna et Aleksy le suivit. Il jeta un coup d'œil par-dessus son épaule une dernière fois pour voir les patientes qu'il laissait et en vit certaines assises au bord de leurs lits, écrasant des poux entre leurs ongles. Il savait que seules celles avec des blessures ou des maladies mineures s'en sortiraient, mais cela ne l'avait pas empêché d'essayer.

***

Le bâtiment des maladies infectieuses à Auschwitz ne ressemblait à rien de ce qu'Aleksy avait vu auparavant, mais il était extrêmement reconnaissant envers les autres prisonniers-docteurs qui avaient déjà commencé à organiser le block 24. Comme ils ne pouvaient pas avoir de chambres, ils avaient partagé la salle par condition, ce qui voulait dire qu'ils gardaient les patients atteints de diarrhée loin de ceux qui n'en souffraient pas encore, et pareil pour ceux qui toussaient.

—Merci, dit-il lors de son deuxième jour à une infirmière qui venait d'accomplir la tâche ardue de laver le sol avant de vider les seaux d'aisances.

Elle sourit et acquiesça. Ils étaient tous reconnaissants les uns envers les autres, surtout les patients. Sans médecins-prisonniers, ils savaient tous ce qui leur serait arrivé ; on les aurait laissé mourir.

—Docteur, venez voir ce qu'ils font dans le camp des femmes.

Ils étaient seuls dans l'hôpital, les gardes ne prenaient plus la peine de rester pour les surveiller. Alors Aleksy suivit deux infirmières dehors, ne sachant pas trop ce qu'il allait voir.

—Qu'est-ce qu'il y a ? demanda-t-il en se rapprochant de la clôture barbelée avec les infirmières.

L'une d'elles ajusta le foulard sur sa tête.

—J'ai entendu dire que des gardes avaient attrapé le typhus.

Aleksy haussa les sourcils. Cela ne le surprenait pas. L'hygiène était inexistante et les gardes passaient leur temps à leur tourner autour. Les poux étaient partout, il y avait autant de rats que d'humains, et tout le monde était sale… ils n'avaient pas de sanitaires pour se laver.

Au moins cinquante femmes se tenaient là, debout, nues, réunies devant les baraques de l'hôpital dont il avait autrefois la charge. Elles tentaient d'envelopper leurs corps de leurs bras maigres pendant que d'autres prisonniers entraient avec des seaux.

—Qu'est-ce qu'ils leur font ? demanda une infirmière.

Il secoua la tête. Il aurait voulu pouvoir faire quelque chose pour les aider, éveiller le bon sens des gardes. Mais bien sûr, ils se fichaient du bon sens parce que leurs efforts n'étaient pas destinés à sauver ceux dont ils s'occupaient.

—Ils les lavent, dit-il en observant la première femme qui montait dans la baignoire. Je dirais que c'est du désinfectant. (Il voyait aussi que leurs têtes venaient d'être tondues.) Ils ont compris que ce sont les poux qui répandent le typhus. Ils s'en fichaient jusqu'ici, alors vous devez avoir raison concernant les gardes qui l'ont contracté. Je pense qu'ils essaient de tuer les parasites.

Les unes après les autres, les femmes entrèrent dans la baignoire tandis que les gardes restaient à leurs côtés, à une certaine distance. Une fois qu'elles se furent toutes baignées, elles furent de nouveau réunies, mais cette fois, elles étaient trempées. Si elles n'étaient pas déjà malades, il y avait de grands risques qu'elles attrapent froid, alors que leurs corps décharnés étaient battus par le vent. On avait aussi lavé leurs vêtements et on les leur rendit complètement trempés.

On leur indiqua finalement la direction des baraquements.

—Vous savez, dans mon village, commença l'une des infirmières, le regard rivé sur le groupe de femmes, quelqu'un m'a demandé pourquoi on ne voyait pas de cornes sur les enfants juifs. Ils croyaient vraiment qu'ils avaient des cornes cachées dans les cheveux.

—Difficile d'imaginer combien de personnes étaient prêtes à croire les mensonges qu'on leur racontait, répondit Aleksy avant de se détourner.

Il refusait d'en voir plus.

Il retourna dans la chaleur relative du bâtiment pour veiller sur ses patients. Ils faisaient tous de leur mieux, mais les nouveaux patients étaient toujours extrêmement déçus parce qu'ils s'attendaient à ce que « l'hôpital » ressemble à ceux de leur vie d'avant. D'avant le camp.

—Faites lever tout le monde !

Le cri retentit avant que la porte ne s'ouvre brusquement, et Aleksy ferma les yeux un instant en se demandant ce qui allait leur arriver. Était-ce leur tour de prendre le bain ?

—De qui viennent ces ordres ? demanda-t-il quand il se retourna et vit les regards terrifiés des deux infirmières qui travaillaient avec lui.

—Dehors ! hurla le garde comme s'il n'avait pas entendu sa question. Faites-les sortir !

Aleksy savait qu'il valait mieux ne pas insister. Ils se mirent donc à aider tous les patients à se lever, ceux qui devaient avoir une pneumonie ou une pleurésie comme ceux qui avaient des problèmes digestifs et de la fièvre. Certains durent abandonner les guenilles pleines d'urine qu'on avait posées sur leur peau ; il n'y avait pas d'eau fraîche, donc c'était souvent la seule chose que les médecins pouvaient suggérer pour aider à faire baisser la fièvre.

—Déshabillez-vous !

Ses épaules s'affaissèrent tandis qu'il répétait les ordres à ses patients et que les infirmières les aidaient à enlever leurs vêtements en lambeaux comme elles le pouvaient. Mais quand l'ordre s'adressa aussi au personnel de l'hôpital, les larmes montèrent. Les infirmières gardèrent la tête haute, malgré leurs joues mouillées par l'humiliation alors qu'on les forçait à abandonner leurs patients et à avancer sans aucun vêtement.

—Où nous amenez-vous ? demanda-t-il. Qu'avons-nous fait ?

—On désinfecte tout, dit le garde. Vous inclus.

—Et nos patients ?

—Block 25, intervint un autre garde.

L'infirmière devant lui poussa un cri, mais avant que le garde ne puisse utiliser son bâton sur elle, Aleksy trébucha en s'assurant de prendre le coup à sa place.

Le block 25. Ses pas étaient lourds. Ce qui leur arrivait était peut-être humiliant et déshumanisant, mais au moins, ils étaient vivants. Pour le moment. Mais personne ne revenait jamais du block 25, le bâtiment où lui et les autres médecins et infirmières étaient censés envoyer les patients mourants régulièrement. Mais ils auraient tout aussi bien pu périr sans être envoyés là-bas, ou être tués pour avoir regardé un garde de travers. Aleksy savait que sa vie n'avait pas plus de valeur que celle des autres prisonniers ; pour les gardes, ils étaient tous de simples numéros.

Il pensa à Anastasia, se demanda comment elle allait, si elle allait bientôt avoir son bébé. Et il se demanda combien de temps il pourrait soigner des patients en sachant que peu importait ce qu'il faisait, peu importait la façon dont il essayait de les sauver, peu importait la manière dont il se battait… il était presque impossible de les garder en vie.

Natalia. Il le faisait pour Natalia, il devait le faire parce que sinon, à quoi tout cela aurait-il servi ? Elle aurait voulu qu'il continue à se battre, qu'il continue à faire tout ce qui était en son pouvoir pour sauver ne serait-ce qu'une seule vie, qu'il garde ne serait-ce qu'une personne en vie pour qu'elle retourne auprès de sa famille une fois que cette horrible période serait derrière eux. Mais cela aurait été beaucoup plus facile de rejoindre la liste illimitée de gens qui s'étaient jetés sur les barbelés pour mettre fin à leur souffrance une bonne fois pour toutes.

Au début, il s'était demandé comment ils pouvaient faire ça. Mais c'était avant qu'il ne comprenne l'enfer d'Auschwitz et qu'il était bien plus facile d'affronter la mort que de se réveiller chaque matin pour se battre et rester en vie.

17

Quatre mois plus tard

Elle était appuyée mollement contre le mur, son bébé serré contre sa poitrine, enveloppé dans une simple serviette. Jamais, au cours de ses longues années de carrière, Aleksy ne s'était senti aussi impuissant. Avant, il trouvait toujours le moyen de soulager la souffrance de ses patients, mais si les derniers mois lui avaient appris quelque chose, c'était qu'il n'y avait pas d'espoir à Auschwitz, seulement la mort. Elle était tout autour de lui, le traquait, le provoquait, lui rappelait que, malgré ses compétences ou sa détermination, il était presque inutile sans médicaments ou matériels.

Il s'excusa sans être sûr que la femme qui tremblait de froid l'entende, puis marcha vers la porte. Les baraquements étaient bondés, sales malgré tous leurs efforts, il y régnait une humidité insupportable et il avait senti plusieurs fois des rats courir sur ses pieds ; c'était le pire endroit au monde pour accueillir un nouveau-né et Aleksy avait ce sentiment accablant que les murs se rapprochaient de lui. Il travaillait toujours dans le block des maladies infectieuses, et il ne s'était pas préparé à pratiquer un accouchement à cet endroit ;

donner naissance ici semblait simplement trop cruel pour une femme aussi malade.

Il avait désespérément besoin d'air frais, mais dès qu'il mit le pied dehors, il fut forcé de se courber pour se protéger du vent glacial que sa chemise fine laissait allègrement passer. Mais c'était toujours mieux qu'être à l'intérieur.

Accueillir un enfant devrait être un événement joyeux, mais alors qu'il s'appuyait contre le côté du block et regardait le bâtiment au loin d'où sortaient des volutes de fumée et des cendres, la mort l'obsédait. Il tourna la tête et ferma les yeux, se rappela la maison, la vie avant qu'il soit arraché à son village et plongé dans l'enfer du camp. Il serra les dents en repensant à sa maison ; chaque fois qu'il essayait de trouver un souvenir heureux, il était entaché par son dernier jour passé là-bas, ses derniers instants avant d'être déporté.

Aleksy s'avachit, les épaules voûtées pour se protéger du vent.

Il aurait donné n'importe quoi pour une cigarette. Il avait rêvé de nourriture pendant des semaines, et en rêvait encore, mais c'était une cigarette qui lui faisait le plus envie à la fin de la journée. S'il y avait eu un garde dans les parages, il aurait été prêt à le supplier, même s'il doutait que ramper aurait servi à quoi que ce soit.

Un bruit lui fit ouvrir les yeux et il vit une femme sortir de la cabane voisine en chancelant. Elle tomba et rampa dans la terre. Il remarqua que ses cheveux venaient d'être tondus quand son foulard se desserra, mais elle n'alla pas très loin avant qu'un garde coure jusqu'à elle et lui donne un violent coup de pied. Aleksy grimaça alors qu'il observait la grosse botte du garde entrer en collision avec le ventre de la femme, mais malgré cette brutalité, il ne pouvait pas détourner le regard quand elle se leva et fit face à son assaillant. Il y avait quelque chose chez elle qui retenait son attention malgré le froid qui lui rongeait la peau. Ou peut-être était-ce simplement parce que cela faisait très longtemps qu'il n'avait pas vu quelqu'un qui avait encore l'esprit combatif, et il se surprit à se sentir attiré par elle, par cette énergie qui l'animait autrefois.

Il fit un pas vers eux en serrant les poings. La femme se releva après s'être pris un autre coup de pied, malgré ce qui devait être une douleur atroce, les yeux toujours ouverts et pleins de défi tandis qu'elle fixait le garde. N'importe où ailleurs, Aleksy aurait admiré son courage, mais ici, le courage n'avait qu'une issue : la mort. Il espérait qu'elle se soumettrait rapidement.

—Je ne le ferai pas, dit-elle assez fort pour qu'Aleksy l'entende. Tuez-moi ! Je ne retournerai pas là-dedans.

En étudiant la jeune femme fougueuse, Aleksy comprit contre quoi elle protestait. *Elle a vu ce qu'ils font là-dedans, à ces bébés.* Il avait entendu parler des horreurs commises par les sages-femmes allemandes sur les nouveau-nés juifs et en déduisait qu'elle y avait probablement assisté de ses propres yeux. Lui-même avait trouvé ça impossible à admettre.

—Tu suis les ordres ou tu meurs.

Aleksy, horrifié, regarda le garde lever son arme. La femme écarquilla les yeux, puis les ferma, comme si elle était vraiment prête à mourir au lieu de suivre les ordres abominables qu'on lui avait donnés. Même dans cette situation, son corps ne tremblait pas, ne trahissait aucun signe de la peur extrême qu'elle devait ressentir. Elle gardait la tête haute. Il connaissait ce regard ; c'était celui des nouveaux prisonniers avant qu'ils ne soient témoins des horreurs de la vie dans le camp.

—Stop ! lança Aleksy en se précipitant vers eux, les mains en l'air comme un criminel.

Il ne pouvait pas rester là et regarder cette femme se faire tirer dessus ; il ne voulait pas que le meurtre d'une autre femme hante sa mémoire.

—S'il vous plaît, s'agit-il d'une infirmière ?

Elle se tourna et ses yeux d'encre croisèrent les siens.

—Je suis sage-femme, intervint-elle.

Il souffla quand il entendit son accent. Elle était polonaise, comme lui. Le garde fixa son regard sur Aleksy qui avait toujours les mains en l'air, ne voulant pas lui donner une raison de tourner son arme contre lui. Il avait vu des hommes et des femmes se faire tuer pour le plaisir, des gardes qui s'ennuyaient, décidant de s'amuser sur des cibles vivantes, et il n'avait pas l'intention d'en devenir une.

—S'il vous plaît, dit-il à voix basse tandis qu'il levait lentement les yeux vers ceux du garde. Je suis médecin, je travaille au block 24, expliqua-t-il avant de marquer une pause. Le docteur Mengele a besoin de moi à l'hôpital et il m'a chargé de trouver une infirmière pour m'assister. Une sage-femme serait même encore plus utile, et je suis sûr qu'il serait heureux de trouver quelqu'un pour occuper ce poste.

Aleksy retint son souffle en baissant lentement les mains ; il espérait que la mention du médecin-chef les sauverait tous les deux, bien qu'il ait proféré un mensonge. Les doigts transformés en glaçons par le vent, le temps hivernal était presque insupportable avec les chemises légères qui leur avaient été fournies, pendant qu'il attendait que le garde prenne une décision.

—Prends-la, cracha le garde en haussant les épaules.

Il avait baissé son arme et l'utilisait pour faire avancer la femme en pointant le canon dans le creux de son dos.

—Mais si elle ne fait pas ce qu'on lui demande… ajouta-t-il avec un sourire vicieux.

Il leva de nouveau son pistolet en grommelant et pinça la fesse de la sage-femme avec son autre main. Aleksy détourna le regard ; il détestait être aussi impuissant face à ce genre de comportement. Mais pour le moment, il l'avait sauvée, et c'était tout ce qui comptait.

Il attendit que le garde s'éloigne avant de se jeter sur elle et de l'attraper par le bras. Elle résista, mais il la tint fermement, même quand elle refusa de bouger, le fusillant du regard, les narines dilatées.

—Venez avec moi. Je ne vous ferai aucun mal, mais nous devons rentrer.

Mais elle ne céda toujours pas.

—Savez-vous ce qu'ils font là-dedans ? Ils sont vraiment assez barbares pour noyer les nouveau-nés ?

—Je crois que vous avez raison, même si je ne l'ai pas vu de mes propres yeux.

—Ce sont donc des meurtriers ?

Il soupira et la lâcha pour glisser ses mains sous ses aisselles dans l'espoir de conserver un peu de chaleur.

—Comment vous appelez-vous ?

Elle leva la tête.

—Emilia Bauchau.

—Bien, Emilia Bauchau, je suis Aleksy Gorski.

—Je ne tuerai pas de bébés, affirma-t-elle en s'écartant de lui comme si elle allait avoir le choix.

Comme si qui que ce soit ici avait encore le choix.

—J'ai prêté serment quand je suis devenu médecin et juré de ne pas faire de mal à mes patients, et quand ils sont sous ma responsabilité, je fais tout ce que je peux pour les garder en vie, expliqua Aleksy en lui adressant un long regard posé pour la rassurer. Il n'y aura pas de meurtre de bébé dans mon block, ça, je peux vous l'assurer.

Il ne lui dit pas que ce qui les attendait pendant les heures ou les semaines qu'ils parvenaient à vivre risquait d'être pire que d'être tués à leur naissance.

Elle croisa les bras devant elle quand une grosse rafale de vent tourna autour d'eux dans un moment de vulnérabilité, et le regarda en clignant des yeux.

Aleksy lui parla avec plus de douceur cette fois.

—Si vous voulez vivre, Emilia, je vous suggère de venir avec moi.

Ils marchèrent jusqu'au block 24. Il suivit son regard lorsqu'elle leva les yeux vers le bâtiment qu'il avait encore fixé quelques minutes plus tôt. La cheminée emplissait toujours l'air de fumée et de cendres qui tombaient si près d'eux qu'un morceau atterrit sur l'épaule d'Aleksy.

—Qu'est-ce que c'est ? demanda-t-elle.

Aleksy soupira et prit son bras, délicatement cette fois, et la guida vers l'entrée. Elle n'avait pas besoin de savoir, pas encore. Quand il ouvrit la porte, Emilia se tourna vers lui et sembla sonder ses yeux. Il avait envie de porter sa main à la joue de la jeune femme. Il savait qu'elle attendait une réponse, mais il ne la lui donnerait pas aujourd'hui.

—Que s'est-il passé ? préféra-t-il demander en regardant les ecchymoses violettes sur un côté de son visage. Qui vous a fait ça ?

—Le même homme qui m'a donné des coups de pied dehors.

Il aurait pu lui proposer de l'examiner, et même de la soigner, mais quel intérêt, sans médicament ni matériel à sa disposition ? Il n'avait même pas de l'eau bouillie et une serviette propre. De toute façon, elle s'éloigna de lui.

—Le bébé là-bas. Va-t-il rester avec sa mère ?

Il la fit entrer et referma la porte. Elle se dirigea vers la mère et le nouveau-né dans le coin de la pièce.

—Oui, pour le moment en tout cas, dit-il en la suivant. Mais ça ne veut pas dire qu'ils resteront en vie. Pas une fois qu'ils auront quitté ce block.

Quand Emilia se retourna vers lui, il se rendit compte qu'elle était particulièrement jolie. Même les cheveux tondus, une force et une beauté pures se dégageaient de son visage, et ses yeux noirs étaient entourés de cils encore plus foncés.

—Et les bébés juifs ? Ceux qui sont à côté ? Ils sont tous tués comme ça, dans l'eau ? demanda-t-elle à voix basse avant d'émettre un bruit de gorge comme si elle ne pouvait pas prononcer ces mots. Juste après leur naissance ?

Aleksy croisa son regard. Il n'était pas prêt à parler des bébés dans le baraquement d'à côté, ni de leurs mères qui étaient forcées d'endurer l'accouchement avant d'être emmenées dans le bâtiment d'où nul ne revenait dès le lendemain.

—Vous posez trop de questions, Emilia, dit-il, conscient qu'il semblait agacé.

Il s'attendait presque à ce qu'elle soit indignée, mais elle le surprit en lui attrapant la main.

—Merci, Aleksy, murmura-t-elle. J'aurais dû vous le dire avant, mais merci de m'avoir sauvé la vie tout à l'heure. Je n'oublierai pas votre gentillesse.

—De rien.

Elle hésita, ouvrant la bouche avant de la refermer.

—Il m'aurait tuée, hein ? finit-elle par dire. Ce n'étaient pas des paroles en l'air ?

—Oui, Emilia, répondit Aleksy. Il vous aurait tuée, sans aucun doute.

Des gens sont tués ici chaque jour juste parce qu'ils existent. Ils n'hésitent pas à tuer. Elle le découvrirait bien assez tôt ; il ne voulait pas être celui qui lui révélerait la cruelle réalité sur la vie à Auschwitz. Emilia avait encore de l'espoir ; elle avait encore un pied dans le passé et n'avait pas été usée par la vie de prisonnière. La lumière continuait de briller dans ses yeux.

Emilia acquiesça, et il la regarda lâcher ses doigts et se mettre à genoux pour ausculter la mère allongée devant eux. Il avait pris un risque en décidant de l'aider, mais il savait que ça valait le coup.

Aleksy vit comme ses mains bougeaient de manière experte sur le bébé, comme elle murmurait à la mère que tout allait bien se passer, qu'elle aurait bientôt moins mal. Emilia était ce dont cette femme avait besoin, et probablement ce dont toutes les autres femmes enceintes dans le camp avaient besoin aussi.

—On peut aider ces femmes, n'est-ce pas ? Il doit y avoir un moyen ?

Il acquiesça, même si en toute honnêteté, il n'était pas sûr qu'ils pouvaient vraiment faire quoi que ce soit pour elles. Mais pour la première fois depuis des mois, il sentait une certaine légèreté en lui, comme si peut-être il avait trouvé quelqu'un qui travaillerait avec lui et pourrait offrir un véritable espoir à ceux qui en avaient besoin.

—Aleksy, ce n'est pas un endroit pour mettre au monde des bébés.

Il rit doucement et regarda le bâtiment sordide autour d'eux. Il n'arrivait pas à se souvenir de la dernière fois où il avait vraiment souri, mais il était impossible de ne pas percevoir l'humour dans ses paroles.

—Je suis bien conscient que c'est inadapté.

—Bon, il faut commencer par nettoyer tout ça et se débarrasser de la vermine, dit-elle en se levant, les mains sur les hanches tandis qu'elle observait la salle. C'est insalubre et entièrement…

—Inadapté, finit-il à sa place en secouant la tête. Je suis d'accord.

—Et ça, là, y a-t-il du bois pour faire du feu ? demanda Emilia qui inspectait le poêle.

—Rarement. Nous garder au chaud n'est pas une priorité pour le Troisième Reich.

—Eh bien, il devrait convenir pour les accouchements. Il est à la bonne hauteur et la lumière est assez tamisée pour offrir un minimum d'intimité.

Elle se déplaçait avec l'énergie de quelqu'un qui n'était pas affamé depuis des mois, et il se surprit à être emporté par sa force. Avant Auschwitz, s'il n'avait pas perdu les deux seules personnes qu'il aimait au monde, il aurait pu aborder le block avec la même détermination. Mais il était ici depuis trop longtemps, avait trop vu la mort et la souffrance pour croire qu'il pouvait encore faire une différence.

—Alors ? demanda-t-elle. Qu'en pensez-vous ?

Aleksy sourit à nouveau.

—J'en pense, Emilia Bauchau, que je suis très heureux de vous avoir rencontrée aujourd'hui, mais je dois vous dire que c'est le block des maladies infectieuses.

—Nous allons sauver des bébés ici, Aleksy, et leurs mères aussi, dit-elle en regardant autour d'elle peut-être un peu plus attentivement qu'avant, comme si elle venait de se rendre compte qu'il y avait d'autres patients dans les lits. Il n'en ira pas autrement.

Elle n'eut pas à le lui dire deux fois, car il ne douta pas d'elle une seconde.

EMILIA

18

Londres, 1995
Mercredi

Emilia avait à peine dormi ; elle était restée assise dans la cuisine jusqu'à l'aube avec son thé froid depuis longtemps, attendant que ce soit enfin l'heure de l'arrivée d'Hannah. Elle s'était fait une note pour ne pas oublier que la journaliste revenait, mais elle n'en avait pas eu besoin. Hannah avait occupé ses pensées depuis leur rencontre la veille.

Lucy lui avait posé plein de questions pendant le dîner, curieuse d'en apprendre plus sur la vie secrète de sa mère, et si Emilia était honnête, c'était la raison pour laquelle elle n'avait pas réussi à dormir. Sa fille n'avait pas conscience, et bien heureusement, de ce à quoi avait survécu sa mère, de la mort et la souffrance qui avaient teinté ses jeunes années, et d'une certaine manière, elle aurait préféré avoir choisi d'écrire ses mémoires pour pouvoir tourner la page. Lucy aurait pu les lire une fois après la disparition de sa mère.

Si seulement elle y avait pensé avant.

Hannah était arrivée et s'était installée à la table face à Emilia, comme la veille. Puis elle avait sorti son magnétophone et lui avait adressé un sourire chaleureux comme pour lui dire qu'elle était prête à l'écouter. Qu'elle pouvait lui faire confiance.

Maintenant qu'elle avait commencé à parler, Emilia savait qu'elle raconterait son histoire jusqu'au bout, mais trouver les mots n'était pas plus facile pour autant. Elle pressa son poing contre sa poitrine comme si elle pouvait apaiser la douleur qui avait commencé à se répandre.

—Emilia, vous êtes prête ?

Elle acquiesça et plongea ses yeux dans ceux d'Hannah en s'agrippant au bord de la table.

—Les bébés sur lesquels je vous ai questionnée hier, ceux qui avaient la chance de survivre, j'ai cru comprendre que ceux qui étaient autorisés à vivre dans le camp étaient tatoués sur la cuisse peu de temps après leur naissance, en tant que prisonniers d'Auschwitz, comme leurs mères.

Emilia retint son souffle. Elle connaissait la question qui allait suivre parce qu'elle y pensait souvent, même toutes ces années plus tard.

—Mais il y a aussi des rumeurs qui disent que certains bébés, ceux qui étaient enlevés du camp et donnés à des familles allemandes, étaient marqués de manière plus discrète, en secret, pour qu'un jour ils puissent retrouver leurs mères biologiques, s'ils survivaient, raconta Hannah avant de faire une pause. Savez-vous quelque chose sur ces marques ?

Emilia caressait le bois de la table, les yeux fermés, alors qu'elle se rappelait distinctement les minuscules marques vertes sur la peau des nouveau-nés.

—Nous savions que nous devions trouver un moyen de les tatouer, juste au cas où, sinon comment retrouveraient-ils leurs mères si les deux survivaient ? Tout ce que nous faisions là-bas, nous le faisions pour sauver la vie des mères et des bébés. Nous faisions tout ce que nous pouvions, nous risquions nos vies parce que nous sentions que telle était notre vocation.

—Vous étiez personnellement impliqués dans ce marquage ? Vous et Aleksy ?

Emilia croisa le regard d'Hannah, surprise de voir des larmes briller au coin de ses yeux. Elle la fixa un long moment avant de finir par détourner le regard.

—Il n'y avait pas que nous, répondit-elle. Il y avait Lena aussi.

19

Auschwitz-Birkenau, 1943

Elle n'était arrivée que quelques jours plus tôt, mais elle avait déjà l'impression d'être dans le camp depuis des mois. Elle s'était habituée à la faim qui la tenaillait, si féroce qu'il était parfois difficile de penser à autre chose et à la brutalité permanente de ceux qui avaient été choisis pour les surveiller. Mais ce à quoi elle ne s'était pas habituée, c'était à l'impuissance qu'elle ressentait quand il s'agissait de s'occuper de femmes enceintes ou en souffrance. Les assister pendant leur accouchement était une chose, mais savoir qu'elles n'avaient que peu d'espoir de survie était entièrement différent.

Elle remarqua Lena qui entrait, et quand elle lui sourit, les autres femmes autour d'elles arrêtèrent de parler. Elles observèrent toutes Lena.

—Comment as-tu fait pour que les kapos t'apprécient autant, Lena ? demanda l'une des femmes tandis qu'Emilia s'asseyait sur le bord du lit en hauteur. On veut savoir ce que tu as dû faire pour être affectée au Canada.

Lena leva les yeux. Emilia ne savait pas de quoi elles parlaient, mais elle se rendait compte que ces mots étaient cruels. Ça, elle n'en doutait pas.

—Je pense qu'elle fait plus qu'être amie avec les kapos, lança quelqu'un d'autre. Ce sont les SS qui décident des postes de chacun.

—Qu'est-ce que tu as mangé de bon au dîner, Lena ? Ton maître te nourrit bien ?

Elles se mirent à rire et Emilia se décala aussitôt pour lui faire de la place, puis lui tendit la main pour l'aider à grimper. Elle détestait voir les larmes dans les yeux de Lena, sa manière de croiser les bras sur sa poitrine et de détourner le regard pour éviter celles qui l'entouraient, surtout après qu'elle s'était montrée si gentille avec Emilia à son arrivée. Elle voyait bien que les femmes étaient généralement gentilles entre elles, qu'elles veillaient les unes sur les autres comme elles le pouvaient, et gardaient leur hostilité pour les nouvelles arrivantes, et Lena.

—Tu vas te lever dans la nuit pour manger ce que tu as rapporté et caché ?

—Ça suffit ! cria Emilia en gardant la main de Lena dans la sienne. Nous sommes toutes retenues ici contre notre volonté. Le moins qu'on puisse faire, c'est d'être gentilles les unes avec les autres.

Lena écarquilla les yeux, comme si elle n'arrivait pas à croire que quelqu'un prenne sa défense.

—Merci, murmura-t-elle en se rapprochant d'Emilia.

Les autres femmes marmonnèrent et Emilia en profita pour se tourner vers Lena.

—C'est quoi le Canada ? demanda-t-elle à voix basse. Je ne comprends pas de quoi elles parlent.

—Le Canada, c'est l'endroit où ils conservent tous les vêtements et affaires personnelles qu'ils ont confisqués aux prisonniers, dit Lena en se tournant légèrement face à elle.

—Je ne savais pas qu'ils faisaient ça.

Bien sûr, cela paraissait évident maintenant que Lena le lui disait, parce que tout le monde ne devait pas arriver ici avec juste les vêtements qu'ils avaient sur le dos.

—Mais pourquoi « Canada » ? Pourquoi utilisent-ils ce nom ?

Lena sourit, et pendant un instant, Emilia put presque imaginer qu'elles n'étaient pas dans le camp, qu'elles étaient simplement deux femmes qui discutaient à la fin de leur journée.

—Le Canada est libre, c'est un pays riche et paisible, ou au moins, c'était le cas quand nous sommes arrivés ici, répondit Lena.

—Que faites-vous de toutes ces affaires ? demanda Emilia, même si elle savait déjà qu'ils ne les distribuaient pas aux personnes du camp. Est-ce que ce sont les gardes qui les récupèrent ?

—Tout est envoyé en Allemagne. On doit tout trier et mettre dans des cartons. Les trains qui amènent les prisonniers sont souvent rechargés plus tard avec ces colis. Des manteaux de fourrure, des bijoux, des bottes, tout est envoyé à Berlin.

Emilia sentait la colère monter en elle.

—Ça ne leur suffit pas d'enlever des femmes à leurs familles et de les traiter comme des criminelles, ils doivent leur prendre leurs affaires aussi ?

Ça la rendait furieuse. Ces femmes dans son baraquement, elles auraient pu avoir une chance de survivre si on leur avait permis de garder leurs manteaux chauds et leurs bottes.

—Tu as l'air surprise, dit Lena en enroulant une mèche de cheveux autour de son doigt, ce qui fit regretter à Emilia ses propres cheveux longs. On ne t'a rien enlevé de spécial ?

Emilia secoua la tête et se rappela le jour où elle avait été déportée. C'était le souvenir de son père qui était le plus douloureux, le voir là, à la regarder s'éloigner de lui. Elle avait vraiment essayé de bannir cette image de sa mémoire, mais c'était plus facile à dire qu'à faire.

—En fait, on m'a arrêtée dans la rue. Je n'avais rien, raconta-t-elle. Juste les vêtements que je portais ce jour-là.

Elle supposa que ses bottes solides et son manteau chaud avaient fini dans cet endroit qu'on appelait le Canada.

—Tu t'es fait arrêter ? demanda quelqu'un d'autre, révélant à Emilia que les autres l'écoutaient.

Emilia acquiesça, surprise par cette question. Personne n'avait semblé vouloir lui parler avant.

—Oui. Je suis sage-femme et on m'a surprise en train de faire passer clandestinement un bébé que j'avais fait naître en lieu sûr.

Un silence s'imposa, et elle se demanda si elle avait bien fait d'être aussi honnête, surtout après les avoir vues se montrer aussi cruelles avec Lena. Mais n'étaient-elles pas toutes ici soit pour ce qu'elles avaient fait, soit pour qui elles étaient ? Elle n'avait pas le sentiment d'avoir quelque chose à cacher.

—Tu mettais au monde des bébés juifs ?

Emilia s'éclaircit la voix.

—Oui.

Le silence tomba de nouveau et quelqu'un bougea. Une femme leva la tête pour la regarder fixement avec une expression moins hostile.

—Je suis impressionnée, dit une autre voix.

—Ne soyez pas gentille avec elle, elle est aussi mauvaise que l'autre, répliqua une voix. Vous n'avez pas vu comme elle a été sortie des rangs ? Elle n'a probablement jamais sauvé de bébés juifs.

—Je suis sûre qu'elles reçoivent toutes les deux dix fois plus à manger que nous, marmonna une autre femme.

Emilia savait qu'elles parlaient de nouveau de Lena, alors elle se rapprocha instinctivement d'elle. Elles pouvaient dire ce qu'elles voulaient, elle ressentait un besoin irrésistible de protéger la jeune femme.

—Tu crois que tu pourrais nous obtenir des serviettes hygiéniques ? demanda quelqu'un d'autre d'une voix bien plus amicale. Puisque tu travailles à l'hôpital ?

—Honnêtement, je n'en sais rien. Je peux essayer.

—De toute façon, la plupart d'entre nous n'en ont plus besoin.

—Pourquoi ? demanda une petite voix timide. Pourquoi la plupart d'entre nous avons arrêté de saigner ?

Emilia regarda les visages autour d'elle, ces femmes chauves aux yeux disproportionnés qui attendaient toutes une réponse de sa part. Elles étaient des centaines dans leur block, serrées, mais seules les dizaines de femmes autour d'elle semblaient l'écouter.

—Eh bien, en période de grand stress ou quand nos corps sont affamés, cela peut stopper les menstruations, expliqua-t-elle. Après quelques mois passés ici, je pense que nous aurons presque toutes arrêté de saigner.

—Cela reviendra-t-il un jour ?

Emilia réfléchit un instant.

—Si on survit, lança quelqu'un d'autre. D'abord, ils nous enlèvent tout ce qui fait de nous des femmes, puis ils nous laissent mourir. Ils ne veulent pas qu'on vive.

Après une longue pause, Emilia reprit la parole.

—Si nous survivons à cet endroit, il y a toutes les chances pour que nous retrouvions nos règles. Parfois, les dégâts peuvent être trop importants et le corps ne s'en remet pas, mais tout dépend de la durée de notre séjour ici.

Elle connaissait la question qui restait en suspens. Ce ne fut que bien plus tard que quelqu'un la posa.

—Beaucoup doivent se demander si elles pourront avoir des enfants, et la réponse est que je l'espère. Le corps féminin est extraordinaire.

—J'ai entendu dire que si on tombe enceinte ici, ils prennent soin de nous, dit doucement quelqu'un du lit du bas.

—Je vais tâcher d'obtenir toutes les informations que je pourrai, dit Emilia. Mais si vous avez besoin d'aide, venez me voir. Je peux vous examiner ici sans que personne soit au courant. On n'a même pas besoin d'aller à l'hôpital.

Certaines femmes se mirent à chuchoter ensemble et Emilia s'installa tout près de Lena. Partager la chaleur corporelle était l'une des rares choses qu'elles pouvaient faire les unes pour les autres.

—C'est parce qu'elles doivent toutes aller travailler dehors et que nous, on reste au chaud, dit Lena à voix basse. C'est pour ça qu'elles sont aussi méchantes.

—C'est pour ça qu'elles semblent ne pas m'apprécier non plus ? Elles pensent que je bénéficie d'un traitement spécial et reste à l'intérieur au lieu d'être au froid ? Et qu'on nous donne à manger ?

Lena acquiesça.

Emilia comprenait maintenant ; c'était donc pour cette raison qu'elles s'étaient montrées aussi hostiles dès qu'on l'avait prise à part pendant l'appel le premier jour, et c'était certainement aussi pour ça qu'elles n'aimaient pas Lena. Même si elles devaient aussi être jalouses de ses cheveux.

—Est-ce que tu pensais ce que tu as dit ? Que tu aiderais toute personne qui viendrait te voir ?

—Je n'ai pas vraiment de matériel, mais oui, je ferai n'importe quoi pour aider toutes les femmes ici.

—Merci, murmura Lena. Pour m'avoir défendue tout à l'heure. Cela fait très longtemps que je n'ai pas eu de vraie amie sur laquelle je peux compter.

—Peut-être qu'on pourrait se promettre de toujours prendre le parti de l'autre. Cela pourrait rendre la vie un peu plus tolérable ?

—Ça me plairait bien.

Le sourire de Lena était doux et lui donnait davantage l'apparence d'une jeune fille que d'une femme, et elle se demanda alors quel âge elle avait aujourd'hui et quel âge elle avait quand elle était arrivée au camp. Mais avant qu'elle ait le temps de le lui demander, le deuxième gong annonçait le début de la nuit retentit et le silence tomba sur les couchettes. Pour la première fois, Emilia s'endormit sans se sentir complètement seule. Elle n'avait pas besoin de grand-chose, elle était déterminée à survivre quelles que soient les conditions, mais Lena, blottie à ses côtés, lui donnait l'espoir qu'elle pourrait au moins avoir une amie. C'était dans des moments comme celui-là que sa mère lui manquait le plus, même si elle était morte depuis presque quatre ans. Elle avait parfois l'impression que c'était arrivé la veille.

***

—Maman, comment je saurai qu'il est temps pour le bébé de sortir ?

Sa mère lui sourit avec cet air à la fois compréhensif et amusé.

—Ma chérie, tu sentiras ce genre de choses. Plus tu mettras de bébés au monde, plus tu sauras ce que tu fais.

—Mais cela semble être une telle responsabilité. Comment ces femmes me feront-elles confiance alors que je n'ai pas eu de bébé moi-même ?

—Viens ici, dit sa mère avant de l'embrasser sur la tête et de la prendre dans ses bras. Tu t'inquiètes

trop, mon ange. Et souviens-toi que je suis devenue sage-femme bien avant de vous mettre au monde, ton frère et toi.

Emilia soupira et respira le parfum floral qui collait toujours à la peau et aux vêtements de sa mère. Elle savait que c'était une odeur qu'elle n'oublierait jamais.

—Mais pour répondre à ta question, l'accouchement devient quelque chose d'instinctif. La plupart des femmes sentent quand c'est le moment de pousser, et tu devras les encourager à attendre jusque-là. Leur corps les guidera ; ton travail sera de t'assurer qu'elles écoutent ce qu'il leur dit.

Elle suivit sa mère dans la maison en écoutant sa voix chantante alors qu'elle parlait à la femme pour laquelle elles étaient venues ; toujours enjouée, mettant toujours tout le monde à l'aise.

Emilia essayait de tout intégrer, espérait qu'un jour, elle marcherait dans les pas de sa mère et deviendrait au moins la moitié de la sage-femme qu'elle était.

—T'arrive-t-il d'avoir peur ? murmura Emilia tandis qu'elle la suivait dans le couloir.

Sa mère s'arrêta.

—Souvent, ma chérie. J'ai peur à chaque naissance, peur que quelque chose que je ne peux contrôler arrive. Mais le plus grand talent d'une sage-femme est de faire croire à tout le monde que rien ne tournera mal.

Emilia restait derrière elle et l'observait entrer dans la chambre pour travailler, tirer les lourds rideaux et allumer la lampe à huile avant de tapoter les coussins dans le dos de la future maman.

Sa mère se tourna alors et lui adressa un petit sourire qui avait quelque chose de conspirateur, comme si elles partageaient un secret.

***

Quelqu'un frappa à la porte du block 23 et Emilia l'ouvrit prudemment, ne sachant pas à qui s'attendre. Elle savait que ce n'était ni un SS ni un kapo, puisqu'ils auraient simplement poussé la porte avant d'entrer, mais sa peur se transforma immédiatement en plaisir quand elle posa les yeux sur ce visage familier.

—Aleksy ! Que faites-vous ici ?

—Je peux entrer ?

Emilia s'écarta et l'invita à avancer. Quand elle l'avait rencontré le jour de son arrivée au camp, elle s'était dit qu'ils travailleraient ensemble tout le temps, mais elle avait finalement été affectée aux patientes dans le block de l'hôpital principal, alors qu'il s'occupait principalement du secteur des maladies infectieuses. Mais comme il était le seul obstétricien à Birkenau, il était autorisé à assister les femmes enceintes non juives si nécessaire.

—Comment allez-vous, Emilia ? demanda-t-il avant de jeter un coup d'œil à la salle autour d'eux. Vous vous adaptez à ces conditions ?

Elle acquiesça en tripotant le bord de sa blouse en coton grossier. C'était la première fois depuis son arrivée qu'elle avait vraiment conscience de son apparence, ce qui était idiot, évidemment, puisqu'elles avaient toutes la même après tout. C'était comme si en leur tondant les cheveux, les gardes avaient voulu effacer leurs attributs féminins.

—Je me sens désespérée tous les jours et j'aimerais pouvoir retourner chez moi pour récupérer mon sac et avoir tout ce dont j'ai besoin à portée de main, avoua-t-elle. J'aimerais qu'on ait de l'eau chaude, même de la froide serait une bénédiction, et des serviettes propres, ainsi que du thé pour après la naissance. (Elle avait les larmes aux yeux, mais se força à sourire.) Dois-je continuer ?

Aleksy lui adressa un petit sourire entendu qui signifiait qu'il savait exactement ce qu'elle essayait de dire.

—Ce qu'on prenait pour acquis autrefois semble vraiment être du luxe aujourd'hui, vous ne trouvez pas ?

Elle soupira avant de s'asseoir sur l'un des lits vides.

—Oui.

Aleksy l'imita en gardant une distance raisonnable. Elle n'était plus habituée à avoir de l'espace ; généralement, quand elle s'asseyait ou se coucher sur une couchette, il y avait des gens entassés partout autour d'elle et elle avait à peine assez de place pour tendre un bras ou se retourner.

—Ma mère m'a dit un jour que le plus important était de faire croire à tout le monde qu'on maîtrise la situation, que rien ne tournera mal. Je me souviens de ses paroles si clairement que c'est comme si elle se tenait à mes côtés parfois et m'encourageait.

—Votre mère était sage-femme, elle aussi ?

Emilia sourit en pensant à elle, presque capable de sentir son parfum.

—Oui. Tout ce que je sais, c'est elle qui me l'a appris.

—Ces femmes ici, elles ont beaucoup de chance de vous avoir. Je vois votre compassion dans la manière dont vous vous occupez d'elles.

—Malheureusement, je ne crois pas que ma compassion suffise pour les sauver.

Ils restèrent assis en silence un long moment, Aleksy fixant le sol, ou peut-être ses pieds.

—Emilia, il se passe des choses ici, des choses difficiles à comprendre, dit-il en levant les yeux vers elle avec tant de tristesse qu'elle aurait aimé pouvoir le réconforter. Je vois votre sourire, la manière dont vous abordez votre travail ici dans des conditions aussi précaires, et ça me brise le cœur de vous révéler ce que j'ai découvert.

Elle déglutit et joignit soigneusement les mains, comme pour se préparer à ce qu'il allait partager avec elle.

—Vous pouvez tout me dire. C'est à propos de mes patientes ? Des femmes dont je m'occupe ?

Il poussa un soupir tremblant qui lui rappela la première fois qu'ils s'étaient rencontrés, quand il avait risqué sa vie pour sauver la sienne.

—Je soupçonnais quelque chose, après avoir envoyé au docteur Mengele les femmes enceintes et celles qui se portaient volontaires après avoir appris ce qu'il leur proposait, raconta-t-il avant de secouer la tête. Emilia, elles n'ont pas survécu.

—Aucune d'elles ? Elles n'ont pas été transférées dans un autre camp ?

—Ils nous veulent tous morts, Emilia. Ce n'est pas un endroit où on est censés survivre, et surtout pas les

Juifs. (Il s'éclaircit la voix et détourna de nouveau les yeux.) Il fait toutes sortes de choses à ces femmes, des expériences, et hier j'ai appris qu'il avait une fascination pour les bébés avec des difformités. Prétendre offrir du lait et de la nourriture n'était qu'une ruse pour attirer les femmes enceintes.

Elle se figea et son estomac se noua tandis qu'elle digérait ses mots. Un frisson la parcourut quand elle prit réellement conscience de l'énormité de ce qu'il lui apprenait. Aleksy lui prit la main et elle le laissa faire, trouvant du réconfort dans ce contact quand il serra ses doigts.

—Aleksy, où vont les enfants quand ils arrivent ? Pourquoi n'y a-t-il pas d'enfants ici, dans le camp ?

C'était une question qu'Emilia voulait poser depuis des jours, car elle ne comprenait pas où étaient envoyés les mères et les enfants, pourquoi ils étaient séparés et pas gérés de la même façon que les femmes seules et les hommes. Qu'arrivait-il aux femmes après leur accouchement ? Où allaient-elles quand on les faisait sortir de l'hôpital ?

Aleksy soupira.

—Je m'attendais à ce que vous me posiez cette question.

—Vraiment ? Alors vous allez me répondre ?

—Ils sont amenés dans un bâtiment, regroupés par centaines ou même par milliers. Toutes les mères, les enfants et les personnes âgées.

—Mais ils ont dit que les familles étaient envoyées dans un autre camp, dit-elle en sentant au fond d'elle que ce qu'il était sur le point de lui dire allait profondément la choquer. Ils ont dit qu'ils seraient dans un endroit mieux qu'ici.

—Emilia, ils utilisent un genre de gaz pour tous les tuer, dit Aleksy. Ils sont amenés là-bas et ils ne reviennent jamais.

—Non, souffla-t-elle en le regardant dans les yeux où brillait la vérité. Non.

Il secoua la tête, mais si faiblement qu'elle ne l'aurait pas remarqué si elle ne l'avait pas observé attentivement.

—Vous pensez que c'est ce qu'ils font aux femmes qui ont des bébés ? Après l'accouchement ?

—L'une de mes infirmières m'a dit que son mari lui avait raconté qu'il devait récupérer les corps pour les apporter au crématorium. Il lui a raconté qu'il y en avait des milliers chaque semaine, parfois chaque jour. C'est pour ça que la cheminée fume toujours.

Emilia se pencha en avant et sentit le peu de nourriture qu'elle avait dans l'estomac remonter violemment quand elle pensa à la cendre qui retombait si souvent dans l'air autour d'eux. La main d'Aleksy était chaude contre son bras, sa paume sur sa peau, réconfortante.

—Je suis désolé. Je voulais juste que vous sachiez la vérité, pour pouvoir informer les blocks des femmes. Elles ne doivent pas y aller si elles sont enceintes, elles devraient plutôt vous mettre dans la confidence.

Elle s'essuya la bouche. Toutes ces femmes et tous ces enfants étaient donc tués sans ménagement ? La sensation chaude dans sa gorge monta encore, menaçant de l'étouffer, alors qu'elle pensait à toutes ces familles qui étaient arrivées le même jour qu'elle, à tous ces enfants, à toutes ces femmes enceintes.

—Merci, parvint-elle à dire. Vous avez raison, je dois savoir la vérité pour mieux comprendre la situation dans laquelle nous nous trouvons.

—Est-ce vrai que vous travailliez avec la résistance ? demanda-t-il en se levant comme s'il allait partir.

—Oui. C'est vrai.

Emilia n'était même pas surprise qu'il soit au courant, ou peut-être qu'il avait simplement deviné pourquoi une femme non juive avait été envoyée à Auschwitz.

—Alors j'en déduis que nous savons tous les deux comment aider ceux qui en ont besoin sans être découverts.

Emilia le regarda en plissant les yeux.

—Vous aidiez la résistance, vous aussi ?

—Oui, répondit Aleksy dans un soupir. Et pendant longtemps, j'ai cru qu'ils ne m'attraperaient jamais.

Ils se regardèrent un long moment, tous les deux perdus dans leurs pensées. Il y avait tant de choses qu'elle voulait lui demander, mais elle se tut. Cela pouvait bien attendre un jour de plus.

—Vous reverrai-je ? demanda Emilia.

Aleksy s'était retourné pour partir et une bourrasque glaciale s'était engouffrée par la porte.

—Oui, répondit-il avant de sortir dans le froid.

***

En retournant aux baraques, le pas lourd, épuisée, Emilia entendit quelqu'un marcher derrière elle ; elle était suivie. Elle se retourna, les bras croisés pour se protéger, prête à encaisser les coups d'un garde qui la réprimanderait pour ne pas marcher assez vite, mais elle découvrit une femme. C'était Lena.

Emilia admirait les longues mèches de cheveux visibles sous son foulard blanc. Rien que cela la démarquait des autres détenues, comme le fait qu'elles rentraient toutes les deux à une heure différente des femmes qui travaillaient dehors.

—Pourquoi certaines femmes portent-elles des foulards blancs et d'autres, des rouges ? Y a-t-il une raison ?

—Le blanc veut dire que tu tries les manteaux et le rouge, le reste. Mais c'est le blanc que tout le monde veut, parce que les gens ont mis de la nourriture ou de l'argent dans la doublure de leur manteau. Ils croyaient que leur manteau serait la seule chose qu'on ne leur enlèverait pas, parce que personne n'aurait imaginé qu'on les dépouillerait à ce point.

Emilia acquiesça. S'il y avait une chose encore plus barbare que le premier rassemblement qu'elles avaient enduré, c'était d'être entièrement déshabillé et qu'on t'enlève ton manteau en plein hiver.

—Tends ta main.

Emilia regarda Lena avant de s'exécuter et de voir un sourire presque enfantin sur le visage de son amie.

Lena posa quelque chose dans sa paume avant de lui faire replier les doigts et Emilia découvrit un morceau de pain.

—Comment as-tu eu ça ?

—C'est l'une des raisons pour lesquelles toutes les filles veuillent travailler au Canada, dit Lena. On trouve à manger et des bijoux cousus dans les poches. Parfois, il y a beaucoup de nourriture dans les valises alors on la cache ou on la mange quand personne ne regarde, et parfois on peut chiper de petits objets, comme un sous-vêtement, parce qu'on arrive à le glisser sous nos vêtements. Il y a du marché noir pour les bijoux, surtout si tu arrives à te rapprocher des ouvriers qu'ils envoient là-bas, ceux qui travaillent dans les nouveaux bâtiments. Ils échangent volontiers de la nourriture ou des médicaments contre des bijoux.

Emilia baissa les yeux et, pour la première fois, remarqua que Lena portait des bottes, alors que tant de femmes portaient des sabots ouverts entièrement inappropriés à la météo et à leur travail. Pas étonnant qu'elles soient si nombreuses à la jalouser.

—Merci, dit Emilia en coinçant ses mains sous ses aisselles pour les garder au chaud, le pain bien caché dans sa paume.

Cela doublerait sa ration d'aujourd'hui, et elle lui en était plus que reconnaissante.

—Ça signifie tellement pour moi. Vraiment, ajouta-t-elle.

Mais Lena avait éveillé son intérêt quand elle avait mentionné les médicaments.

—Je n'ai presque aucune amie, dit Lena tandis qu'elles s'approchaient des couchettes. Si les filles étaient plus gentilles avec moi, je partagerais la nourriture que je trouve avec elles. Mais elles m'ont toujours détestée.

Emilia n'était pas surprise que Lena ne veuille pas partager, même si cela aurait pu les amadouer. Elle comprenait que les autres femmes avaient noué des liens forts, mais il y avait à l'évidence un fossé entre celles qui exerçaient des travaux qu'elles considéraient comme faciles et celles qui travaillaient dehors.

—Tu pourrais ? Mais que se passerait-il s'ils te prenaient ?

Lena haussa les épaules.

—Ils ne m'attraperont pas.

Emilia savait qu'il y avait toujours un risque d'être pris, elle l'avait appris à ses dépens le soir où elle avait été arrêtée. Même en étant extrêmement prudent, on pouvait toujours être découvert.

—Je peux t'en fournir plus. Si c'est ce que tu veux.

Emilia se pencha vers elle.

—Ce n'est pas pour moi, c'est pour les femmes que je soigne. Celles qui accouchent, chuchota-t-elle. Un peu de nourriture supplémentaire pourrait leur donner la force dont elles ont besoin.

Elle évita de penser à celles qui étaient directement envoyées dans les chambres à gaz ; elle ne pouvait pas supporter l'idée que certaines femmes ne survivaient même pas une journée.

Le visage de Lena s'illumina, lui rappelant une nouvelle fois celui d'une enfant.

—Tu le leur donnerais ?

—Bien sûr, répondit Emilia avec le sourire. Il y a si peu de choses que je peux faire pour elles, mais si je peux leur donner à manger, ça pourrait les sauver.

—Je peux le faire. Je peux t'aider.

Emilia prit la main de Lena et la serra fort dans la sienne. Elle lui rappelait Talia, qu'elle n'avait pas vue depuis qu'elles étaient arrivées et avaient été séparées.

Sa gorge se serra : elle savait ce qui lui était probablement arrivé et pourquoi ils ne s'étaient pas donné la peine de lui arracher son bébé froid des bras.

—Si on peut trouver une personne de confiance, quelqu'un qui pourrait échanger des trucs pour nous, tu penses vraiment qu'on pourrait obtenir des médicaments ? Lena, cela pourrait sauver tellement de vies, si tu veux bien aider ? (Elle était impatiente de parler à Aleksy de son plan.) Et peut-être que tu pourrais piquer des vêtements qu'on pourrait déchirer ? Ça aiderait les nouvelles arrivantes, quand elles ont leurs règles.

Lena écoutait attentivement, les yeux écarquillés.

—J'aurais dû y penser plus tôt.

—Mais je ne veux pas que tu prennes de risques. Tu devras choisir soigneusement ce que tu prendras, t'assurer que cela n'éveille aucun soupçon.

Le sourire de Lena était contagieux.

—Je suis bonne pour voler, les gardes ne se douteront de rien. Je le fais sous leur nez depuis des mois. (Son sourire s'effaça.) Mais tu sais, ce qu'ont dit les filles hier soir, sur ce que je faisais pour avoir ce poste ? Elles avaient raison.

—Quoi que tu aies fait ou doives faire ici, personne n'a le droit de te juger.

Lena lui attrapa le bras et l'arrêta.

—Alors tu ne veux pas savoir ? Ce que j'ai dû faire ?

Emilia posa sa main sur celle de Lena.

—Tu le fais pour survivre, non ? Pour rendre ta vie ici un peu plus facile ?

Lena serra plus fermement le bras d'Emilia.

—On fait tous de notre mieux pour survivre, Lena, et tu es ici depuis plus longtemps que beaucoup d'entre nous, d'après ce que j'ai compris. C'est tout ce que j'ai à savoir.

—Merci, dit Lena en laissant sa tête tomber sur l'épaule d'Emilia. Tu es la première personne à me dire quelque chose comme ça.

Elles marchèrent un moment en silence avant que Lena ne reprenne la parole.

—Une amie à moi, l'une des seules filles originaires de mon village, elle a besoin de ton aide, dit Lena. Si je te donnais quelque chose en échange, pourrais-tu arrêter sa grossesse ?

Un frisson parcourut Emilia tandis qu'elle écoutait son amie.

—Elle veut mettre fin à sa grossesse ?

Lena acquiesça et Emilia digéra ce qu'elle lui avait demandé. Elle ne l'avait jamais fait sur des femmes à un stade avancé de la grossesse. Seulement à des stades précoces. Sa mère lui avait appris les propriétés d'infusions d'écorces et d'autres remèdes à base de plantes qui pouvaient faire ce genre de choses, mais elle n'y avait pas accès à l'intérieur du camp et ne voyait pas comment elle aurait pu en échanger. Mais maintenant qu'elle y pensait, peut-être qu'aider les femmes à mettre fin à leur grossesse était le seul moyen de les protéger.

—Lena, la meilleure chose à faire, c'est de me l'amener. Je verrai ce que je peux faire. (*J'ai besoin de parler à Aleksy. Il saura comment faire.*) Mais inutile de me donner quoi que ce soit en échange. J'aiderai quiconque aura besoin de moi.

—On ne travaille pas les dimanches, alors je te l'amènerai. Elle a été transférée dans un block plus sympa, avec son propre espace.

—Ah bon ? Pourquoi ?

—C'est l'une des tatoueuses.

Lena sourit et arrangea le foulard blanc sur sa tête. Si elles avaient eu plus de temps pour discuter, Emilia lui aurait posé d'autres questions sur la façon dont son amie était devenue tatoueuse. Mais ce qu'elle lui avait demandé de faire et ce qu'Aleksy lui avait dit plus tôt dans la journée occupait son esprit. Mettre fin à une grossesse pourrait sauver la vie d'une femme à Auschwitz.

—Emilia, je dois faire des choses. Avec un SS, l'informa Lena avant de détourner le regard et de s'éclaircir la voix. Mon amie aussi. C'est pour ça qu'elle est enceinte.

Emilia attrapa la main de Lena. Elle essayait de contenir la colère qui montait en elle.

—Te fait-il du mal ? Ce SS ?

Lena avait les larmes aux yeux.

—Parfois. Mais il lui arrive d'être gentil avec moi.

Emilia acquiesça et garda fermement la main de Lena dans la sienne.

—Promets-moi que tu viendras me voir s'il te blesse ?

Lena serra la main d'Emilia à son tour, et Emilia prit cela comme une confirmation. Elle ne pouvait pas empêcher cette brute de lui faire du mal, mais elle pourrait soigner ses blessures.

Quand elles entrèrent dans leur block, certaines femmes étaient déjà revenues de leur travail éreintant aux champs, tremblantes et mouillées. Emilia comprit maintenant pourquoi elles ne l'aimaient pas, et pourquoi elles détestaient Lena ; au fond d'elle, elle savait qu'elle aurait probablement ressenti la même chose à leur place. Ce qu'elles enduraient chaque jour les avait montées contre celles dont elles pensaient qu'elles se la coulaient douce, et peut-être qu'elles avaient besoin d'avoir quelqu'un à détester. Mais elle savait que ces femmes étaient toutes des mères, des sœurs et des filles ; elle savait que si elles s'étaient croisées en dehors du camp, dans des circonstances normales, elles auraient pu devenir amies.

Quand Emilia regarda Lena qui grimpait sur sa couchette, elle sut que, quoi que lui fasse ce garde SS, ce devait être horrible. Aucune quantité de nourriture ou quoi que ce soit d'autre ne vaudrait jamais ce qu'elle était forcée de faire. Tout le monde faisait des sacrifices, des choses inimaginables dans leur existence antérieure, afin de rester en vie.

Lena

20

Lena caressait le manteau de fourrure, le sourire aux lèvres en sentant sa douceur contre sa peau. Elle le pressa contre sa joue quelques secondes pendant que personne ne regardait, avant de le reposer pour fouiller ses poches. Comme il était particulièrement beau, elle sut instinctivement qu'elle trouverait quelque chose. Dans la poche, il y avait une photo. Elle étudia les visages en regrettant de ne pas pouvoir la rendre à la personne qui l'avait apportée ici. Mais même s'il n'y avait rien d'autre, elle examina de façon experte la couture et trouva ce qu'elle cherchait. *Voilà.*

Elle tira sur le fil et tâcha de rester impassible quand elle trouva une bague en diamants ainsi que des billets consciencieusement pliés cachés dans la doublure. Les autres filles lui tomberaient dessus si elles découvraient son butin, alors elle se mit à chanter doucement tout en glissant la bague dans sa brassière. Elle fouilla de nouveau la poche, ses ongles accrochant le tissu, et fut récompensée par d'autres diamants qu'elle cacha aussi dans ses sous-vêtements. Elle avait déjà la chance d'en porter, mais c'était le cas de presque toutes les filles qui travaillaient au Canada ; pouvoir garder pour elles ce que personne ne remarquait était l'un de leurs avantages.

Elle garderait les diamants détachés pour pouvoir faire du troc et pourrait donner la bague à Becker. Elle essaya de ne pas penser à ce qui pourrait arriver s'il venait la voir aujourd'hui.

Parfois, il était doux quand il la touchait, mais d'autres fois, elle savait dès qu'elle le voyait que ce serait différent. Il arrivait, les narines dilatées, les yeux plissés, et si elle n'avait rien de valeur à lui donner… Lena regarda par la fenêtre les derniers arrivants, principalement des personnes âgées qui marchaient le dos voûté, ainsi qu'une poignée de mères et d'enfants. Elle détourna rapidement le regard, refusant de penser à leur destination. C'était pire que de penser à l'arrivée imminente de Becker. Elle ne l'avait pas vu depuis six jours, ce qui voulait dire qu'il viendrait bientôt. Il ne la laissait jamais tranquille plus d'une semaine.

Lena se remit à son tri, vérifiant et pliant des vestes, mettant de petits articles de côté, comme des sous-vêtements qu'elle pourrait essayer de sortir en douce plus tard. Elle voulait rapporter de petits cadeaux à Emilia, surtout après qu'elle s'était montrée si gentille avec elle. Cela faisait longtemps qu'elle n'avait pas eu d'amie dans son block, et encore plus longtemps qu'elle n'avait pas vu sa sœur. Depuis son arrivée au camp, c'était la première fois que quelqu'un veillait sur elle.

Elle serra la veste dans ses mains en essayant de chasser cette pensée ; elle ne voulait pas se rappeler la sensation que ça faisait d'avoir sa sœur à ses côtés, parce que ce souvenir était plus douloureux que la réalité de vivre sans elle.

—Elle est par ici.

Lena sursauta et la nausée monta aussitôt dans sa gorge. C'était lui. Elle savait au fond d'elle que Becker était là. Martin Becker, un homme qui certaines fois lui faisait peur, et d'autres la terrifiait.

Elle leva instinctivement la tête quand elle entendit quelqu'un se rapprocher. Il apparut dans l'encadrement de la porte. Ses yeux bleus brillaient, et quand il la vit, elle remarqua la manière dont le coin de ses lèvres remontait légèrement.

Il ne va pas me faire mal aujourd'hui. Elle devinait qu'il était de bonne humeur, ce qui voulait dire qu'il voudrait son corps, mais qu'elle ne garderait pas de traces physiques de leur rencontre. Les mains de Lena se mirent toutefois à trembler à l'idée de ce qu'elle était sur le point d'endurer.

—Viens avec moi, dit-il.

—Oui, *Untersturmführer* Becker.

Elle posa la veste qu'elle fouillait, consciente qu'il s'attendait à ce qu'elle obéisse immédiatement. Une fois, elle avait commis l'erreur de terminer ce qu'elle était en train de faire avant de le rejoindre, et elle ne le referait pas. Elle se toucha instinctivement le ventre et se rappela la contusion violette qu'il avait laissée là.

Lena ne regarda pas les autres femmes quand elle traversa la salle, la tête baissée. Ils se rendirent dans une autre cabane pour être seuls. Ils étaient entourés de cartons, tous prêts à être envoyés à Berlin. Becker ferma la porte et se retourna vers elle, le sourire aux lèvres, en défaisant le premier bouton de sa chemise. Quand il s'approcha, elle fouilla dans sa brassière en essayant de se concentrer sur le fait qu'il était charmant, que quelqu'un de bien pire pourrait toucher son corps et lui faire des choses qui la hanteraient chaque fois qu'elle fermait les yeux.

—Lena, dit-il en levant la main pour lui toucher le visage, les yeux brillants.

Elle se retint de tressaillir et s'efforça de se détendre à son contact. Mais quand elle sortit la bague en diamant, il laissa retomber sa main. Elle avait aussi trouvé une bague en saphir deux jours plus tôt, mais il semblait tellement intéressé par le diamant qu'elle décida de ne pas lui montrer l'autre bijou ni les pierres. Elle les garderait jusqu'à la prochaine fois, au cas où elle ne trouve rien d'autre de valeur jusqu'ici.

—Vous m'avez manqué, dit-elle comme elle le faisait toujours, se forçant à jouer un rôle. C'est bon de vous voir.

—J'étais en vacances, dit-il avant de glisser la bague dans la poche de sa veste. Une récompense pour avoir attrapé les prisonniers qui s'étaient échappés dans les bois la semaine dernière.

Elle s'efforça d'afficher un nouveau sourire et hocha la tête alors qu'il commençait à défaire sa ceinture. Son pouls accéléra et elle se souvint de respirer. Il faisait donc partie des SS qui avaient traqué les femmes ayant failli réussir à quitter Auschwitz et tiré sur elles ; et il avait été gracieusement récompensé pour sa cruauté.

Elle avait entendu leurs cris quand les chiens avaient été lâchés à leur poursuite.

—J'ai bien profité de notre célèbre station SS, au bord de la Sola. C'était assez extraordinaire, raconta-t-il avec un immense sourire, particulièrement content de lui. On ne dirait pas que c'est aussi près d'ici. C'était un week-end absolument merveilleux.

—Je suis contente que vous ayez passé un bon moment.

Lena se raidit quand il tendit la main vers elle ; elle ne pouvait pas faire autrement. Comment pouvait-il vivre sa vie normalement alors qu'elle et tant d'autres vivaient un enfer ?

—Tu sais que je veillerai toujours sur toi, hein, Lena ? Je ne laisserai personne d'autre te toucher.

—Je sais, murmura-t-elle.

Mais vous continuerez à me toucher. Je n'ai pas le choix.

—Tu es spéciale, Lena. Les jolies filles sont toujours spéciales, tu mérites de garder tes beaux cheveux. Je détesterais te voir la tête rasée comme tous ces laiderons.

Elle gardait la tête levée tandis qu'il parlait parce qu'elle savait qu'il aimait qu'elle le regarde dans les yeux quand ils étaient ensemble, mais elle détestait la façon dont il lui retirait son foulard et enroulait ses cheveux autour de son poignet. Au lieu de penser à ce qu'il allait lui faire, à ce qui allait suivre, elle se concentra sur la nourriture qu'il lui donnerait après et se rappela que c'était grâce à lui qu'elle avait été choisie pour travailler au Canada. C'était grâce à lui qu'elle était l'une des seules Slovaques survivantes parmi celles qui étaient arrivées en train avec elle.

D'ailleurs, aujourd'hui était une belle journée. Aujourd'hui, elle savait qu'il n'allait pas lui faire de mal. Elle n'avait qu'à rester calme jusqu'à ce qu'il ait fini, même si elle ne pouvait pas oublier la première fois.

***

Ses orteils se crispaient contre le sol en béton froid tandis qu'elle regardait ce qui arrivait aux femmes devant elle. Elle n'avait vu qu'une fille être épargnée jusqu'ici ; toutes les autres, toutes les Slovaques dont la plupart venaient de son village, ressemblaient désormais davantage à des jeunes garçons, sans un cheveu sur la tête.

Quand il s'approcha d'elle, elle eut du mal à respirer et serra ses bras autour de son corps, embarrassée par sa nudité. Mais ce garde n'essaya pas de la toucher ; il se contenta de la regarder dans les yeux en souriant avant d'aboyer quelque chose en allemand qu'elle ne comprit pas.

En revanche, elle comprit quand il lui fit signe d'avancer. Elle allait garder ses cheveux. Elle n'avait pas à attendre dans la file pour être tondue. Les autres filles la toisèrent quand elle passa devant elles, mais elle ne put s'empêcher de se demander pourquoi.

Ce soir-là, elle enroula une mèche de cheveux autour de son doigt, tremblant dans sa couchette, et une amie de chez elle la serra fort contre elle et lui caressa la tête comme si ses cheveux soyeux la réconfortaient. Mais ce ne fut que le lendemain qu'elle comprit ce que cela voulait dire. Quand elle était arrivée, c'était une jeune femme naïve qui ne savait pas grand-chose du désir des hommes, mais elle avait rapidement appris que rien n'était gratuit : quand une chose lui était épargnée, cela signifiait qu'elle devrait en abandonner une autre.

*Quand l'*Untersturmführer *Becker avait longé la rangée de femmes pendant l'appel le lendemain, il l'avait fait sortir de la file pour qu'elle travaille au Canada. Et c'était là que tout avait commencé. Le premier jour, personne ne savait quel travail allait leur être attribué, personne ne connaissait les conditions de travail atroces à Auschwitz-Birkenau ni les rations ridiculement petites qu'on leur donnerait. À la fin de la semaine, Lena se retrouvait seule. Personne ne voulait parler à la fille à qui on donnait plus à manger, même si elle rapportait des petits morceaux de pain et des saucisses aux autres filles du block quand elle le pouvait ; ça ne suffisait jamais. Elles ne voulaient certainement pas être amies avec celle qui travaillait à l'intérieur toute la journée.*

Mais une autre chose avait changé à la fin de cette première semaine. Car Becker avait pris à Lena quelque chose qu'elle ne pourrait jamais, jamais retrouver : son innocence. Et même si elle avait tout fait pour l'oublier, si elle avait essayé de ne pas penser à ce qu'il lui avait fait, à ce qu'elle avait dû subir afin de rester en vie, elle ne pouvait pas débarrasser sa peau de son odeur.

À ce moment-là, elle aurait préféré travailler dans les étangs ou aux champs, comme les autres filles. Et pourtant, c'était avant qu'elle ne découvre son tempérament.

***

Becker n'était pas pressé aujourd'hui. Après avoir renfilé son uniforme, refait à la perfection le nœud de sa cravate et lissé les plis invisibles de son col, il sortit un petit paquet de sa veste et le lui tendit.

—Merci, dit Lena en prenant soin de faire des gestes calmes pour ne pas lui montrer combien elle avait faim.

La saucisse enveloppée dans le papier la fit saliver, et il y avait aussi un morceau de pomme de terre et une tranche de pain. C'était tout un repas. Elle aurait préféré l'emballer et en garder pour plus tard, ou le partager avec Emilia avant qu'elles ne se couchent. Mais Becker s'attendait à ce qu'elle mange devant lui. Il l'aurait trouvée bien rustre s'il l'avait vue glisser la nourriture dans ses sous-vêtements, et elle savait qu'il tenait à ce qu'elle lui montre sa gratitude. Il voulait qu'elle le regarde quand il lui donnait quelque chose, qu'elle comprenne pourquoi elle avait droit à des choses que les autres filles n'avaient pas.

—Tu sais que je peux faire des choses pour toi, Lena, dit-il en l'observant, appuyé contre le mur.

Elle mâchait lentement. Son estomac n'avait pas reçu une telle quantité de nourriture en plusieurs jours, mais elle était déterminée à manger jusqu'à la dernière bouchée.

—J'apprécie la nourriture que vous m'apportez, dit-elle lentement en lui adressant un petit sourire qu'il sembla goûter. C'est tout ce dont j'ai besoin.

Elle ne voulait pas avoir d'autres dettes envers lui.

—Mais as-tu une famille, Lena ?

Elle eut du mal à avaler cette fois.

—J'ai une sœur. Mes parents et une sœur.

Il se gratta le menton.

—Tu es la seule à avoir été envoyée ici ? Ils ne sont pas avec toi ?

—Non. Ma sœur a été épargnée.

Elle se figea pour essayer d'arrêter de trembler alors qu'il l'étudiait et qu'elle priait pour que sa sœur ne vive jamais ce qu'elle avait vécu. L'idée que lui ou n'importe quel autre garde touche son innocente petite sœur lui donnait envie de vomir. Elle ne pouvait même pas imaginer Becker faire à Dana ce qu'il lui avait fait.

—Elle est toujours chez toi ?

Elle s'éclaircit la voix ; elle n'avait pas envie de répondre à sa question, mais elle ne pensait pas avoir le choix.

—Je crois.

—Hmmm, fit-il en continuant à se frotter le menton. Je te l'enverrai et la ferai travailler au Canada aussi si elle arrive ici. Je ferai ça pour toi, Lena. Tu vois comme je suis gentil, hein ?

—Merci, murmura-t-elle en espérant que Dana ne viendrait jamais à Auschwitz.

Elle ferait tout ce qu'il lui demanderait, tout ce qu'il voudrait si cela pouvait garantir la sécurité de sa sœur.

Ce fut pour cette raison qu'elle se força à lui sourire et lui mentir.

—Je n'oublierai jamais votre bonté.

Becker sourit, mais il ne semblait pas vouloir parler plus. Il s'éloigna du mur contre lequel il était appuyé et pencha la tête vers la porte.

—C'est l'heure de partir.

Elle mangea rapidement les deux dernières bouchées et se dépêcha de passer devant lui. La prochaine fois, il pourrait ne pas être aussi gentil, mais elle était reconnaissante qu'il l'ait été aujourd'hui. Cela lui permettrait de garder l'estomac plein pendant plusieurs jours, et cette fois, elle n'avait aucun bleu à soigner. Elle aurait juste aimé qu'il ne lui pose pas de question sur sa sœur.

***

C'était dimanche et donc le seul jour où elles n'avaient pas à rester dans le froid pendant des heures pour l'appel ou à passer la journée à travailler. Cela voulait aussi dire qu'elle pourrait aller voir Zofia, même si elle ne trouvait pas toujours son amie. Les tatoueuses étaient appelées pour travailler dès que de nouveaux prisonniers arrivaient, et parfois, cela pouvait être chaque jour de la semaine.

Par chance, aujourd'hui, ce n'était pas le cas. Quand elle vit Zofia, elle lui fit un signe de la main. Cette dernière avait droit à des privilèges, comme recevoir des rations supplémentaires et vivre dans de meilleures conditions.

—Lena, dit son amie en écartant les bras pour l'étreindre.

Le corps de Zofia était bien plus mince que quelques mois plus tôt, mais elle n'était pas un squelette ambulant comme tant d'autres filles. La petite quantité de rations qu'elles recevaient en plus faisait toute la différence ; cela donnait à Lena l'espoir qu'elles auraient peut-être toutes les deux une chance de survivre et de sortir du camp un jour.

—Comment te sens-tu ?

—Comme une horloge dont les aiguilles ont entamé un compte à rebours pour quelque chose de terrible.

Lena passa un bras autour d'elle et se rapprocha.

—Il y a une sage-femme parmi nous.

—Oh, fit Zofia avec un soupir et un air las.

—Je lui ai demandé si elle pouvait t'aider. Étant donné ton état.

Zofia la regarda dans les yeux et comprit.

—Elle peut faire ça ?

—Je crois bien, répondit Lena. Elle a dit qu'elle t'aiderait, ainsi que toutes les autres femmes, comme elle le pourrait.

Zofia sembla digérer ses paroles. Il lui fallut un moment pour réagir.

—Elle pourrait…

—Oui.

Zofia serra fort dans ses bras Lena qui l'étreignit à son tour en imaginant que c'était sa sœur, qu'elle était de retour chez elle et que Dana était sortie en courant pour l'embrasser.

—Merci, Lena. Si elle peut m'aider, si ça marche…

—Elle t'aidera. Je lui fais confiance, et tu peux aussi.

Lena essuya les larmes sur le visage de Zofia avec ses doigts rougis par le froid.

—Tu es sûre qu'elle ne dira rien aux gardes ?

—Promis. Emilia est ce qui se rapproche le plus d'une amie depuis que tu as quitté notre block. Si elle peut t'aider, elle le fera.

Zofia posa sa tête sur l'épaule de Lena. Un petit rayon de soleil passa entre les nuages.

—Viens. J'aimerais que tu la rencontres aujourd'hui. Elle a dit que plus tôt elle te verrait, mieux ce serait.

Zofia serra sa main et elles se dirigèrent lentement vers l'hôpital, côte à côte, serrées l'une contre l'autre tandis que le vent tourbillonnait autour d'elles.

***

—Lena m'a dit que vous pourriez m'aider.

Lena adressa à Emilia un regard plein d'espoir devant le block de l'hôpital. Elle espérait ne pas avoir fait de promesse intenable à Zofia.

—C'est vrai, on peut faire ce genre de choses, dit Emilia en plaquant sa main contre le ventre de Zofia.

Lena regarda son amie faire la moue, sans savoir si c'était seulement parce qu'elle se concentrait ou si quelque chose l'inquiétait.

—Vous l'avez déjà fait ? demanda Zofia.

—Non, pas comme ça, répondit Emilia. Mais ça ne veut pas dire que ça ne peut pas être fait.

Zofia eut l'air terrifiée, mais Lena se tenait tout près d'elle, sa main dans le creux de son dos.

—Il y a un docteur ici, un obstétricien en fait, et il saura quoi faire, dit Emilia en faisant un pas en arrière. Il faut que vous croyiez que je ferai tout ce que je pourrai pour vous, pour vous aider à traverser cette épreuve.

—Vous ne pensez pas que je suis horrible ? demanda Zofia et Lena lui serra la main. De ne pas vouloir de cet enfant ?

Emilia posa sa main sur celles des deux femmes.

—Non, je ne pense pas que vous êtes horrible. Je pense que vous voulez rester en vie, et je pense aussi que donner naissance à un bébé dans cet endroit est quelque chose d'horrible. Regardez autour de vous. Combien de mères avec des enfants avez-vous vues ici ?

Le sourire d'Emilia était gentil, mais Lena percevait sa fatigue. Ses journées de travail et le manque de nourriture commençaient à marquer son visage, plus creusé qu'il ne l'était quelques jours plus tôt.

—Laissez-moi parler à Aleksy. Je sais qu'il pourra m'assister et peut-être qu'on pourra commencer à aider d'autres femmes aussi ?

Lena allait poser une question quand Zofia retint son souffle.

—Ce médecin dont vous parlez, c'est un homme ?

—Tous les hommes ne sont pas des brutes, répondit Emilia. Aleksy est un homme bien, l'un des meilleurs que je connaisse, et il pourrait être la seule personne qui puisse m'aider pour votre requête.

Elles restèrent là quelques minutes avant qu'Emilia ne dise au revoir et disparaisse dans l'hôpital, laissant Lena et Zofia seules.

—Si j'étais ta sœur, me confierais-tu à cette femme ?

Lena acquiesça.

—Si tu étais ma sœur, Emilia serait la seule personne à part toi et moi en qui j'aurais confiance dans tout Auschwitz.

Ce n'était pas une exagération. Lena n'avait jamais rencontré quelqu'un comme Emilia avant ; sa détermination à aider les autres femmes semblait inébranlable. Si Emilia disait qu'elle et cet Aleksy pouvaient aider, alors Zofia pouvait lui faire confiance, sans hésiter.

EMILIA

21

Cela faisait plusieurs jours qu'Emilia n'avait pas vu Aleksy, et tandis qu'elle était dehors et prenait l'air frais, elle le vit arriver et se surprit à sourire. Il y avait une profonde tristesse chez lui, comme chez la plupart des gens qu'elle croisait chaque jour, mais elle était curieuse de connaître son histoire.

—J'espérais vous voir ici, dit-il.

—La journée a été calme aujourd'hui. Pas de naissance, donc j'ai balayé le block pour la centième fois, même s'il paraît toujours aussi sale.

Il lui proposa d'entrer et elle le suivit, lui souriant quand il lui tint la porte. De tels petits gestes étaient remarquables dans un tel environnement, et elle se rendit compte qu'elle ne s'était jamais sentie nerveuse avec Aleksy. Elle avait passé la majeure partie de sa vie entourée de femmes, s'était rarement retrouvée seule avec un homme autre que son père et son frère, et pourtant, il semblait réussir à la mettre à l'aise. Peut-être était-ce un talent qu'il avait acquis en devenant obstétricien.

—Allez-vous avoir des problèmes en venant ici ? demanda-t-elle.

—Pas si je peux fournir une raison, dit-il avec un sourire. Je serai peut-être obligé de dire que je doutais de vos compétences, alors je vous en prie, ne le prenez pas mal.

—Pas de problème, dit-elle en riant. Et pour être parfaitement honnête, je me sens incompétente ici chaque jour. Le contraire serait étonnant vu les circonstances.

Ce ne fut qu'à cet instant qu'elle se rendit compte qu'elle avait ri. Qu'elle souriait tellement que cela lui faisait mal aux joues. Comme elle avait oublié ce que ça faisait d'avoir l'estomac plein, elle avait oublié le bien que ça faisait d'être heureuse.

—Emilia, on m'a donné quelque chose, quand j'ai commencé à travailler ici, dit Aleksy avant de chercher dans sa poche.

Elle écarquilla les yeux quand elle vit un couteau dont la lame était enveloppée dans un morceau de tissu.

—Je sais que ce n'est pas grand-chose, et j'aimerais pouvoir vous donner tellement plus, mais c'est un début.

Emilia regardait fixement le couteau. Il serait utile, mais faire une incision sans avoir d'autres instruments à sa disposition… Aleksy le lui tendit et elle le prit, refermant ses doigts autour du manche. C'était peut-être le cadeau le plus attentionné qu'on lui ait jamais fait.

—Merci.

Aleksy acquiesça, debout au milieu de la pièce, les yeux plongés dans les siens, comme s'il avait quelque chose en tête, quelque chose qu'il voulait dire. Mais elle savait que c'était le bon moment pour lui parler d'elle, ou plus exactement de la situation de la femme qui avait besoin de son aide.

—Aleksy, ce que je suis sur le point de vous dire pourrait vous choquer, et je veux que vous sachiez que ce n'est pas quelque chose que je suggérerais dans des circonstances normales.

—Nous sommes loin de circonstances normales, Emilia, alors je vous en prie, parlez librement. Rien de ce que vous pourrez dire ne me choquera, pas ici, pas après ce que j'ai vu et entendu.

Il remua légèrement et elle suivit son regard vers la porte.

—J'aimerais connaître votre opinion sur le fait de proposer l'avortement aux femmes ici.

Il haussa les sourcils.

—Vous suggérez de mettre fin à des grossesses ? Ici ?

Elle fit un pas vers lui.

—C'est précisément ce que je suggère, mais j'aurais besoin de votre aide pour comprendre exactement comment procéder. Je n'ai pas d'expérience en la matière.

Elle pensa à Zofia, la tatoueuse qui l'avait considérée avec un tel désespoir quand elle était venue la voir avec Lena pour lui demander son aide, puis elle regarda Aleksy dans les yeux. Elle n'y lut que de la compassion, celle d'un homme qui consacrait sa vie à soulager la souffrance des autres, et elle savait qu'elle ne s'était pas trompée en lui accordant sa confiance.

Elle tenait le couteau dans sa main, l'instrument dont elle aurait besoin.

—Je vous montrerai, Emilia. Je vous montrerai comment faire, affirma-t-il en posant sa main sur son épaule et plongeant ses yeux dans les siens. Je ne vous jugerai jamais pour ça. Vous sauverez une vie en aidant cette femme, et toutes celles que vous choisirez d'aider. Ce qui arrive aux mères et à leurs bébés, ce que ces femmes endurent avant d'être emportées…

—Vous croyez vraiment que je ferai ce qu'il faut ?

Cela allait à l'encontre de tout ce en quoi elle avait toujours cru, mais en quoi cela était-il différent d'assister une femme dans son village avec du thé pour arrêter sa grossesse ? Ces femmes demandaient généralement son aide parce qu'elles ne pouvaient pas se permettre d'avoir une autre bouche à nourrir et elle n'avait jamais refusé de les assister en début de grossesse.

—Je crois que ce serait un immense cadeau pour les femmes ici à Birkenau. Un moyen de les sauver d'une mort certaine.

Il lui tapota l'épaule avant de se diriger vers la porte, et elle décida de le suivre et de ressortir dans le froid, les bras croisés tandis qu'ils se disaient au revoir. Mais ils se figèrent quand ils virent deux gardes et un autre homme marcher dans leur direction.

—C'est Mengele. Regardez-le quand il vous parle, et dites-lui ce qu'il veut entendre, murmura Aleksy. Essayez de ne pas être trop effrayée. Il est comme un loup, il peut sentir la peur.

Emilia cacha le couteau en le coinçant dans la ceinture de sa jupe et en priant pour qu'il ne glisse pas le long de sa cuisse pendant qu'elle se tiendrait devant eux.

—*Herr Doktor*, dit Aleksy quand l'homme s'approcha d'eux.

—Gorski, que faites-vous ici ?

—Je suis venu vérifier le travail de la sage-femme. Je voulais m'assurer qu'elle me tenait bien au courant des grossesses pour pouvoir vous en informer.

Mengele plissa les yeux et Emilia serra les poings pour s'empêcher de trembler. Elle observa le docteur toucher son arme et la sortir à moitié de son étui. Cela la fit trembler davantage, et elle savait qu'il faisait là une démonstration de son pouvoir pour qu'ils se souviennent qu'ils n'étaient en vie que parce qu'il le voulait bien.

—C'est vrai ? finit par demander Mengele en s'adressant à elle.

—Oui, bredouilla-t-elle avant de se forcer à parler plus fort. C'est vrai, *Herr Doktor*.

—Que vous a-t-il dit ?

Elle entendit la respiration courte d'Aleksy et sut qu'il était aussi nerveux qu'elle.

—Que les femmes enceintes reçoivent de la nourriture en plus et du lait si on vous les envoie.

Il leva sa main de son pistolet.

—Bien. Nous avons remarqué que des bébés étaient nés sans que nous ayons été informés de grossesses. Qui doit être blâmé pour cela ?

—Beaucoup de femmes choisissent de ne pas révéler leur grossesse avant l'accouchement, dit Aleksy. Ce qui nous empêche de transmettre l'information.

—Vous sous-entendez que c'est ma faute ? demanda Mengele en replaçant sa main sur sa taille, où se trouvait son pistolet.

—Non, monsieur, c'est simplement la raison de ma venue ici. Rappeler ses obligations à la sage-femme. J'ai pensé qu'elle pourrait peut-être aider à répandre l'information parmi les femmes, pas seulement celles qui sont enceintes, mais toutes les femmes dans les baraquements.

Il sembla moins s'intéresser à eux et les congédia avant de continuer son chemin jusqu'au block suivant. *Le block 25*. C'était le block tristement célèbre des malades, celui où tout le monde craignait d'être envoyé, et Emilia déglutit quand elle pensa à l'ordre qu'il donnerait probablement après l'avoir inspecté. S'il prenait la peine d'y entrer.

Il s'arrêta devant la porte du block 25 et cria quelque chose aux gardes qui l'accompagnaient, avant de revenir vers la petite cabane adjacente, celle dans laquelle elle avait été forcée d'entrer à son arrivée.

Emilia le regarda entrer et se rappela la cruauté des sages-femmes. Elles suivraient les ordres du docteur, quels qu'ils soient.

—Vous avez raison, nous sauverons les femmes d'une mort certaine si nous y parvenons, chuchota-t-elle, ses doigts sur le bras d'Aleksy. C'est la bonne chose à faire.

—*Vous*, la corrigea-t-il. *Vous* sauverez des femmes, Emilia. Tout ce que je vais faire, c'est vous enseigner comment le faire.

Aleksy sembla fixer les doigts d'Emilia, comme s'il doutait de son contact, ou peut-être qu'il n'y était pas habitué. Mais quand il leva les yeux, elle sentit son soulagement.

—Depuis mon arrivée ici, je me demande constamment si je referais ce que j'ai choisi un jour de faire, si j'avais vraiment le choix.

—Et que choisiriez-vous ?

Des larmes remplirent ses yeux.

—Je choisirais de sauver encore des vies, Emilia. Je choisirais d'aider tous ceux que je pourrais, parce que c'est ce qui doit être fait.

Elle acquiesça et prit une profonde inspiration. Elle aurait aimé pouvoir le consoler alors qu'il était manifestement assailli par ses souvenirs mais ne savait pas comment y faire face.

—Je viendrai vous voir dimanche prochain, annonça-t-il. Nous pratiquerons le premier ensemble, avec le couteau que je viens de vous donner, mais ma présence rendra les choses plus risquées. Après ça, vous devrez agir seule.

Emilia aurait voulu qu'ils puissent rester ensemble, qu'ils aient plus que ces instants volés ici et là. Mais bien sûr, c'était impossible et elle devait rentrer pour l'appel, et surtout, pour le dîner.

—Oh, et, Emilia ?

Surprise d'entendre encore sa voix, elle leva les yeux.

—Vous devrez demander à votre amie Lena de vous aider, en vous fournissant des objets à troquer. Ça ne marchera que si vous pouvez pratiquer les avortements dans votre propre block, où personne ne soupçonnera quoi que ce soit. Pour ça, vous aurez besoin de soudoyer votre kapo et toutes les anciennes du block.

Elle acquiesça ; elle comprenait. Les anciennes du block occupaient une position de pouvoir et on leur demandait de maintenir l'ordre et la discipline. Si elle ne pouvait pas les soudoyer, alors son plan était voué à l'échec. La décision qu'elle avait prise fit frissonner Emilia, mais Aleksy avait raison. C'était le plus beau geste qu'elle pourrait accomplir pour les femmes du camp, et pour épargner à ces fœtus une mort cruelle après leur naissance.

Et quand elle pensait à Mengele et à sa fascination visible pour les femmes enceintes, elle savait qu'elle n'avait pas le choix. Elle espérait juste qu'elle ne décevrait pas Aleksy et que Lena pourrait fournir des objets à utiliser comme monnaie d'échange, et pas juste pour son amie Zofia. Sans Lena, son plan était voué à l'échec.

***

Emilia marcha lentement vers le block de l'hôpital, où elle passait maintenant la majeure partie de ses journées. D'une certaine manière, c'était comme sa maison, ou au moins elle essayait de le voir comme ça. Elle accueillait les femmes en leur disant que c'était l'endroit le plus sûr d'Auschwitz-Birkenau, et elle ne mentait pas. Elle se donnait beaucoup de mal pour protéger ces femmes, pour les traiter avec la dignité qu'elles méritaient, et jusqu'ici, elle avait réussi à mener chaque accouchement à bien, même si le destin de prisonniers de ces bébés lui brisait le cœur. Mais si elle était honnête, elle vivait dans la peur que l'une des sages-femmes de la cabane d'à côté vienne la chercher pour essayer de la forcer à suivre leurs ordres. L'idée qu'elles puissent découvrir ce qu'elle prévoyait de faire la terrifiait.

Elle repensa à la première fois qu'elle les avait rencontrées et au fait qu'elles la regardaient souvent passer le matin, comme si elles pensaient lui faire peur. Emilia était secrètement terrifiée, mais elle ne leur donnait jamais la satisfaction de regarder dans leur direction et tenait le cap qu'elle s'était fixé à l'hôpital. Elle gardait l'hôpital des femmes aussi propre que possible même si la vermine entrait toujours en quête de nourriture, quitte à ronger les murs pour se frayer un passage. Elle frissonna en imaginant ce que les rongeurs trouvaient à côté parce qu'elle avait entendu des rumeurs qui disaient que dans le block 27, ils rongeaient non seulement les cadavres, mais aussi les corps des malades.

Elle vit alors Aleksy et remarqua que ses cheveux commençaient à pousser un peu. Elle savait qu'il serait tondu la semaine suivante ; souvent, c'était le dimanche qu'ils leur rasaient la tête, mais aujourd'hui, ils avaient l'air presque normaux. Emilia toucha son foulard en regrettant de ne pas sentir son épaisse chevelure, mais seulement son crâne.

—Salut, Emilia, dit-il quand il fut plus près.

—Bonjour.

—Nous rencontrons votre patiente aujourd'hui ? demanda-t-il avec le sourire.

—Oui.

—Vous avez l'air inquiète.

—Je suis terriblement anxieuse, avoua-t-elle avant de prendre une profonde inspiration. Je suis terrifiée à l'idée qu'on le fasse mal, que je puisse la blesser ou causer des dégâts irrémédiables…

—Ne vous inquiétez pas, dit-il avec un sourire rassurant. Je vous apprendrai, ça va bien se passer.

—Juste avec un couteau ?

—Juste avec un couteau. Les gens ont utilisé bien pire et sans être qualifiés.

Elle frissonna malgré le temps ensoleillé. Même quand il faisait doux, elle avait froid à cause de tout ce poids qu'elle avait perdu en si peu de temps.

—Inutile d'avoir peur, Emilia. Ce que vous faites, ce que vous avez choisi de faire, cela aidera tant de femmes. Cela leur donnera le choix, et le choix est une chose très rare derrière ces grilles.

Ils marchaient lentement en traînant les pieds dans la terre.

—Les femmes enceintes ici, vous pensez qu'elles ont été violées ?

—Je crois que beaucoup de femmes sont violées par les gardes et les kapos, dit Aleksy. Mais elles sont encore plus nombreuses à arriver enceintes et à ne pas révéler leur condition, surtout si elles n'ont pas d'autres enfants. Certaines ne savaient peut-être même pas qu'elles étaient enceintes avant d'arriver.

Elle n'avait pas pensé à toutes les femmes qui devaient être en début de grossesse à leur arrivée.

—Vous savez, je me demande si les gardes fermeraient les yeux s'ils découvraient ce que nous allons faire. Je veux dire, c'est presque comme si nous le faisions pour que les femmes puissent continuer à travailler.

—Ou peut-être qu'ils ont assez de prisonniers qui arrivent chaque jour et qu'ils sont contents de trouver une excuse pour prendre une vie ? Ou peut-être que la fascination de Mengele pour la grossesse est telle qu'il nous exécuterait lui-même ?

Emilia pensa aux femmes de son block et se demanda à qui elle pouvait faire confiance. Avec le bouche-à-oreille, la nouvelle du service qu'elle s'apprêtait à proposer se répandrait rapidement et elle savait qu'il y aurait de la demande. Survivre ici était déjà assez dur sans devoir endurer la fatigue supplémentaire de porter un enfant. Et cela pourrait être un moyen d'aider un plus grand nombre de femmes juives aussi, en secret. Si elle pouvait le faire dans l'hôpital des femmes ou même dans son propre block, si les autres femmes étaient prêtes à la soutenir…

—J'ai entendu parler de vous, Emilia, dit Aleksy. De votre arrestation, du mal que vous vous êtes donné pour aider votre entourage. C'est vrai que vous faisiez sortir des bébés clandestinement de Pologne ?

Elle était surprise par ses propos. Comment était-il au courant ? Qui lui avait dit ce qu'elle avait fait ? Après réflexion, elle se doutait bien que les histoires se propageaient rapidement dans le camp.

—J'apportais ma modeste contribution à un mouvement bien plus grand que moi, expliqua-t-elle. Mais j'ai fait ce que j'ai pu. J'ai promis à ma mère, avant sa mort, que je perpétuerais son œuvre. Que je rendrais service aux femmes qui ont besoin de moi, raconta-t-elle en levant les yeux au ciel et en écartant une vague d'émotions inattendue. Elle aurait été courageuse. Mon père voulait que j'arrête, il ne voulait pas que je me mette en danger, mais je savais ce que ma mère aurait fait ; elle n'aurait même pas envisagé la possibilité de laisser les femmes accoucher sans assistance, peu importe le risque qu'elle aurait pris.

Ils se remirent à marcher, sans but particulier, la tête penchée tandis qu'ils discutaient à voix basse. Des corbeaux battirent des ailes au-dessus d'eux et émirent leur croassement lugubre.

Marcher était particulièrement fatigant quand on était mal nourri, chaque pas puisant dans les maigres ressources de son corps. Mais elle ne voulait pas s'arrêter, ne voulait pas donner à Aleksy une raison de la quitter. Il y avait quelque chose de rassurant chez lui qui lui apportait du réconfort. Peut-être était-ce dû à leur travail similaire ou bien à son attitude tranquille, à sa manière de parler.

—Les familles juives chez vous, elles se cachaient ? demanda Aleksy.

—Oui. Mais la nuit où j'ai été arrêtée, quand ils m'ont découverte… (Elle s'étrangla et dut s'éclaircir la voix.) Je n'oublierai jamais cette nuit. À cause de moi, ils ont été trouvés. Ils ont été capturés. Ce que fait la Gestapo, leur brutalité…

Aleksy glissa sa main dans la sienne.

Elle retenait ses larmes, le torrent d'émotions qui lui donnait envie de crier, qui bouillonnait en elle avec une telle férocité qu'elle pouvait à peine le contenir. Quelque chose dans son contact délicat rendait la tâche encore plus difficile.

—On se reproche souvent des choses qu'on ne maîtrise pas, dit doucement Aleksy, sa main tenant encore la sienne. Mais comment pourrait-on vous reprocher la brutalité des SS ? La cruauté de la Gestapo ? Comment peut-on se sentir coupable alors que ce sont eux qu'on devrait détester ? Eux qu'on devrait tenir pour responsable ?

—Ce que vous dites est vrai, une partie de moi le sait, mais l'autre partie ? Elle se demande si j'en ai fait assez, ce que j'aurais pu faire différemment pour que les choses ne se terminent pas comme ça.

Ils se regardèrent un long moment, et quand il leva la main, elle pensa qu'il allait toucher son visage. Mais il s'interrompit.

—Avez-vous laissé quelqu'un chez vous, Aleksy ?

Ses yeux croisèrent les siens et lui dirent tout ce qu'elle avait besoin de savoir.

—Oui. J'ai abandonné tous ceux que j'ai jamais aimés. À cause de ce que j'ai fait, des gens que j'ai choisi d'aider, ils m'ont été enlevés. C'est pour ça que je n'ai pas peur de ce qui pourrait m'arriver ici, parce qu'il ne reste plus rien pour moi de l'autre côté de ces grilles.

Emilia aurait voulu pouvoir lui dire qu'il se trompait, mais qui était-elle pour affirmer à un homme qui avait tout perdu qu'il avait encore une raison de vivre ?

—Venez, lança-t-elle. Vous pourrez continuer à parler pendant la procédure dans le block d'hôpital. Zofia nous attend.

***

Emilia se sentait parfaitement bien jusqu'ici, malgré sa nervosité, mais ce n'était plus le cas. Sa peau était soudainement brûlante et elle avait mal à la gorge tant elle était desséchée, comme tout le reste de son corps.

—Emilia, qu'est-ce qui ne va pas ?

Aleksy apparut devant elle et étudia son visage.

—Je ne me sens pas bien, admit-elle avant de s'appuyer contre le mur quand elle commença à défaillir.

—Venez par ici vous allonger un instant.

Emilia laissa Aleksy la guider jusqu'à un lit et elle vit Lena et la tatoueuse arriver juste à cet instant.

—Une minute, j'arrive.

Elle était comme tous les autres au camp ; admettre qu'elle pouvait être malade était la dernière chose qu'elle souhaitait. Il valait mieux continuer parce qu'on ne savait jamais quand les médecins SS pouvaient donner l'ordre d'une sélection. Cela arrivait la plupart du temps quand les numéros des prisonniers montaient trop haut ; ils éliminaient alors les plus faibles, qui se trouvaient généralement dans les hôpitaux, et les envoyaient à la cheminée. Le block 25 était alors le premier à se vider, mais il leur arrivait de débarquer sans prévenir dans les autres blocks de soins. Parfois, ils raflaient des centaines de patients.

Il lui fallut un moment pour prendre conscience du nombre de femmes qui se trouvaient dans la salle, et quand elle regarda autour d'elle, elle se redressa.

—Il y a plus du double de femmes que d'habitude, fit-elle remarquer.

—La grippe commence à se répandre, dit Aleksy, le visage sombre.

Elles souffraient principalement du typhus, ce qui équivalait à une condamnation à mort immédiate, alors elles faisaient toujours de leur mieux pour déguiser leurs symptômes en grippe.

—Mais elles ne sont pas toutes là pour ça, ajouta-t-il.

Emilia s'assit, les mains posées à plat sur le lit pour retrouver son équilibre.

Lena s'éclaircit la voix.

—Emilia, elles sont ici pour la procédure. Zofia n'est pas la seule femme à avoir besoin de votre aide aujourd'hui.

Elle déglutit, la gorge encore plus sèche.

—Elles sont toutes là pour me voir ?

Une poignée de femmes la fixaient ; elles n'étaient pas souffrantes, mais attendaient clairement un autre genre d'aide. Emilia prit une profonde inspiration en regrettant de ne pas se sentir bien, surtout étant donné ce qu'elle était sur le point de faire. Elle s'était préparée à aider une femme aujourd'hui, et au lieu de cela, ils allaient en secourir un grand nombre.

—J'ai juste besoin d'un instant avant de commencer.

Aleksy se rapprocha et s'agenouilla à côté d'elle sur le sol sale en posant sa main sur son front.

—Vous avez de la température. On pourrait leur demander de revenir un autre jour, on n'est pas obli…

—Non, c'est aujourd'hui. On ne veut pas qu'elles passent plus de temps que nécessaire avec les patients malades, dit Emilia. Si je pouvais juste avoir de l'eau, ça irait.

—Vous pourriez prendre ça.

Il tenait un cachet d'aspirine et Emilia savait comme il atténuerait rapidement son mal de tête et ferait baisser sa fièvre. Mais elle ne pouvait pas le prendre.

Elle referma les doigts d'Aleksy autour du cachet.

—S'il vous plaît, rangez ça dans votre poche. Vous devez les garder pour vos patients les plus malades, ce qui n'est pas mon cas.

Elle respira profondément avant de forcer ses jambes à bouger pour s'asseoir sur le côté du lit, face aux femmes rassemblées qui étaient toutes dans leur premier ou leur deuxième trimestre de grossesse.

—Il faut que vous compreniez ce que je vais vous faire aujourd'hui, annonça-t-elle en s'adressant à toutes d'une voix aussi basse qu'un murmure.

Elles l'écoutaient toutes en ouvrant de grands yeux, certainement terrifiées par ce qu'elle allait leur faire et par la façon dont elle allait le faire. En toute honnêteté, Emilia était morte de peur, elle aussi.

—Vous voyez bien que nos conditions de vie ici sont sommaires. Nous n'avons pas d'anesthésiant, ni rien pour stériliser nos instruments. Cette procédure devrait être sans danger, mais les risques existent toujours, surtout ici.

Elle s'était entraînée pour éviter de penser à son environnement, aux conditions dans lesquelles elle travaillait chaque jour, parce qu'elle ne pouvait rien y changer. Juste faire de son mieux.

—Je vous demanderai chacune à votre tour de monter sur ce poêle, et je pratiquerai l'acte le plus rapidement possible. J'ai beaucoup de chance d'avoir les conseils d'un obstétricien ici à Auschwitz-Birkenau, le docteur Aleksy Gorski. Il va m'enseigner la procédure aujourd'hui, puis je pourrai aider d'autres femmes, même dans leurs propres blocks pour leur éviter de courir le risque de venir ici.

Elle aurait aimé que le poêle marche, qu'ils aient du bois pour l'allumer ; la chaleur aurait été la bienvenue et cela aurait aussi signifié qu'ils auraient pu stériliser son couteau convenablement, au lieu de se contenter d'une petite tasse d'eau pour le rincer. Mais au moins, il constituait un support correct pour les accouchements et les avortements.

***

La journée avait été longue. Emilia avait bien du mal à rester debout et l'impression qu'elle allait s'écrouler. Elle tendit une main pour retrouver son équilibre, consciente qu'elle avait besoin de se reposer avant de se retrouver par terre.

Quand Aleksy apparut, elle se demanda s'il était le fruit de son imagination. Était-il vraiment ici avec elle ? Elle cligna des yeux et tendit la main en chancelant, mais soudain, des bras l'entouraient et la guidaient vers la couchette la plus proche.

—Ça va, murmura-t-elle. S'il vous plaît, je…

—Vous n'allez pas bien. Maintenant, allongez-vous et prenez ça, intervint une voix.

Elle s'exécuta, mais leva rapidement la main.

—Non, je ne le prendrai pas.

—J'ai essayé de lui faire prendre une aspirine ce matin et elle continue de refuser.

Emilia cligna encore des yeux et il lui fallut quelques secondes pour que sa vue s'adapte.

—Aleksy ?

—Pourquoi n'avez-vous pas laissé l'infirmière vous aider aujourd'hui ? Vous êtes malade, Emilia, et vous avez besoin de vous reposer.

—J'ai juste besoin d'un peu plus d'eau et de m'allonger un moment, marmonna-t-elle avant de fermer les yeux, ce qui soulagea un peu son mal de tête. Pourquoi êtes-vous ici ? Ne vont-ils pas remarquer votre absence ?

Comme il ne répondit pas tout de suite, elle se força à rouvrir les yeux et se redressa.

—Aleksy ?

—Je voulais juste vous dire combien je suis fier de vous, murmura-t-il en lui caressant doucement le front. Ce que vous avez fait aujourd'hui était incroyablement altruiste. Vous avez pris tous les risques pour aider vos codétenues.

—Beaucoup de femmes ici auraient fait la même chose si elles le pouvaient, dit-elle d'une voix rauque. *Vous* en auriez fait autant.

Il afficha un petit sourire.

—Je n'ai plus de raison de vivre. Que je vive ou que je meure, cela ne signifie plus rien.

Elle ne savait pas trop quoi dire. Il ne cherchait pas à ce qu'on le plaigne, il exprimait juste sa propre vérité.

—Reposez-vous. Vu la vitesse à laquelle l'information se répand, beaucoup d'autres auront rapidement besoin de vous.

Emilia se laissa retomber sur la couchette en paille inconfortable tandis que sa tête recommençait à lui faire mal et qu'elle fermait les yeux en priant pour trouver le sommeil.

***

Quand Emilia se réveilla, elle sentit aussitôt quelque chose de doux sous sa tête. Elle ne l'avait peut-être pas remarqué avant, quand elle était habituée aux oreillers moelleux et au confort de la maison, mais ici, c'était le luxe ultime. Elle leva la tête et s'appuya sur les coudes pour regarder autour d'elle.

—Contente de vous voir réveillée.

Emilia se tourna et s'assit sur le lit.

—Doucement, vous êtes ici depuis plusieurs jours.

Elle vit une infirmière s'approcher. Combien de temps avait-elle dormi ?

—J'ai ceci pour vous. Votre amie Lena s'est introduite ici et a insisté pour que je vous donne ça à votre réveil.

C'était une bouteille d'eau, et Emilia faillit bondir de son lit pour l'attraper tant sa gorge était sèche. Mais elle resta assise, la main tremblante tandis qu'elle retirait le bouchon et prenait quelques gorgées. C'était délicieux, comme de l'or liquide. Mais elle en but avec parcimonie avant de rendre la bouteille à l'infirmière.

—Je vous en prie, gardez-la, murmura-t-elle. Et partagez-la avec les autres.

L'infirmière la lui remit dans la main et Emilia prit une autre gorgée, même si elle aurait pu aisément avaler tout le contenu de la bouteille.

—D'où cela vient-il ? demanda-t-elle en prenant le tissu doux qu'on avait glissé sous sa tête.

Elle vit qu'il s'agissait d'une chemise d'homme soigneusement pliée en carré.

—De votre amie Lena, et des autres filles qui travaillent au Canada. On dirait que beaucoup de personnes veillent sur vous ici.

—Ah bon ?

Elle posa lentement ses pieds par terre et se leva, d'abord chancelante. Puis elle inspecta la salle du regard.

—Oui. La nouvelle de ce que vous alliez faire pour vos camarades prisonnières s'est répandue. Il faut du temps pour établir une relation de confiance, surtout avec celles qui sont là depuis longtemps.

Emilia comprenait, évidemment. Elle avait vu le lien fort qui unissait certaines femmes, mais elles n'avaient aucune raison de lui faire confiance au début.

—Je devrais retourner à mon block. Quelle heure est-il ?

—Prenez d'abord ça. Lena m'a fait promettre que je vous le transmettrais dès que vous vous réveilleriez, après vous avoir donné l'eau.

L'infirmière lui présenta un morceau de pain rassis et de la saucisse.

—Je vous en prie, laissez-moi partager avec vous, dit Emilia alors que son estomac gargouillait.

—Vous n'avez rien avalé depuis des jours. Vous en avez besoin, pour retrouver des forces.

Emilia acquiesça et mangea, malgré ses difficultés à avaler. Mais elle en laissa la moitié à l'infirmière malgré ses protestations.

—Mon ami Aleksy, le docteur ? (Elle prononça timidement son prénom, ne voulant pas dévoiler ce qu'elle pensait de lui et comme il était devenu important pour elle.) L'avez-vous vu ?

—Il était très soucieux, répondit l'infirmière avec un petit sourire. Mais ne vous inquiétez pas, on lui a dit que vous étiez bien trop appréciée pour qu'on laisse quoi que ce soit vous arriver.

Emilia la serra dans ses bras avant de se diriger lentement vers la porte, consciente que sa survie dépendait de sa capacité à montrer à la kapo qu'elle se portait mieux, que la maladie ne l'emporterait pas. Mais surtout, il fallait qu'elle voie Lena, qu'elle la tienne dans ses bras et s'assure qu'elle allait bien, et qu'elle la remercie pour la nourriture qu'elle lui avait laissée.

Quand elle arriva enfin à son block, Emilia resta un long moment devant sa porte et ne rentra que lorsqu'elle vit du coin de l'œil un garde SS qui marchait sur la route. Elle ne voulait pas lui faire face, pas alors qu'elle ne se sentait pas encore en grande forme.

En entrant, elle ne s'attendait pas au silence qui l'accueillit. Toutes les femmes s'étaient tues et l'applaudirent doucement. Lena bondit de son lit comme une acrobate et se jeta dans les bras d'Emilia comme si elle était pleine d'énergie.

—Que se passe-t-il ? Pourquoi tout le monde applaudit ? murmura Emilia dans son oreille.

—Parce que tout le monde sait ce que tu vas faire pour nous, dit Lena en embrassant Emilia sur la joue sous le regard de toutes les femmes du block. Parce qu'on a toutes prié pour que tu survives.

Les femmes descendaient de leurs lits superposés pour l'entourer et, même si cela la mettait un peu mal à l'aise, elle se retrouva au centre de l'attention. Certaines essayèrent de lui donner de la nourriture qu'elles avaient mise de côté pour elle, d'autres lui proposèrent la moitié de leur ration du soir, ou même la totalité, mais elle refusa tout. Sauf de la part d'une des filles du Canada qui portait un foulard rouge. C'était l'une des filles qui était venue pour un avortement ; elle n'oublierait jamais aucun de leurs visages.

—Je vous en prie, prenez ça, dit-elle. Sinon, j'aurais l'impression d'avoir une dette envers vous, pour ce que vous avez fait pour moi.

Emilia regarda le morceau de saucisse et son estomac se noua. Elle finit par le prendre et le cacha pour plus tard. Elle en partagerait une bouchée avec Lena quand les lumières seraient éteintes et qu'elles se retrouveraient serrées l'une contre l'autre sur leur couchette.

Après avoir parlé aux femmes et promis d'en aider certaines, ou n'importe qui d'autre dans le camp, elle s'installa à sa place habituelle contre Lena.

—Lena, est-ce que Zofia se remet bien ?

—Tout le monde va bien jusqu'à présent. Tu es presque une héroïne dans tout le camp aujourd'hui, Emilia. La nouvelle s'est répandue à toute vitesse.

Elle tint la main de Lena en regrettant ce dernier point. Elle craignait que les gardes ne découvrent ce qu'elle faisait.

—Je vois que cela t'inquiète, dit Lena. Mais c'est inutile.

Emilia observa Lena qui souriait, visiblement contente d'elle.

—J'ai découvert exactement ce que les kapos voulaient. Tant que je pourrai en faire sortir du Canada de temps en temps, elles garderont notre secret.

—Merci, Lena. Tu es une vraie amie.

Lena se pelotonna derrière elle et Emilia ne lâcha pas sa main, espérant que, le lendemain matin, elle se sentirait suffisamment bien pour reprendre le travail.

—Avant que j'oublie, Aleksy m'a donné quelque chose, dit Lena. Il m'a fait promettre de te le transmettre.

Elle déplia un morceau de papier sale sur les bords, certainement parce que Lena l'avait gardé caché pendant plusieurs jours. Mais ce qu'il y avait sur cette page lui mit les larmes aux yeux.

C'était le dessin d'un lac entouré d'arbres, une image qu'il avait dû mettre des heures à dessiner. Mais ce qui la touchait le plus, c'était ce qu'il avait décidé de dessiner, parce que ça ressemblait à l'endroit où son frère, son père et elle avaient enterré sa mère. Ça ressemblait à chez elle.

Elle plia la page et la plaqua contre son cœur. Elle devait lui en avoir parlé quand elle avait de la fièvre. Emilia espérait juste qu'elle n'en avait pas trop dit.

—Aleksy est un homme bien, chuchota Lena.

Emilia se serra un peu plus contre son amie pour essayer d'avoir chaud.

—Oui. C'est un homme très bien.

—Je dois parfois me rappeler à quoi ressemblait mon père. À quoi ressemblait mon oncle, parce que sinon…

La voix de Lena s'étrangla.

—Parce que sinon tu vas commencer à croire que tous les hommes sont comme *lui*, dit-elle à sa place. C'est ce que tu allais dire ?

Lena resta silencieuse ; Emilia en conclut qu'elle avait vu juste.

—Il y a beaucoup d'hommes beaux et gentils dans le monde, Lena. On ne doit pas l'oublier. Ici… (Elle marqua une pause et cligna des yeux pour chasser ses larmes.) On oublie comment était la vie avant, mais il ne faut pas.

Elles restèrent allongées en silence tandis que l'obscurité tombait sur la salle. Emilia aurait aimé pouvoir contempler le dessin plus longtemps.

—On n'oubliera jamais, insista-t-elle.

Oublier la vie qu'elles avaient eue avant la guerre signifiait abandonner tout espoir de la retrouver. Or elle ne cesserait jamais de croire qu'elles pourraient survivre jusqu'à la fin.

Pardonne-moi, maman. Je t'ai fait la promesse que je mènerais à bien chaque grossesse qu'on me confierait. Mais je pense que si j'ai été amenée ici, c'est pour soulager la souffrance des femmes. Je ne peux pas les laisser mourir à cause de l'enfant qu'elles portent. Je ne peux pas laisser ces enfants naître dans un monde où ils seront tués à la naissance, ni les laisser mourir de faim. Ils n'ont aucun moyen de survivre ici, et à cause de ça, je n'ai pas eu le choix. J'aiderai chaque femme, quel que soit son choix. Comment pourrais-je faire autrement ?

Lena

22

1944

Lena avait su au premier regard qu'il était dans un mauvais jour. Becker plissait les yeux et quand il était venu le chercher, il l'avait poussée brusquement dans le dos avec sa canne. Elle étouffa un cri et avança rapidement en tâchant de ne pas tomber. Les autres filles devant lesquelles ils passèrent gardaient les yeux baissés, certainement soulagées de ne pas avoir attiré l'attention d'un garde ou d'un SS.

Quand ils furent seuls, la porte refermée et verrouillée derrière elle, Becker la gifla. Lena fut propulsée en arrière et son dos heurta le mur. Mais elle n'eut pas le temps de se redresser qu'il serrait déjà ses doigts autour de sa gorge et la plaquait contre le mur.

—Il y a une voleuse, siffla-t-il en lui postillonnant sur le visage. Quelqu'un vole au Canada pour faire du troc.

Elle déglutit comme elle put. Il la tenait si fermement qu'elle avait du mal à respirer.

—Tu essaies de me ridiculiser, Lena ? demanda-t-il en serrant encore plus fort. Tu crois que j'aurai droit à une promotion si quelqu'un découvre que ma petite protégée pique des choses sous le nez ?

Lena avait la sensation que ses yeux allaient sortir de ses orbites et elle devait être très rouge parce qu'il la lâcha soudainement et recula. Il passa ses doigts dans ses cheveux habituellement parfaitement coiffés, dégageant son front où ils étaient tombés et les rabattant en arrière.

Elle s'écroula par terre et tâcha de reprendre son souffle.

—Debout ! cria-t-il.

Lena obéit en s'aidant du mur.

—Es-tu une voleuse ?

Elle secoua la tête.

—Non, murmura-t-elle. Je ne volerai jamais. Tout ce que je prends, je vous le donne. Je le promets.

Les lèvres de Becker se retroussèrent de manière féroce.

—Et qu'as-tu pour moi aujourd'hui ?

Lena glissa sa main dans son soutien-gorge et en sortit deux boucles d'oreilles en diamant. Elles étaient encore tachées par le sang de la personne à qui elles avaient été arrachées.

Il les lui prit de la main et les glissa dans sa poche.

—Si ce n'est pas toi, alors qui, Lena ? Quelqu'un doit payer pour ça.

Elle secoua la tête.

—Je ne vous mentirai jamais, dit Lena en se touchant la gorge du bout des doigts. Je ne sais pas qui est coupable, mais je travaille seule, vous l'avez vu. Je reste à l'écart des autres filles.

Il plissa les yeux et ses narines se dilatèrent tandis qu'il respirait fort.

—Tu es sûre ? Si tu ne me le dis pas, je devrai décider moi-même.

Lena serra les poings, enfonçant ses ongles dans ses paumes, et essaya de ne pas pleurer.

—Je vous jure que je ne sais pas.

C'était moi, connard ! Si seulement elle avait le courage de lui cracher à la figure et de lui dire ce qu'elle pensait.

Il hocha la tête et quitta la pièce. Alors Lena ferma les yeux, priant pour qu'il ne fasse pas ce dont elle le croyait capable. Elle entendit des bruits et un cri de l'autre côté, suivi d'un coup qui la fit grimacer avant qu'une porte ne claque. Elle attendit en espérant que rien ne se produise, quand deux coups de feu déchirèrent l'air.

Il venait de tuer deux femmes avec qui elle travaillait encore quelques minutes plus tôt. Son corps se mit à trembler, elle se pencha en avant et vomit dans un coin, incapable de se retenir.

Becker revint alors, le sourire aux lèvres quand il s'approcha d'elle. Lena avait envie de s'enfuir en courant, elle voulait partir aussi loin de lui que possible, mais elle était comme un animal acculé sans nulle part où fuir.

Quand il tendit la main vers elle, elle tourna la tête, mais cette fois, son geste était tendre.

—Lena, laisse-moi voir, dit-il en passant ses doigts sur sa peau. Je ne voulais pas te faire mal.

Si, tu le voulais. Tout comme tu as pris plaisir à tuer ces deux pauvres filles.

—Pardonne-moi, dit-il tandis que ses doigts descendaient le long de son chemisier avant d'en remonter le bord pour exposer son ventre.

Quand il s'arrêta, elle tourna la tête et ouvrit les yeux en se demandant pourquoi il s'était interrompu.

—J'ai bien peur de te donner trop à manger, fit-il remarquer.

Elle se demanda s'il était sérieux ou s'il essayait d'être drôle étant donné l'intensité de sa faim. Le simple fait qu'il parle de nourriture lui donna envie de crier.

—Ou alors, tu es enceinte, suggéra-t-il.

Enceinte ? Elle posa sa main sur son ventre et leva les yeux vers les siens. Cela faisait si longtemps qu'elle n'avait pas regardé son corps – depuis qu'il s'en prenait à elle en fait – qu'elle n'avait rien remarqué. Becker se pressa contre elle comme si de rien n'était.

—À quoi t'attendais-tu avec un jeune Allemand viril comme moi ? demanda-t-il en riant alors qu'il défaisait la boucle de sa ceinture. Je suis même surpris que ça ait été si long.

Une larme coula sur sa joue. Elle ferma les yeux et essaya de ne pas penser à la vie qui grandissait en elle. Comme elle le faisait à chaque fois que Becker venait la voir, elle pensa à Dana et à combien elle était reconnaissante que les horreurs d'Auschwitz aient été épargnées à sa sœur. Et qu'elle ait été tenue loin de tous les hommes comme Becker.

***

Ils étaient au courant depuis des jours maintenant de l'ordre qui avait été donné. Le message du crieur avait circulé rapidement dans le village : les filles non mariées devaient se présenter pour travailler pour le Troisième Reich. Ses parents avaient été clairs : ils n'obtempéreraient pas. Lena et sa sœur observaient depuis une petite fenêtre à l'étage la plupart des autres familles qui s'exécutaient et envoyaient leurs filles loin de chez eux.

Quand on frappa à la porte, ils ne furent pas vraiment surpris, mais la personne qui se présenta prit la famille au dépourvu. Lena se serra contre Dana, cachées sous leur lit d'enfant, leurs cheveux s'accrochant aux ressorts tandis qu'elles essayaient d'entendre ce qui se disait en bas.

— Elles ne sont pas ici, entendit-elle sa mère déclarer.

— Nous savons que vous mentez. S'il vous plaît, ne rendez pas la chose plus difficile qu'elle ne l'est déjà.

— Je te connais depuis que tu es tout petit, je connais ta mère depuis toujours ! cria sa mère. Comment peux-tu nous faire ça ? Comment peux-tu venir ici et me demander mes filles ?

Le silence s'éternisa et Lena remua pour se rapprocher et tenter de mieux entendre. Dana se collait à elle en lui tenant fermement la main.

— Alors donnez-m'en une, finit par dire la voix masculine. Je ne peux pas repartir bredouille, vous le savez.

— Vous me demandez de choisir entre mes filles ?

C'était son père cette fois qui avait parlé, sa voix tremblant de colère.

— Si vous ne voulez pas choisir, c'est moi qui le ferai pour vous.

Lena se tourna vers sa sœur et vit comme elle était terrifiée. Elles n'avaient pas beaucoup d'écart d'âge, mais Lena était l'aînée et avait toujours su qu'il était de son devoir de veiller sur Dana, de la protéger et de prendre soin d'elle.

Alors elle toucha les cheveux soyeux de sa sœur, qui étaient à peine plus foncés que les siens. Elle lui sourit tandis qu'elles se fixaient intensément, puis se rapprocha pour l'embrasser sur la joue.

Les yeux de Dana étaient grands comme des soucoupes. Et elle les plissa.

— Je t'aime, Dana, dit Lena alors que des larmes commençaient à couler. Je ferais n'importe quoi pour t'éviter de souffrir.

— Lena, non !

— Ne m'oublie pas. Je reviendrai bientôt à la maison.

Elle sortit de sous le lit même si Dana essayait en vain d'attraper ses jambes pour la retenir.

— Lena, attends ! Je viens avec toi ! Tu ne peux pas partir seule.

Dana était à côté d'elle avant même qu'elle n'ait atteint la porte.

— Non, dit Lena en caressant doucement la joue de sa sœur. Ça briserait le cœur de maman si on partait toutes les deux. Je vais le faire, pour nous deux.

Dana se jeta au cou de Lena et elles restèrent ainsi un long moment ; Lena respira l'odeur du shampoing de Dana et s'efforça de graver la sensation de cette étreinte dans sa mémoire.

—Je t'aime, murmura-t-elle avant de descendre courageusement l'escalier exactement au moment où le policier essayait de forcer le passage que lui bloquait son père.

—Lena ! Retourne à l'étage ! cria sa mère.

—Non, maman, je vais y aller, affirma-t-elle, la tête haute. Nous savons tous qu'il ne partira pas sans l'une de nous deux.

Sa mère la serrait déjà dans ses bras et son père s'était mis à pleurer, et quand elle regarda le jeune homme qui était venu pour elle, elle sut qu'il n'était pas le monstre que ses parents voyaient en lui. Si cela avait été le cas, il aurait insisté pour les prendre toutes les deux.

—Tu dois faire ta valise, dit-il. Je vais attendre dehors.

Quand elle se retourna, elle vit Dana debout en haut de l'escalier.

—Je vais m'en occuper. Prends ton temps pour leur dire au revoir.

Moins de vingt minutes plus tard, Lena passa la porte de sa maison et regarda sa famille une dernière fois en leur faisant un signe de la main. Ils marchèrent en silence jusqu'à ce qu'ils s'arrêtent devant une autre maison et deux autres filles qu'elle connaissait de l'école se joignirent à eux.

—Ça ne sera pas si horrible. J'ai entendu dire que vous alliez toutes travailler dans une usine de chaussures.

Lena sortit un sandwich de sa valise lors de leur arrêt suivant et savoura chaque bouchée de ce que sa mère lui avait préparé en regrettant de ne pas avoir sa sœur à ses côtés. Mais quand elle regarda dans son sac, elle vit autre chose. Elle déplia soigneusement les papiers, surprise par ce qu'elle avait trouvé. C'étaient des papiers d'identité qui lui donnaient un nouveau nom de famille. De faux papiers.

Elle eut soudain la gorge sèche et serrée. C'étaient des papiers qui la protégeraient, empêcheraient quiconque de savoir qu'elle était juive. Elle les rangea consciencieusement dans son sac.

Ces papiers pourraient bien lui sauver la vie.

***

Quand ce fut terminé, alors que Lena émergeait de ses souvenirs et que Becker lui donnait la nourriture qu'il lui avait apportée, il lui adressa un sourire très étrange.

—J'ai des nouvelles qui pourraient t'intéresser.

—Des nouvelles ?

Je vous en prie, ne laissez pas Dana venir ici. Faites que la nouvelle ne concerne pas ma sœur.

—Il y a une nouvelle initiative qui concerne les bébés.

La nourriture qu'elle avait dans la bouche lui sembla soudain presque impossible à avaler. Sa sœur était peut-être encore en sécurité chez elles, ou cachée ailleurs, mais elle avait le sentiment que son bébé ne serait pas protégé. Pas ici.

***

—Lena, qu'est-ce qui ne va pas ? lui demanda doucement Emilia en la berçant dans ses bras comme elle l'aurait fait avec un enfant.

Lena courba instinctivement son corps contre celui d'Emilia, les yeux fermés pour faire barrière à tout le reste. La rigueur de la vie dans leurs baraquements, les autres femmes autour d'elle, *tout*.

Elle sanglota, incapable de s'en empêcher, et Emilia la serra encore plus fort. Lena savait qu'elle devait se contrôler, arrêter de pleurer avant que la kapo ou les anciennes du block ne la voient. Elle faisait du troc avec elles, mais cela ne voulait pas dire qu'elles ne la frapperaient devant les autres pour la punir d'avoir brisé le silence du couvre-feu.

—Chuuuut, fit quelqu'un d'un autre lit.

—Lena, dis-moi ce qui ne va pas, répéta Emilia. Je ne peux pas t'aider si tu ne me parles pas.

Lena renifla un moment et reprit son souffle avant de serrer la main d'Emilia et de la poser sur son ventre. Elle n'eut besoin de la laisser là que quelques secondes pour comprendre avant que son amie s'immobilise.

—Lena ?

—Je suis enceinte, murmura-t-elle.

—Tu es enceinte, répéta Emilia tandis que Lena se serrait encore plus contre elle.

—Qu'est-ce que je vais faire ?

—Tu as une idée d'où tu en es ? Quand ça a pu arriver ?

Lena resta silencieuse, blottie contre son amie. Elle ne savait pas quand le bébé avait été conçu ; ça pouvait être n'importe quand au cours des derniers mois, mais vu comme son ventre avait soudainement commencé à sortir… Emilia replaça sa main sur le ventre de Lena alors qu'elles restaient dans les bras l'une de l'autre. *Je veux rentrer à la maison.* Elle ne pensait qu'à ça, qu'au fait qu'elle voulait juste être avec sa mère, retrouver la maison et la famille qui n'avaient jamais cessé de lui manquer.

—Je suis trop avancée ? Pour que tu… dit-elle tout bas. *Tu sais ?*

Emilia ne dit rien, mais elle se remit à caresser délicatement les cheveux de Lena qui sut sans avoir sa réponse : ça ne serait pas possible.

Sa peau la démangeait à cause des bestioles qui les infestaient tous, vivaient dans leurs couchages et les tourmentaient toute la nuit. L'air glacial rentrait par la fenêtre qui était toujours ouverte et les exposait aux éléments. Si elle avait essayé de se représenter à quoi pouvait ressembler l'enfer, c'était ça. Sauf qu'elle n'aurait pas pu imaginer qu'elle devrait ajouter le fait d'être enceinte à sa liste d'afflictions.

—Emilia ?

Emilia arrêta de bouger sa main dans ses cheveux, indiquant à Lena qu'elle écoutait.

—Le SS, il m'a dit quelque chose ce soir, commença-t-elle avant de marquer une pause, même si elle savait qu'elle devait le dire à Emilia. Il m'a dit que tous les bébés nés ici seraient désormais tatoués à la naissance ; ils deviendraient prisonniers à Auschwitz comme leurs mères.

—Ils ne seront plus tués ? chuchota Emilia. Les mères ne seront plus envoyées à la mort ?

—Je ne crois pas. Je pense qu'ils deviendront juste des prisonniers. Je pense que c'était ce qu'il essayait de me dire.

Emilia ne dit rien. Lena hésita pour la suite ; elle aurait aimé ne pas avoir à la lui dire.

—Qu'est-ce qu'il y a ? Que t'a-t-il dit d'autre ?

Lena étouffa un cri, surprise qu'Emilia arrive à deviner qu'elle cachait autre chose.

—Que tous les bébés convenables seraient enlevés par les SS pour être placés dans des familles aryennes.

On aurait pu entendre une mouche voler dans le block tant il était silencieux. Lena ne s'était pas aperçue avant que tout le monde les écoutait, mais elle en entendit plus d'une hoqueter de stupeur.

Alors elles se parlèrent à l'oreille.

—Tu penses qu'ils vont prendre mon bébé ? Tu penses qu'ils voudront que ce soit une nazie ? (Elle marqua une pause.) Je sais que c'est une fille, Emilia. Je le sens.

—Lena, ma chérie, je n'en sais rien. Qui pourrait savoir ce que ces monstres décideront de faire ?

—Mais comment la retrouverai-je, si nous survivons à cet enfer ? Comment saurai-je qui elle est ? Comment saura-t-elle qui je suis, s'ils la prennent ?

Emilia continua à serrer Lena dans ses bras pendant qu'elle pleurait, sa main décrivant des cercles dans son dos, et quand elle commença enfin à s'endormir, Lena se demanda si Becker pourrait veiller sur leur bébé. Il était peut-être en colère ce soir, mais l'enfant serait de sa chair et de son sang. Il ne les laisserait pas la prendre, n'est-ce pas ? Et puis, n'avait-il pas toujours dit qu'il veillerait sur elle ?

***

Lena n'eut pas l'occasion de parler à Emilia avant le lendemain soir. Il faisait moins froid et elles restèrent dehors pour discuter un moment, marchant lentement côte à côte avant de devoir rentrer dans leur block.

—Comment te sens-tu ? demanda Emilia.

Lena haussa les épaules. Elle oscillait entre une profonde tristesse qui menaçait de l'engloutir et une minuscule lueur d'espoir.

—J'aimerais parler à Aleksy, pour avoir son avis sur le stade de ta grossesse, dit Emilia à voix basse. C'est beaucoup plus difficile à deviner ici, à cause du petit poids que les femmes portent, mais je dirais après mon bref examen d'hier soir que tu pourrais déjà être au cinquième ou même au sixième mois.

Lena frissonna en écoutant les paroles d'Emilia. *Six mois ?* Elle n'arrivait pas à croire que ça faisait déjà si longtemps.

—Lena, j'ai pensé à ce que tu m'as dit hier soir, sur le fait que les bébés seront tatoués.

Elle acquiesça.

—Je me suis dit qu'un tatoueur ou une tatoueuse allait venir pour marquer les bébés qui resteront au camp, non ?

Lena acquiesça à nouveau.

—C'est ce que j'ai compris.

—Donc cette tatoueuse pourrait bien être Zofia ? Ce serait étonnant qu'ils envoient quelqu'un d'autre.

—Je ne suis pas sûre de comprendre. Quelle importance cela aurait-il ?

Emilia s'arrêta de marcher.

—Et si on arrivait à la convaincre de marquer les autres bébés, ceux choisis pour les familles allemandes, avant qu'ils ne soient enlevés ? Pour tatouer secrètement chaque mère et son bébé avec le même numéro ?

Lena sourit.

—Emilia, c'est une merveilleuse idée !

—Zofia a une dette envers moi, dit Emilia. Habituellement, je ne demanderais pas de faveur, mais dans ce cas, je suis plus que prête à lui rappeler qu'elle doit faire quelque chose pour moi. (Emilia s'éclaircit la voix et posa sa main sur l'épaule de Lena.) Pour toi.

Lena la regarda droit dans les yeux.

—Pour moi ?

—Lena, je crois que ton bébé sera choisi, dit Emilia. Le père est allemand, et regarde-toi avec tes traits fins et des cheveux châtain clair. J'imagine que ton enfant correspondra précisément à ce qu'ils cherchent.

—Il ne serait pas si cruel, pas avec moi, pleura Lena. Il m'a dit qu'il veillerait sur moi. Qu'il pouvait faire des choses pour moi, et j'y ai pensé toute la journée. Je sais qu'il ne les laissera pas prendre son bébé.

Emilia ne la quitta pas des yeux, mais ne dit rien. C'était inutile ; son expression révélait à Lena tout ce que pensait Emilia.

—Tu ne me crois pas ? Tu ne penses pas qu'il voudra sauver son propre enfant ?

Elle entendit le tremblement dans sa voix et s'écarta d'Emilia.

—Lena, ce n'est pas que je ne te crois pas, mais je pense qu'il serait naïf de supposer qu'un homme qui est capable de participer à tout ça, qui t'a traitée aussi durement pendant si longtemps, pourrait t'aider. Je ne crois pas que tu aies besoin que je te le dise.

Les paroles d'Emilia étaient cinglantes et Lena se retourna pour courir vers le block malgré son amie qui l'appelait.

—Lena ! Lena !

Mais elle ne se retourna pas. Le regard d'Emilia, la pitié dans ses yeux… elle ne voulait plus les voir.

Elle ne voulait pas entendre ce qu'Emilia avait à dire. Une fois qu'elle aurait le bébé, ce serait différent. Elle serait la mère de l'enfant de Becker et il le verrait, il voudrait la protéger.

Le gong retentit et Lena se retrouva entourée par les autres femmes tandis qu'elles se dirigeaient vers leurs lits. Elle fut tentée de trouver une autre place, surtout quand Emilia apparut derrière elle, mais elle savait que ce ne serait pas facile.

—Lena ?

Elle grimpa et se coucha en boule.

—Lena, je t'en prie, ne sois pas en colère contre moi. Réfléchis juste à ce que je t'ai dit, à ce qu'on pourrait faire.

Elle resta silencieuse un long moment avant de se retourner et d'étudier le visage d'Emilia.

—Je veux juste rentrer chez moi, murmura-t-elle. Je ne peux plus le supporter, Em. Je veux juste rentrer.

—Chut, Lena, chuchota Emilia en lui caressant le visage. (Lena se blottit contre elle comme si Emilia était sa mère et qu'elle la réconfortait.) Parle-moi de chez toi, parle-moi de ta famille, Lena.

—De ma famille ?

Elle n'avait pas parlé de sa famille à voix haute depuis son arrivée, mais ses souvenirs étaient si vifs qu'elle pouvait encore entendre le rire de sa sœur et sa mère l'appeler pour le dîner.

—Oui, de ta famille, dit Emilia. Dis-moi ce que tu attends avec le plus d'impatience. Raconte-moi tout. On a besoin de garder vivants ceux qu'on aime pour ne jamais oublier pour quoi nous vivons.

***

Lena donna un petit coup de coude à sa sœur et elles éclatèrent de rire. Les garçons qui leur avaient fait signe les observaient toujours. Lena attrapa la main de Dana et elles s'enfuirent. Cet été avait été différent ; tous les garçons semblaient les remarquer, et si leur père avait vu comme elles attiraient l'attention, il aurait été furieux.

— Viens, si on rentre à la maison sans rien pour le dîner, maman ne nous le pardonnera pas.

Elle les avait envoyées faire des courses ; elles devaient rapporter du fromage, du porc et des pommes de terre et elles n'étaient même pas encore allées chez le boucher.

Dana posa sa tête sur l'épaule de Lena tandis qu'elles marchaient, ne pensant déjà plus aux garçons.

— Que penses-tu de ces rumeurs sur la guerre ? demanda Dana.

— Je pense que les hommes aiment parler de ce genre de choses, répondit Lena. Mais on est en sécurité ici, Dana. Papa ne laissera jamais rien nous arriver, tu le sais.

— Mais qu'est-ce...

— Ce ne sont que des discussions de vieillards inquiets, dit-elle en lâchant la main de sa sœur pour lui prendre le bras. Bon, et si on passait à la librairie ?

— La librairie ?

— J'ai entendu dire qu'Henrich y travaille cet été, dit-elle avec un sourire.

— Tu penses qu'Henrich pourrait avoir des livres à te recommander ? la taquina Dana.

— C'est précisément ce que je me disais, Dana !

Elles se remirent à rire, encore plus fort quand Dana se baissa pour ramasser une fleur et la coincer derrière l'oreille de Lena.

— Tu sais, il paraît qu'Henrich a un petit frère.

— Eh bien, peut-être que je pourrais apprécier cette visite à la librairie aussi.

Elles se promenèrent sous les chauds rayons du soleil matinal tandis qu'elles papotaient et riaient en se demandant si elles verraient Henrich et son frère. Dana et elle n'avaient que dix-huit mois d'écart et la plupart des gens qui les rencontraient présumaient qu'elles étaient jumelles, avec leurs cheveux châtain clair qui tombaient en vagues sur leurs épaules et leurs yeux bleu vif, si différents des yeux marron foncé de leur mère.

— Promets-moi que même quand nous serons mariées, nous serons toujours les meilleures amies, dit Dana. Je veux que nos enfants grandissent comme s'ils faisaient partie de la même fratrie, comme nous.

Lena déposa un doux baiser sur la joue de sa sœur.

— Ils grandiront ensemble, Dana. Et ce sera toujours toi et moi, je ne laisserai jamais rien se dresser entre nous.

Sa sœur était tout pour elle. Elles dormaient dans la même chambre même si leur mère leur rappelait souvent qu'il y avait assez d'espace pour qu'elles aient chacune leur chambre, et partageaient tout.

— Comment tu me trouves ? demanda Lena en passant ses mains sur sa robe, face à sa sœur.

— Magnifique, répondit Dana dans un murmure en écartant une mèche de cheveux du visage de sa sœur.

Elles ignoraient que, quelques jours plus tard, leur pays entrerait en guerre et que la vie qu'elles connaissaient changerait. À jamais. Comme elles ignoraient les conséquences terrifiantes qu'aurait sur toute leur famille le fait que leur mère soit juive.

EMILIA
23

— Aleksy, je vais lui poser la question quand elle viendra tatouer le premier bébé prisonnier, dit Emilia avant de marquer une pause.

Elle réfléchissait à l'énormité de ce qu'elle s'apprêtait à dire. Elle qui n'avait jamais rien attendu en échange de l'aide qu'elle apportait aux autres, voilà qu'elle s'apprêtait à faire du chantage.

—Zofia a une dette envers nous, poursuivit-elle. Je vais lui dire que je l'ai aidée quand elle a eu besoin de moi, et que maintenant, c'est son tour.

Elle était mal à l'aise avec l'idée d'exiger quelque chose de quelqu'un, mais déterminée à le faire. Zofia était sa seule chance, alors elle ferait n'importe quoi pour la convaincre. Mais ce ne serait peut-être même pas nécessaire : beaucoup de personnes au camp étaient prêtes à aider les autres, et d'après ce qu'elle savait, Zofia faisait partie de ces femmes.

Aleksy la regarda en fronçant les sourcils et l'aida à préparer un bol d'eau. Elle rêvait d'en boire, mais ils la gardaient pour les patients qui avaient de la fièvre ou pour humecter les rares bouts de tissu qu'ils possédaient afin d'en faire des compresses fraîches.

—Je suis venu ici pour constater de mes propres yeux que vous étiez rétablie. Quand j'ai cru que vous pourriez…

Sa voix s'atténua et il se racla la gorge.

—Je vais bien. Il faut plus qu'un peu de fièvre pour m'envoyer au block des malades.

Sa plaisanterie ne sembla pas l'amuser.

—Emilia, j'ai perdu quelqu'un à qui je tenais énormément à cause d'un risque que j'ai décidé de prendre. Je ne peux pas…

—Ce serait mon choix, pas le vôtre, l'interrompit-elle en repliant une couverture usée qu'elle prévoyait d'utiliser comme bandages.

—Les avortements sont une chose, on peut les pratiquer de manière à minimiser les risques, surtout si Lena peut continuer à soudoyer les kapos pour vous, mais là, c'est différent.

Ils se regardèrent.

—Emilia, pour ça, la sanction encourue est la mort.

Elle voyait l'inquiétude dans son regard. Ils savaient tous les deux qu'il avait raison.

—Si on ne prend pas de risques pour aider les autres, c'est qu'on n'en fait pas assez. N'est-ce pas ce que nous avons dit ? (Elle marqua une pause.) Aleksy, vous et moi savons que nous pouvons mourir ici demain. Il y a toutes les chances que nous ne sortions pas d'ici vivants, alors n'avons-nous pas l'obligation de faire tout ce que nous pouvons tant que nous sommes encore là ?

Il ne dit rien tandis qu'elle traversait le block pour s'occuper des femmes. Il ne semblait pas encore prêt à lui répondre. Il traînait des pieds quand il marchait, trop fatigué pour les lever correctement, presque trop épuisé pour faire le moindre mouvement. Et encore, ils avaient de la chance parce qu'on leur donnait parfois des rations supplémentaires et Emilia avait le privilège de recevoir le meilleur bol de soupe, qu'on remuait pour s'assurer qu'elle ait des petits morceaux de légumes. Les femmes la regardaient différemment désormais, elles s'adressaient même à elle sur un autre ton, et après avoir vu comme elles l'avaient traitée quand elle n'était pas bien, comme elles avaient pris soin d'elle, elle avait pris conscience de l'importance des services qu'elle leur rendait. Au départ, elle s'était demandé si elle avait imaginé ce changement d'attitude, mais maintenant, elle savait avec certitude que ce n'était pas le cas.

—Quand Zofia arrivera, je lui poserai la question, c'est décidé, dit-elle quand elle revint vers lui. Aleksy, je dois essayer. Au moins pour Lena. Je ne peux pas les laisser prendre son bébé sans rien faire.

—Et si cette tatoueuse parle de votre plan aux SS ?

Emilia voyait dans les yeux d'Aleksy que sa décision le rendait nerveux. Et il avait raison, c'était très risqué. Mais que pouvait-elle faire d'autre ?

—Vous préféreriez que je les laisse prendre ces bébés sans que leurs mères aient aucun moyen de prouver leur lien un jour ? Et si elles avaient la chance de pouvoir les chercher après la guerre ? Et si un jour ce camp était délivré et qu'on retrouvait la liberté ?

Aleksy secoua la tête et prit les mains d'Emilia dans les siennes. Elle imagina ce geste avant le camp : ses mains auraient été douces et chaudes, mais là, sa peau était sèche et ses doigts, osseux.

—Ma femme a été tuée sous mes yeux par les monstres qui nous détiennent ici.

Des larmes coulèrent sur les joues d'Aleksy. Elle dégagea une main pour essuyer ses larmes.

—Ils ont aussi tué mon fils, poursuivit-il. Ce n'était qu'un bambin, trop jeune pour avoir conscience de ce qui se passait, mais assez âgé pour réclamer son papa et se demander pourquoi il ne venait pas. Ils étaient tout ce que j'avais, et pourtant, je n'ai pas pu les protéger. Je ne veux pas refaire cette erreur.

Le cœur d'Emilia se brisa tandis qu'elle l'écoutait, sa main dans la sienne. Ils avaient tous tellement perdu, on leur avait tant pris.

Il ferma les yeux comme s'il essayait de vider sa mémoire. Ou peut-être tâchait-il d'invoquer sa famille, de se souvenir qu'ils avaient vécu.

—Au début, je pleurais tous les jours et regrettais que nous ne soyons pas restés ensemble, raconta-t-il. Puis j'ai compris ce qui leur serait arrivé s'ils avaient été envoyés ici. Que mon fils aurait souffert pendant d'interminables minutes pendant que le gaz l'étouffait et lui prenait la vie, ma femme à ses côtés ou peut-être séparée de lui parce qu'elle aurait paru assez forte pour aller travailler. Elle aurait hurlé sans jamais le lâcher des yeux et aurait fini par apprendre ce qui arrivait vraiment à tous ces enfants, pourquoi ils ne prenaient pas la peine de les tatouer à leur arrivée. Ils étaient anonymes, sans visage, sans valeur, dit-il en secouant la tête. Maintenant que je sais, je suis soulagé qu'ils ne soient jamais venus ici. Parce que c'est l'enfer. Il n'y a aucune limite aux atrocités qu'ils peuvent faire subir ici aux êtres humains.

En intégrant ses paroles, elle comprit sa peine.

—Pourtant, je sais que j'ai trahi leur confiance.

—Si on m'attrape, ce sera entièrement ma faute, pas la vôtre, dit Emilia. Vous avez peur que je subisse les pires souffrances et que vous vous sentiez responsable, mais vous n'êtes pas responsable de moi.

Il lâcha ses mains et posa les siennes sur ses épaules.

—Ça ne veut pas dire que je ne ferai pas tout ce que je peux pour vous protéger, Emilia. Vous devez être prudente. Nous devons tous les deux l'être.

Elle le regarda dans les yeux.

—Je serai prudente, vous avez ma parole. Mais je ne peux pas ne pas essayer, Aleksy. Je dois le faire. Je dois agir, au moins pour Lena.

—Je sais, dit-il en laissant retomber ses mains. C'est ce qui m'effraie.

Ils savaient tous les deux qu'elle ne s'arrêterait pas au bébé de Lena. Si son plan fonctionnait, ce ne serait que le début.

***

Emilia savait qu'elle n'oublierait jamais la première fois qu'elle avait vu un bébé tatoué. L'acte ne ressemblait en rien à ce qu'elle avait connu la fois où son numéro avait été gravé sur sa peau. Elle frotta instinctivement son pouce sur l'encre bleu-vert sur son bras. Sa peau n'avait aucune marque avant qu'elle n'arrive au camp, et elle la détestait toujours autant.

—Vous pourrez essayer de le nourrir dès que ce sera terminé, dit Emilia en essayant en vain de rassurer la maman.

Elle était jeune et c'était son premier enfant. L'accouchement était déjà une épreuve dans les meilleures conditions, mais ici les mères étaient absolument exténuées après avoir mis au monde leur bébé ; porter un enfant semblait déjà impossible, alors donner la vie… Certaines femmes qu'elle avait vues récemment avaient à peine regardé leur bébé après le traumatisme de la naissance. Elles étaient incapables de lever la tête et ne pouvaient envisager de tenir un nourrisson dans leurs bras.

Mais aujourd'hui, Emilia avait de l'espoir. Ces bébés risquaient de mourir de faim dans le camp, mais on leur donnait une chance que la plupart des autres nourrissons n'avaient pas. Si les Alliés arrivaient rapidement, si la guerre tournait en leur faveur ou s'ils survivaient jusqu'à la fin, au moins ces enfants éviteraient la cheminée.

—Je ne prends pas plus de plaisir à le faire que vous à me regarder, dit Zofia.

Emilia voyait bien que les yeux de la tatoueuse étaient pleins de larmes et que ses mains qui tenaient l'aiguille tremblaient. Ils n'essuyaient plus l'encre sur la cicatrice maintenant car les numéros avaient tendance à s'estomper ; donc l'aiguille gravait et encrait en même temps.

—Je sais que vous ne prenez pas de plaisir à le faire, dit Emilia. On fait tous ce qu'on a à faire ici, pour rester en vie. Que vous arriverait-il si vous refusiez ?

Elle rangea ses instruments dans son sac.

—Ils me tueraient, vous le savez. On me placerait au pied du mur.

—Alors vous n'avez aucune raison de vous excuser. Vous ne faites que suivre les ordres.

Zofia attrapa sa sacoche et se tourna vers la porte, mais Emilia se plaça devant elle, consciente que ce serait peut-être sa seule opportunité. *Fais-le pour Lena. Tu dois le faire, tu dois essayer.*

—Zofia, vous m'avez demandé mon aide une fois, et aujourd'hui, j'aimerais à mon tour vous demander un service. Votre aide.

Zofia sembla surprise.

—Qu'est-ce que je peux faire pour vous ?

—Ils prennent certains bébés, ceux que vous ne marquez pas. Ils seront donnés à des familles nazies pour qu'elles les élèvent comme les leurs.

—Vous en êtes sûre ?

—Certaine, répondit Emilia. Les ordres viennent directement des médecins SS.

Elles se regardèrent un long moment.

—Que voulez-vous que je fasse ? Que me demandez-vous exactement, Emilia ?

—Je vous demande de marquer secrètement ces bébés, à un endroit discret. Et de tatouer la même marque sur leur mère. Au cas où ils auraient un jour la chance d'être réunis.

Elle espérait ne pas avoir fait d'erreur et décida de ne rien dire de plus, ne voulant pas rappeler à Zofia qu'elle avait une dette envers elle.

—Certaines femmes ici sont déjà trop avancées dans leur grossesse pour avorter, préféra-t-elle ajouter, ou elles ont trop peur pour y avoir recours. J'essaie d'offrir à ces femmes le choix pour leur bébé, comme je vous ai donné le choix.

Zofia trépigna mais ne bougea pas.

—Comment ? Comment m'avertiriez-vous, si je disais oui ?

Emilia ressentit un immense soulagement.

—Le docteur Aleksy Gorski, à l'hôpital du camp principal. Il m'aiderait à vous contacter quand votre aide serait requise. (Elle marqua une pause.) C'est le docteur qui était présent ce jour-là, qui m'a montré ce que je devais faire.

—Je me souviens.

Elles restèrent sans rien dire.

—Personne ne sera au courant de ce que je ferai ? Cela restera entre nous ?

—Ce sera notre secret, dit Emilia. Je subirais les mêmes conséquences que vous si nous étions prises.

—Emilia… le risque… ce qu'ils nous feraient si…

—C'est le bébé de Lena, précisa Emilia. Je crois que son bébé sera le premier à être enlevé. Ce serait pour elle.

Zofia pâlit.

—C'est pour Lena ?

—C'est pour Lena, répéta Emilia.

—Alors je le ferai, murmura Zofia. Pour Lena.

—Si ça se passe bien, vous pourrez envisager de le refaire ?

Zofia se contenta d'acquiescer avant de partir, sa sacoche dans une main tandis qu'elle poussait la porte. Emilia ressentit une certaine excitation pour la première fois depuis son arrivée au camp. Ils pouvaient tout leur prendre, priver un être humain de presque tout, mais l'espoir donnait de la force. Et là, elle était prête à se battre pour ces femmes et leurs bébés, jusqu'à son dernier souffle.

En commençant par Lena.

EMILIA
24

Londres, 1995
Jeudi

— On dirait que vous étiez très proche de Lena, qu'elle était devenue une amie spéciale, fit remarquer Hannah en enlevant sa veste. Êtes-vous restées amies jusqu'à la libération d'Auschwitz ?

Alors qu'Emilia allait ouvrir la bouche, alors qu'elle se souvenait de Lena et de toutes les années où elle avait pensé à elle, elle se figea. En levant le bras pour toucher ses cheveux, Hannah, qui était désormais en débardeur de soie, avait dévoilé la peau de son aisselle. La voix d'Emilia resta coincée dans sa gorge. Elle s'était effacée, mais l'emplacement de la marque, sa couleur, sa forme… Elle cligna des yeux. Son esprit devait lui jouer des tours. Parce qu'on aurait dit que… *non*. Son esprit n'était plus ce qu'il était, elle n'avait pas les idées claires. C'était son imagination. Elle voyait des choses qui n'étaient pas là. Était-ce un tatouage ?

Hannah baissa le bras, et quand leurs regards se croisèrent, elle vit des larmes dans ceux d'Emilia.

—Cette marque, ce… (La voix d'Emilia faiblit tandis qu'elle regardait Lucy, qui l'observait sans trop comprendre ce qui se passait.) Je suis désolée, je pense que parler du passé m'a embrouillée. J'ai cru… Enfin, quand vous avez levé le bras…

—Emilia, vous ne vous êtes pas trompée, dit Hannah, les yeux rivés sur elle tandis qu'elle tendait le bras vers le magnétophone pour l'arrêter. Je ne vous ai pas dit toute la vérité.

Emilia plaqua sa main sur sa poitrine. Sa respiration était bloquée et son pouls commençait à accélérer.

—Maman ? dit Lucy qui se leva d'un bond, renversant sa chaise. Tu vas bien ? Qu'y a-t-il ? C'est ton cœur ? Tu veux que j'appelle une ambulance ?

—Non, je, je…

—Je pense que ça suffit pour aujourd'hui, dit sèchement Lucy. Ma mère…

—Non, contesta Emilia, surprise par la force de sa propre voix. S'il vous plaît, racontez-moi. J'ai besoin de vous entendre le dire. J'ai besoin de savoir que la marque sous votre bras est bien ce que je pense que c'est. Que je ne l'ai pas imaginée.

Elle commençait à voir les choses plus clairement et comprenait qu'Hannah avait voulu qu'elle se dévoile, qu'elle avait enlevé sa veste et levé le bras intentionnellement. C'était peut-être une vieille dame perturbée, mais l'emplacement de cette marque, cette partie de son passé, c'était quelque chose qu'elle n'oublierait jamais.

—Emilia, j'ai un lien personnel avec Auschwitz-Birkenau, déclara Hannah d'une voix grave. Je crois que je suis née là-bas et, la marque que vous avez vue, je pense que c'est peut-être vous qui en êtes responsable. Je voulais voir votre réaction, savoir si vous étiez vraiment la sage-femme que je cherche depuis toutes ces années.

Emilia déglutit, des larmes remplissant ses yeux tandis qu'elle pensait à tous les bébés qu'elles avaient marqués, à tous les bébés qu'elles avaient essayé de sauver. Et aujourd'hui, tant d'années plus tard, l'un d'eux était assis devant elle.

—Vous avez été élevée par une famille allemande ?

—Oui. Ma mère est morte il y a presque dix ans maintenant, et ce n'est qu'à l'hôpital, sur son lit de mort, qu'elle m'a avoué que j'avais été adoptée. Jusque-là, j'avais toujours cru qu'elle était ma mère biologique.

Emilia secoua la tête, le cœur battant la chamade.

—Elle vous a dit comment elle vous avait adoptée ? D'où vous veniez ?

—Elle m'a juste dit qu'ils considéraient que j'étais née de parents inconnus, mais qu'on m'avait estimée convenable pour une adoption aryenne, bien que je ne sois pas allemande. Peu de temps après, j'ai commencé à rassembler des informations et à comprendre ce qui s'était passé, surtout quand j'ai lu que les tatouages que portaient certains bébés avaient été faits à Auschwitz.

Emilia se pencha et leva délicatement le bras d'Hannah pour étudier la marque bleue effacée qu'on ne pouvait plus distinguer.

—Nous nous sommes dit que les tatouages pourraient aider les mères et les enfants à se retrouver.

Nous nous croyions probablement capables de faire des miracles, je suppose. Tout ce que nous faisions, c'était pour sauver des mères et des bébés.

—Vous avez sauvé de nombreuses vies, Emilia, et je crois que beaucoup de personnes aimeraient le savoir. C'est pour ça que je veux partager votre histoire avec le monde, avec vos propres mots.

Emilia détourna les yeux et se perdit de nouveau dans ses pensées, sa mémoire troublée par ce qui s'était passé à l'époque.

—Qui aurait pu imaginer que presque toutes ces femmes mourraient ? Qu'il ne resterait pas de mères à retrouver ? (Elle essuya les larmes qui avaient commencé à couler sur ses joues.) Je crois que personne aujourd'hui ne pourrait imaginer ces horreurs, comprendre vraiment ce que ça faisait, de côtoyer la mort au quotidien. De se battre avec autant d'acharnement tout en sachant que si peu d'entre nous survivraient.

—Emilia, j'imagine comme ce doit être bouleversant de raconter ce qui s'est passé, mais puis-je vous poser une dernière question avant de partir ?

Elle se tourna lentement et croisa le regard d'Hannah. Elle tenait à arriver au bout de son histoire maintenant qu'elle en avait dit autant.

—Je vous écoute.

—Accepteriez-vous de me raconter ce qui est arrivé à Lena ? J'aimerais beaucoup entendre la suite de son histoire.

Comme des larmes emplissaient ses yeux, Emilia prit un mouchoir et Lucy vint la serrer dans ses bras.

—Ma pauvre, chère Lena, dit Emilia avec un soupir. J'ai tellement essayé de faire sortir de ma tête ce qui s'était produit, mais il ne s'est pas passé un jour sans que je me souvienne de ce qu'il lui a fait. En réalité, elle n'avait plus rien à perdre.

Lena

25

Auschwitz-Birkenau, 1944

Allongée sur le poêle, Lena tenait fermement la main d'Emilia et serrait les dents quand une autre contraction rendait son ventre plus dur qu'elle ne l'aurait jamais imaginé.

—Parle-moi de ta sœur, dit Emilia en lui caressant le front. Qu'es-tu impatiente de faire avec elle quand tu rentreras ?

Lena poussa un cri et serra encore plus la main d'Emilia.

—Je ne peux pas supporter la douleur. Je n'y arriverai pas, Emilia. Je ne peux pas…

—Moi, dit Emilia comme si elle ne l'entendait pas, j'imagine toujours que je passe le seuil de ma maison. Je vois mon père qui m'attend, sa tête quand il comprend que je suis rentrée. Si je ferme les yeux, je peux me voir près du poêle, je peux sentir l'ail qui crépite dans l'huile, le poisson prêt à être déposé dans la poêle. Mon frère est là, lui aussi, et on plaisante sur le fait qu'on a bien besoin de grossir tous les deux, pendant que mon père est assis à la table et nous regarde avec un sourire radieux parce que ses deux enfants sont de nouveau sous son toit.

Lena se força à faire pareil, à s'imaginer chez elle, comment ce serait, ce qu'elle ferait, tandis qu'Emilia lui lâchait la main pour se placer entre ses jambes.

—Je veux m'allonger à côté de ma sœur, à côté de Dana, dans notre lit, épaule contre épaule, comme on le faisait quand on était petites, dit Lena en serrant les dents avant de poursuivre. Je veux entendre sa voix, je veux qu'on discute des garçons qu'on veut épouser, je veux faire comme si rien de tout ça n'était jamais arrivé. (Elle se mit à pleurer et Emilia revint à ses côtés pour la prendre dans ses bras.) Je veux que ma mère me caresse les cheveux quand je m'endors, je veux manger ses *pierogi* et l'écouter chanter dans le jardin.

Emilia caressait les cheveux de Lena, les écartait de son visage, effleurant délicatement sa peau chaude avec le dos de ses doigts, comme Lena imaginait que sa mère l'aurait fait.

—Tu seras de nouveau avec ta famille un jour, Lena. On doit y croire, on doit croire que ce n'est qu'une mauvaise période à passer.

Lena ouvrit la bouche pour parler, mais un gémissement lui échappa.

—Pousse, Lena, lui demanda Emilia en se replaçant en bas. Lena, il faut que tu pousses aussi fort que tu le pourras lors de la prochaine contraction.

—Je ne peux pas, lâcha-t-elle dans un sanglot. Je ne peux plus.

—Si, tu peux le faire, dit Emilia. Tu dois le faire pour ton bébé, Lena. Tu dois le faire pour que ta famille te retrouve chez vous.

Les minutes qui suivirent furent les plus longues de sa vie tandis qu'elle criait et poussait aussi fort que possible jusqu'à ce qu'elle puisse enfin se rallonger sur le poêle. C'était fini.

—C'est une petite fille, Lena, comme tu l'avais prédit, murmura Emilia alors que le bébé poussait un cri qui prouvait que c'était une battante. Elle est magnifique, comme sa mère.

Lena se redressa sur ses coudes, les cheveux plaqués contre son visage, la peau rougie par l'effort.

—C'est une fille ?

—C'est une fille.

Emilia passa délicatement son bébé à Lena et l'embrassa sur le front tandis que la jeune maman contemplait sa fille avec émerveillement. Puis elle alla couper le cordon ombilical avec son couteau.

—Ce n'est pas encore fini, il reste le placenta à délivrer. Tu vas sentir une autre contraction et il devrait passer facilement.

—Tu ne peux pas les laisser la prendre, murmura Lena. Je sais que j'ai dit qu'il ne le ferait pas, mais maintenant que je l'ai vue, maintenant qu'elle est là… (Elle ravala ses larmes.) Et s'il la prend ?

Emilia se pencha et les serra toutes les deux dans ses bras.

—Je ne peux rien te promettre, mais je dois trouver Aleksy, voir s'il peut envoyer un message. J'ai un plan, Lena.

—Zofia va venir ?

—Oui, Lena. S'ils viennent pour ta fille, si elle est choisie, alors nous n'aurons plus que Zofia pour nous aider, mais elle a dit qu'elle le ferait et je n'ai aucune raison de douter d'elle.

—Merci.

Lena, émerveillée, observait la petite fille dans ses bras. Becker avait toujours dit qu'il veillerait sur elle, il n'avait pas dit une seule fois que son bébé lui serait enlevé, et elle était sûre que quand il la verrait, quand il plongerait dans ses magnifiques yeux, il les laisserait rester ensemble. Mais elle savait aussi qu'il était enclin à la colère, et s'il n'était pas de bonne humeur… Elle pressa ses lèvres sur le front de l'enfant, refusant de penser à ce qui pourrait se passer alors.

—Je reviens vite, dit Emilia en touchant doucement la tête du bébé du bout des doigts avant de partir. Promis.

—Emilia ? Tu m'as demandé ce que j'étais impatiente de faire, quand tout cela sera fini. Quand je serai rentrée chez moi.

Emilia lui sourit.

—Je suis impatiente de te présenter à ma famille, continua Lena. Je veux qu'ils sachent que tu m'as aidée à rester en vie ici, que je n'aurais pas survécu sans toi.

—Lena, ne dis pas ça, tu…

—Je ne veux pas que ma famille sache ce qui m'est arrivé ici, l'interrompit Lena. Je ne veux pas qu'ils me regardent comme si j'étais brisée, que mes parents sachent qu'ils avaient raison de nous cacher, de ne pas croire ce que les nazis disaient.

—Alors on ne le leur dira pas, dit Emilia. C’est aussi simple que ça.

Emilia la fixa un long moment avant de se retourner, et Lena l’observa jusqu’à ce qu’elle ne puisse plus la voir et concentra son attention sur sa fille, tombant amoureuse d’elle quand sa petite main se referma autour du doigt de sa mère.

Je ne laisserai jamais personne t’enlever, mon amour. Je te le promets.

EMILIA

26

Emilia garda la tête baissée pour rester aussi discrète que possible, mais jeta un coup d'œil furtif vers la tour quand elle passa devant, consciente que les gardes n'avaient besoin d'aucune excuse pour tirer. Parfois, ils tiraient parce qu'ils s'ennuyaient, d'autres fois, ils jouaient à des jeux cruels et raillaient les prisonniers pour qu'ils fassent quelque chose qui entraînerait leur mort.

Quand elle atteignit le block des maladies infectieuses, un garde s'approcha d'elle, son arme à la main, les doigts sur le canon.

—Où penses-tu aller comme ça ?

—Je suis sage-femme et l'une de mes patientes a des complications, dit-elle rapidement. J'ai besoin du docteur Gorski.

Le garde ne baissa pas son arme.

—Le docteur Mengele m'a dit de prévenir directement Gorski, ajouta-t-elle. Il s'intéresse tout particulièrement aux bébés qui naissent ici et je dois l'informer immédiatement de chaque naissance, surtout si le bébé peut convenir au Troisième Reich.

Elle s'arrêta en gardant le regard légèrement baissé.

Elle poussa un petit soupir de soulagement quand il rangea son arme à sa ceinture, mais à sa grande déception, ce fut lui qui ouvrit brusquement la porte.

—Gorski ! hurla-t-il.

Emilia aperçut Aleksy et vit ses traits tirés quand il leva la tête alors qu'il s'occupait d'un patient. Elle avait remarqué un changement chez lui récemment : il semblait légèrement voûté et son corps, plus frêle. Elle le soupçonnait de donner la nourriture supplémentaire qu'elle trouvait pour lui à ses patients, même s'ils avaient tous besoin qu'il garde la forme. Les médecins étaient rares dans le camp.

Il s'avança vers la porte, lentement, comme s'il souffrait. Elle lui sourit derrière le garde en espérant qu'il allait bien.

—Docteur Gorski, un autre bébé est né, annonça-t-elle. On m'a dit de vous prévenir afin que vous veniez voir s'il peut convenir.

—Merci, je vais en informer les docteurs SS immédiatement.

Ils avaient répété ce qu'ils feraient quand Lena accoucherait. Aleksy utiliserait cette excuse pour quitter l'hôpital de Birkenau et se rendre au bâtiment principal, ce qui lui permettrait de transmettre à Zofia le signal. Cela donnerait aussi le temps à Emilia de rentrer à la hâte et de présenter à la mère les possibilités, de lui expliquer ce qui risquait de se passer et de lui demander son autorisation pour marquer son enfant. Cela semblait simple, mais elle ne savait que trop bien comment les choses pouvaient mal tourner.

Et qu'ils pourraient tous facilement perdre la vie en cherchant à en sauver une autre.

Emilia se retourna et commença à s'éloigner, mais le cri du garde lui glaça le sang et ses jambes se mirent à trembler.

—Halte !

Emilia se tourna lentement, la gorge serrée.

—Lève ton haut.

Il pointa son arme vers elle et elle obéit. Elle savait qu'il valait mieux ne pas résister ni mettre trop de temps à obtempérer aux ordres. Elle avait connu l'humiliation suffisamment de fois pour la supporter, mais voir Aleksy derrière le garde, en train d'observer ce qui se passait, faillit lui briser le cœur. Il lui sourit et la regarda dans les yeux sans jamais rompre le contact, comme pour essayer de lui donner de la force.

Le garde agita son arme pour lui demander d'enlever le reste de ses vêtements. Emilia se déshabilla dehors, à la vue de tous, en essayant de s'arrêter de claquer des dents et de trembler à cause du vent glacial. Le garde l'observait dans son manteau de fourrure bien chaud, un sourcil haussé tandis qu'il semblait apprécier son malaise.

Mais au lieu de se démonter, Emilia fixait Aleksy et accueillait la force qu'il lui transmettait Ils pouvaient la mettre nue, l'humilier, faire en sorte qu'elle se sente moins que rien, mais à moins qu'ils ne la tuent, ils ne pourraient l'empêcher d'accomplir son travail dans le camp.

—Rhabille-toi, finit par dire le garde en crachant par terre avant de se retourner.

Emilia arrêta de regarder Aleksy, mais le vit du coin de l'œil se dépêcher, soulagé qu'on l'ait laissé partir, surtout avec Lena qui l'attendait. Elle présuma qu'il cherchait des marques sur sa peau puisqu'ils étaient toujours en alerte rouge à cause du typhus et, s'il lui avait demandé de se retourner, il aurait vu une tache éloquente dans son dos qui datait de l'époque où elle avait été malade et qui aurait pu signer son arrêt de mort.

Maintenant, il ne lui restait plus qu'à espérer que leur plan fonctionne parce que les gardes ne tarderaient pas à venir récupérer le bébé de Lena et qu'ils auraient tous le cœur en miettes s'ils la prenaient avant que la tatoueuse ait le temps de lui faire la marque. Elle s'empressa de rentrer en pensant à sa mère et en regrettant désespérément de ne pas pouvoir lui parler, juste une dernière fois.

***

— Je ne viendrai pas aujourd'hui. Je pense qu'il est temps pour toi d'y aller seule.

Emilia s'arrêta à la porte et vit sa mère assise à la table de la cuisine. Sa tasse fumait encore, ce qui indiqua à Emilia qu'elle venait juste de se servir. La sacoche en cuir noir de sa mère était posée sur l'autre chaise.

— Je n'irai pas seule, dit Emilia alors que la panique la saisissait et formait dans sa gorge une boule qu'elle n'arrivait pas à ravaler.

— Ma chérie, si tu n'étais pas prête, je ne t'y enverrais pas.

Elle regarda sa mère siroter tranquillement son café comme si elle venait de demander à sa fille d'aller simplement faire une course au magasin pour elle, pas d'aider à mettre un enfant au monde.

— Maman, s'il te plaît, je...

— Emilia, tu dois le faire maintenant, tant que je suis encore là. Tu dois apprendre à faire confiance à ton instinct.

— Mais si quelque chose se passe mal ? Qu'est-ce que je ferai ? Et si le bébé...

— Ma chérie, tu m'as suivie pendant des années, tu as été la meilleure assistante sage-femme que j'aurais pu avoir, mais je n'ai plus rien à t'apprendre. (Elle se leva, s'approcha de sa fille, posa ses mains sur ses joues et déposa un doux baiser sur son front.) Il n'y a rien que tu ne sois pas capable de faire. Tu as appris tout ce que je sais, et il est temps que tu croies en ton instinct.

Emilia soupira. Elle avait raison. Sa mère avait toujours raison.

— Il est important que tu le fasses, que tu prennes tes marques maintenant.

Mais elle, ce qu'elle voulait, c'était se blottir dans les bras de sa mère, qu'elle lui caresse les cheveux en lui parlant à voix basse, assises au soleil. Mais elle n'était plus une enfant ; elle était une femme, une sage-femme, et un bébé était sur le point de naître.

— Nous étions faites pour ce métier, dit sa mère en se rasseyant à table et en désignant sa sacoche. Elle est à toi maintenant. Tout comme ma mère me l'a donnée quand j'ai été prête, je te la donne.

Emilia luttait contre l'émotion dans sa poitrine quand elle referma les doigts autour de la poignée solide en cuir qu'elle connaissait si bien après l'avoir si souvent portée pour sa mère, après toutes ces années où elle l'avait regardée la prendre chaque fois qu'elle quittait la maison pour aller travailler. Parce qu'il ne s'agissait pas juste de reprendre le rôle de sa mère en tant que sage-femme, il s'agissait d'accepter que sa mère était malade et ne resterait pas en vie très longtemps.

— Je suis impatiente de t'entendre me parler du bébé que tu auras mis au monde aujourd'hui, Emilia. Rappelle-toi que tu es capable d'accomplir de grandes choses, tant que tu crois en toi et en ta capacité à aider les autres. C'est un don que possèdent les femmes de notre famille, il coule dans tes veines. Maintenant, il ne te reste plus qu'à prendre de l'assurance.

Le sourire de sa mère illumina quelque chose en elle alors elle lui sourit à son tour. Elle pouvait le faire. Elle avait appris de la meilleure et il était temps pour elle d'avoir confiance en elle ; elle était comme un oisillon qu'on poussait hors du nid quand la mère savait qu'il était prêt à voler.

Sauf que ce bébé savait que sa mère ne resterait pas longtemps sur cette terre, pas maintenant que son corps avait été ravagé par la maladie. Elle avait dû s'y préparer, pleurer les années qu'elles ne passeraient pas ensemble et accepter qu'elle devait être reconnaissante pour chaque jour qui leur restait.

— J'attendrai juste ici, Emilia.

Elle envoya un baiser à sa mère et se rendit compte qu'il était bien difficile d'imaginer qu'un jour elle ne l'attendrait pas, que cette chaise serait vide, que tout ce qui resterait serait le fantôme de ses souvenirs qu'elle espérait ne jamais oublier.

***

Les yeux d'Emilia n'arrêtaient pas de voler vers la porte. Elle ne savait pas quand ça arriverait, quand ils prendraient le bébé de Lena. L'emmèneraient-ils après seulement quelques heures, conscients que de toute façon, il était hautement improbable que sa mère produise du lait ? Attendraient-ils quelques jours ? Elle savait que Lena se berçait d'illusions ou était très naïve de penser qu'elle serait autorisée à la garder, surtout quand on voyait les cheveux blonds et soyeux et la peau pâle de sa fille.

La séparation serait évidemment atroce, mais s'ils n'avaient pas le temps de la marquer, ce serait encore pire…

La porte s'ouvrit dans un fracas qui la fit sursauter. Quand Lena lui attrapa la main, le cœur d'Emilia se serra. Si on les démasquait, ce serait la cheminée pour tous : Lena, Aleksy, Zofia et elle.

—Nous n'avons pas beaucoup de temps.

C'était Zofia. Elle inspecta la salle et Emilia fut soulagée de voir Aleksy qui l'accompagnait. Il referma la porte et resta là, regardant Emilia comme s'il n'arrivait pas à croire ce qu'ils faisaient. Mais à l'instant où Zofia courut vers Lena et se jeta dans ses bras, Emilia sut qu'ils faisaient ce qu'il fallait. Si on les arrêtait, alors qu'il en soit ainsi ; ils étaient tous là pour Lena, ils n'avaient pas le choix.

—Où dois-je la marquer ? demanda Zofia en essuyant ses larmes.

—Marquez d'abord le bébé, sur le dessous de son gros orteil, expliqua Aleksy.

—Ou derrière l'oreille, dit Emilia. Cela ne sera-t-il pas trop visible sous l'orteil ?

—Pourquoi pas l'aisselle ? intervint Lena qui surprit Emilia. Cela pourrait ressembler à une petite tache de naissance ?

Ils se regardèrent tous.

—Vite, insista Zofia. Je dois savoir où.

—L'aisselle, trancha Emilia qu'Aleksy considéra avec un haussement de sourcils.

Elle lui expliquerait plus tard que ce serait probablement le seul choix que Lena pourrait faire concernant son enfant. Elle ne lui donnerait pas son prénom, ne choisirait pas ses vêtements ; elle devrait probablement passer le reste de sa vie sans savoir où serait sa fille ni ce qu'elle ferait.

—Je ferai quatre petits points sur l'enfant, dit Zofia. Et les mêmes sur Lena.

Emilia essuya les larmes sur les joues de Lena tandis que Zofia ouvrait son sac.

—Tenez-la aussi fermement que possible.

Le bébé se mit à pleurer quand Zofia leva l'aiguille, et elle vit Lena cligner courageusement des yeux pour chasser de nouvelles larmes pendant qu'elle chantait doucement à sa fille. Emilia se tenait à côté d'elle et Aleksy maintenait le bébé immobile. Ce fut très rapidement terminé, et presque aussitôt, Lena leva sa blouse pour exposer son aisselle et recevoir les quatre points dans la même disposition.

—Je dois y aller maintenant, dit Zofia. S'ils demandent pourquoi je suis ici, si quelqu'un m'a vue…

Il y eut soudain un bruit sourd, suivi par des voix d'hommes. Lena remit son haut, sa fille blottie contre elle. Elle ne pleurait plus, mais avait son petit poing contre sa bouche.

—Aleksy, vous vérifiez l'état de santé du bébé pour moi, murmura Emilia. Nous regardons si elle pourrait convenir pour…

La porte s'ouvrit. Un docteur SS apparut, les yeux plissés tandis qu'il examinait la salle, deux gardes derrière lui, dont l'un avec un berger allemand menaçant tenu en laisse. Emilia espérait qu'une fois qu'elle aurait quitté le camp, elle ne croiserait plus jamais l'un de ces chiens. Depuis son arrivée, elle en avait vu réduire des femmes en bouillie, tuer sur demande et infliger des morsures qui s'étaient infectées et avaient causé la mort de leurs victimes.

—Que se passe-t-il ici ? demanda le médecin.

—Docteur Rohde, dit Aleksy en guise de salutation comme si sa présence ici était tout ce qu'il y avait de plus normal. Nous avons eu une nouvelle naissance. (Il se tenait devant elles comme s'il pouvait les protéger.) La sage-femme m'a demandé de venir vérifier si elle devait être tatouée ou pas.

—Vous avez pensé que ce serait vous qui prendrez cette décision ?

Aleksy fit un pas en arrière qui le rapprocha d'Emilia.

—Non, monsieur. Je voulais vérifier l'état de santé du bébé, m'assurer que l'enfant se portait bien.

Le docteur passa devant eux et Emilia jeta un coup d'œil à Zofia qui avait aussi fait quelques pas en arrière. Des femmes occupaient les lits alentour, certaines avaient les pieds infectés ou gelés, d'autres, simplement besoin de se reposer et tremblaient en essayant de dormir. Mais la femme que le docteur était venu voir toussait, et Emilia sut quand le médecin SS leva les yeux ce qu'il allait dire.

—Que fait cette femme ici ? Envoyez-la au block 25.

—Mais elle ne va pas si mal, elle est juste…

—Tu veux que je t'y envoie avec elle ? la coupa-t-il. Gorski, vérifiez si les patientes ont des rougeurs. Je veux que les personnes infectées soient parties avant moi. Nous essayons de garder les bébés en vie, en tout cas, ceux qui nous intéressent, et je ne veux pas prendre le risque qu'ils tombent malades.

Le silence tomba sur la pièce et Emilia vit des larmes couler sur les joues d'Aleksy tandis qu'il la regardait, comme s'il lui demandait la permission d'obéir.

Le bébé de Lena se mit à pleurer et Emilia, impuissante, regarda le docteur SS la prendre et enlever la couverture qu'elles avaient enroulée autour d'elle, pour l'examiner.

—Vous êtes slovaque ? demanda-t-il à Lena.

Lena acquiesça.

—Le père ?

—Il est allemand.

—Très bien.

Le médecin reposa le bébé dans les bras de Lena, puis ausculta l'intérieur de la bouche du nouveau-né, avant de regarder ses yeux et d'écouter son cœur. Emilia était sûre qu'Aleksy fixait son stéthoscope avec envie ; c'était un instrument tellement basique pour un docteur, mais on ne lui en avait pas fourni ici.

—Elle est en bonne santé et son teint est magnifique, déclara le médecin SS. Ce sera le bébé parfait pour notre nouvelle initiative.

—Laisserez-vous le bébé être nourri par sa mère pendant les deux prochaines semaines ? Peut-être qu'elles pourraient être transférées dans l'hôpital SS ?

Le docteur regarda Aleksy comme s'il était fou et Emilia connaissait le risque qu'il avait pris en s'adressant à lui aussi directement.

—Le bébé va être emporté immédiatement, répondit-il. On n'a pas besoin de vous ici.

Elle regarda Aleksy secouer la tête comme s'il allait ajouter quelque chose qui pourrait lui coûter la vie.

—Prenez-la. Enveloppez-la dans la couverture et suivez-moi, lui ordonna le médecin SS.

—Non ! cria Lena en serrant sa fille contre son cœur. Non ! Je ne vous laisserai pas la prendre !

—C'était bien plus facile quand on les apportait directement à la cheminée après la naissance, dit le docteur à l'un des gardes avec un soupir. Peut-être qu'on devrait y repenser, pour empêcher cette hystérie.

Lena hurlait si fort qu'Emilia ferma les yeux.

—L'*Untersturmführer* Becker ne le permettra jamais ! cria-t-elle.

—Becker ? répéta le docteur avec un sourire. C'est justement Becker qui m'a dit qu'il y aurait bientôt un bébé convenable.

Les cris de Lena se muèrent en sanglots tandis qu'Emilia tentait en vain de la consoler.

—Que fait-elle ici ? Qui es-tu ?

Le docteur SS se tourna de manière inattendue vers Zofia qui se tenait en silence contre le mur, son sac serré contre elle comme si elle avait espéré qu'on ne la verrait pas.

—Je suis l'une des tatoueuses, dit-elle avec un tremblement dans la voix qu'Emilia entendit. Je suis venue au cas où l'enfant ait besoin qu'on lui attribue un numéro.

—On t'appellera quand ce sera nécessaire, dit-il en la congédiant d'un geste vers la porte. Il y aura des nouveaux arrivants aujourd'hui, on va avoir besoin de toi. File !

Emilia espérait que cela n'ait pas effrayé Zofia et qu'elle reviendrait quand elle aurait besoin d'elle. Ils devaient mettre en place un meilleur système, un moyen de s'assurer qu'ils pourraient tatouer chaque bébé avant que quiconque soit au courant de sa naissance.

—Vous m'avez entendu ? Docteur, prenez l'enfant !

Aleksy tendit les bras vers le bébé de Lena, mais quand ses cris remplirent de nouveau la pièce, Emilia regarda avec horreur le docteur SS prendre la canne de l'un des gardes et frapper Lena à l'épaule. Elle continua à résister, ses bras chétifs repliés sur son bébé, les yeux écarquillés et sauvages.

Les cheveux tombant sur son front, le médecin leva une nouvelle fois la canne, les joues teintées de rouge alors qu'il l'abattait sur les épaules de Lena avec l'air d'un fou, avant de lui asséner un coup sur la tête qui la fit tituber en arrière. Elle se cogna contre le poêle avec un bruit déchirant et s'écroula, inerte, à ses pieds.

—Prenez le bébé ! cria-t-il.

Aleksy attrapa la nouveau-née dans les bras de Lena et la serra contre son torse avant de croiser le regard d'Emilia. Il participait contre son gré à la souffrance de Lena, incapable de contredire les ordres qu'on lui donnait au risque de devoir faire face au pistolet d'un garde.

—Je vous en prie. (Un murmure se fit entendre quand Lena leva la tête.) Je vous en supplie, laissez-moi la garder un peu. Ne la prenez pas.

Le docteur rendit sa canne au garde et étudia chacun d'entre eux en remettant ses cheveux en place.

—Ce chien peut lui apprendre la leçon, dit-il. Laissez-le s'occuper d'elle ou amenez-la au mur.

Emilia inspira et adressa un regard affolé à Aleksy qui tentait désespérément de calmer le bébé qui pleurait.

—S'il vous plaît, monsieur, j'ai besoin d'une assistante, dit Emilia en s'avançant, un peu comme Aleksy l'avait fait pour la sauver. De nombreuses femmes tombent enceintes et j'aurais vraiment besoin d'aide.

—Tu es la sage-femme ?

—Oui. Je suis seule ici pour mettre les bébés au monde, depuis que le docteur Gorski a été transféré à l'hôpital principal.

Elle savait qu'elle retenait sa respiration, mais elle ne pouvait pas s'en empêcher.

Il la regarda d'un air méprisant.

—Elle a de l'expérience ?

—Oui, monsieur, je crois que oui. C'est ce qu'elle m'a dit pendant son accouchement.

—Bien, dit-il avec un signe de la main alors que le garde poussait Aleksy vers la porte. Mais si elle ne suit pas les ordres ou fait encore des histoires, les gardes viendront la chercher. Si elle ne se jette pas sur les barbelés avant.

Son sourire la hanta quand elle imagina Lena, morte, contre la clôture ; cette image se grava dans sa mémoire. Il savait la douleur qu'il causait à Lena, il savait que ce qu'il avait fait pouvait la pousser à mettre fin à ses jours, et cela semblait l'amuser.

Quand ils sortirent enfin, elle se précipita vers Lena et la prit dans ses bras avant d'examiner l'arrière de sa tête. Le sang commençait à sécher dans ses cheveux et elle devait souffrir atrocement.

—Lena, un jour, vous serez réunies, lui murmura-t-elle, les lèvres dans ses cheveux. Un jour, tu tiendras ta fille dans tes bras, tu lui raconteras cette journée et comme tu t'es battue pour elle, et elle te racontera tous ces jours où vous aurez été séparées.

Lena restait silencieuse, et Emilia aurait aimé pouvoir faire quelque chose, avoir quelque chose à lui donner pour soulager la douleur.

Quand Lena s'écarta et se mit en boule sur le poêle dur, Emilia s'accroupit à côté d'elle.

—Tu aurais dû les laisser me tuer.

Son murmure choqua Emilia. Elle posa aussitôt sa main sur son épaule.

—Tu ne le penses pas, Lena. Tu ne peux pas le penser. Et après la guerre ? Qu'est-ce…

—Je ne la reverrai jamais. Laisse-moi.

Emilia se leva et essuya ses yeux avec le dos de sa main.

Elle essaya de se dire que Lena était juste fatiguée, qu'elle ne voulait pas vraiment mourir. Mais en vérité, c'était Emilia qui était fatiguée. C'était le genre de fatigue qu'elle n'aurait jamais pu imaginer avant, le genre de fatigue qui s'était infiltré jusque dans ses os, l'empêchant presque de lever la tête. Il lui était impensable de pouvoir aider les autres jour après jour. Elle s'assit sur l'un des lits vides un instant.

—Il vient me voir quand je travaille, dit Lena d'une voix si basse qu'Emilia peinait à l'entendre. Tu ne me l'as jamais demandé. Tous ces mois, tu ne m'as jamais demandé quel officier était le père, qui me faisait du mal.

Emilia se redressa et sa vision se flouta légèrement tandis que la pièce tournait autour d'elle. Elle prit un moment pour retrouver son équilibre.

—Je ne t'ai jamais posé la question parce que je voulais que tu me le dises quand tu serais prête, répondit-elle à voix basse. Je ne voulais pas que tu te forces à parler de quelque chose de douloureux si tu n'en avais pas envie.

Lena ne leva pas la tête et resta pelotonnée comme une enfant, les cheveux tombant sur son épaule et couvrant partiellement son visage.

—La première fois, il m'a souri. Il est venu me parler avant de me demander de le suivre dans une autre pièce. J'ai cru qu'il était gentil avec moi, qu'il allait peut-être m'aider.

—C'est toujours le même homme ?

—C'est toujours lui. Parfois, il est gentil, mais des fois, il ne l'est pas. J'ai cru, une fois qu'il verrait son bébé, que peut-être il m'aiderait, comme il a toujours dit qu'il le ferait, que peut-être il la laisserait rester avec moi.

—Je suis vraiment désolée, dit Emilia dont le cœur était encore brisé pour son amie. J'aimerais tellement pouvoir faire quelque chose.

—Il m'a dit que si j'étais encore en vie, ce n'était que grâce à lui. Que si j'avais encore mes cheveux, ce n'était que grâce à lui.

Tandis qu'elle l'écoutait, Emilia se rapprocha de Lena à quatre pattes avant de s'asseoir lourdement contre le poêle et de prendre la main de son amie. Cela demandait trop d'efforts de se lever.

—Je ne le laisserai plus me toucher, chuchota Lena. La prochaine fois qu'il me touchera, je le tuerai pour ce qu'il a fait.

***

Emilia sut que quelque chose n'allait pas quelques jours plus tard quand elle vit les gardes parler à leur kapo. Elle se méfiait toujours d'elle ; même si elle avait accepté de faire du troc par le passé, Emilia ne lui avait jamais fait confiance. Lena n'était pas retournée au

Canada depuis qu'elle avait eu son bébé et avait donné son foulard à une autre fille qui avait été reconnaissante de travailler à l'intérieur plutôt qu'être assignée à une tâche harassante, mais d'autres avaient commencé à aider Emilia. Elles savaient toutes qu'elle ne faisait du troc que pour obtenir du matériel médical, et personne ne pouvait deviner quand elles pourraient en avoir besoin pour être soignées.

Mais à la manière dont la kapo se tourna, la main levée pour protéger ses yeux du soleil tandis qu'elle surveillait toutes les femmes qui marchaient avec leur tasse à la main, Emilia sut qu'il allait se passer quelque chose. On accordait aux kapos et aux anciennes du block un niveau de confort et des privilèges que les autres n'avaient pas ; elles avaient des lits séparés et des rations de nourriture supplémentaires. Et la plupart d'entre elles abusaient de leur pouvoir de la pire des façons, prenant plaisir à battre les femmes sous leur surveillance, les fouettant comme si elles étaient des gardes SS. Certaines essayaient d'être gentilles quand les gardes ne regardaient pas, mais elles étaient rares.

La kapo désigna quelqu'un et Emilia vit qu'il s'agissait de Lena. Elle se figea et observa son amie qui s'approchait d'un pas hésitant. Emilia lui attrapa la main avant qu'elle ne passe devant elle.

—Attends. N'y va pas avant qu'elles ne t'appellent.

Elle remarqua l'étroitesse de la mâchoire de Lena et comme sa main était osseuse dans la sienne.

—Je ne veux pas mourir, murmura Lena tandis que sa lèvre inférieure se mettait à trembler. J'ai toujours pensé que j'affronterais la mort, quand mon heure arriverait, mais je veux retrouver ma fille. Je dois tenir jusqu'au bout.

—Et tu le feras. Tu le feras.

—Mais si ce n'est pas le cas, si c'est la fin…

Quand ils appelèrent le numéro de Lena, Emilia la lâcha et la regarda se diriger vers la kapo qui leva la main comme pour la frapper, mais on l'en empêcha.

—Ne lui fais pas de marque, aboya l'un des gardes. Il n'aime pas qu'elle ait des traces.

Le cœur d'Emilia se serra. C'était donc là que Lena était amenée. Il n'apprécierait pas qu'elle ait le visage marqué, mais elle doutait qu'il se soucie de son cœur brisé ou de ses parties intimes qui devaient encore être meurtries par l'accouchement. Son corps avait besoin de repos, pas d'être abusé par un homme.

Elle étouffa sa colère et se força à sourire quand Lena lui jeta un coup d'œil, un fusil pointé sur son dos tandis qu'elle s'éloignait. Elle reviendrait. C'était la seule chose à laquelle elle devait se raccrocher. Quoi qu'il lui fasse, Lena reviendrait.

***

—Ça fait déjà un jour qu'ils l'ont enlevée.

Elle était assise avec Aleksy. C'était dimanche et elle ne lui avait pas parlé depuis que l'enfant de Lena avait été emporté. Parfois, ils se croisaient de loin et se suivaient du regard, ne voulant pas rendre leur lien personnel évident au cas où il serait utilisé contre eux d'une manière ou d'une autre. Mais aujourd'hui, ils avaient réussi à trouver un moment ensemble, et d'autres femmes de son block faisaient le guet pour eux.

Même si c'était dimanche et que seulement quelques prisonniers travaillaient, la cheminée crachait de la fumée, comme pour leur rappeler la vitesse à laquelle leur vie pouvait être anéantie. On aurait dit qu'ils tuaient plus de gens chaque jour, le nombre de prisonniers retirés du camp ou qui étaient directement envoyés aux chambres à gaz à leur arrivée augmentant constamment.

—Ne regardez pas la fumée, dit-il. Cela ne nous fait pas de bien de penser à ceux qui sont là-bas.

—J'ai le sentiment idiot que je le saurais, si elle y était. Que je le sentirais.

Aleksy soupira.

—Peut-être que oui ? Je pense qu'on doit faire confiance à notre instinct parfois. (Elle acquiesça.) Comme quand j'ai décidé de risquer ma vie pour sauver une jeune femme courageuse.

Emilia sourit. Elle ne le faisait pas très souvent ces derniers jours, mais quand c'était le cas, c'était avec Aleksy. Il semblait illuminer quelque chose en elle quand elle passait du temps avec lui.

—Je ne sais pas comment il est possible que je sois encore en vie, dit-elle.

Ils restèrent assis encore un moment alors qu'elle se remémorait ce jour-là, l'image des deux Allemandes à l'intérieur de cette cabane gravée dans son esprit à jamais. Chaque fois qu'elle passait devant ce bâtiment, elle marchait aussi vite que ses pieds abîmés le lui permettaient, consciente des atrocités qui y étaient probablement toujours commises. Elle trouvait du réconfort en pensant à toutes ces femmes juives qu'elle avait personnellement aidées en pratiquant des avortements dans les blocks des femmes plutôt qu'à l'hôpital, entourées par les autres filles qui formaient un demi-cercle pour que son travail ne soit pas vu si quelqu'un entrait. Ces femmes n'auraient pas à souffrir dans cette épouvantable cabane de naissance.

—C'est étrange de voir des bébés dans le camp maintenant, fit remarquer Aleksy.

Elle suivit son regard vers une femme qui tombait par terre, un bébé dans les bras.

—Et des enfants, dit Emilia. C'est poignant, surtout quand on sait qu'ils peuvent venir les prendre à tout moment.

Quand Aleksy lui toucha la main, elle le laissa faire et bougea même les doigts pour qu'ils soient tout contre les siens.

—Ils sont venus pour les familles roms, vous savez, commença-t-il. Ils vivaient juste à côté de mon block, j'ai entendu ce qui se passait dans la nuit, et le matin, quand je les ai cherchés, ils avaient tous disparu. Jusqu'au dernier.

—Ils ont fait ça pendant la nuit ?

—Oui. Toutes les mères et les enfants, précisa-t-il d'un air sombre. Ils ont tous été emportés.

Au début, elle pensait qu'il la considérait comme une collègue comme les autres, surtout quand elle avait appris ce qui était arrivé à sa femme, mais à sa façon d'approcher sa main de la sienne et de la regarder parfois, elle se demandait si cela voulait dire autre chose. Ce qui était ridicule, elle en avait conscience. Ils étaient à peine en vie, ils survivaient, leurs corps ravagés par l'inanition ; mais son imagination prenait le dessus.

—Avez-vous parlé à Zofia ? demanda Aleksy. J'avais peur qu'elle n'ait été trop effrayée pour revenir, après ce qui s'est passé.

—Zofia était terrifiée, mais elle a dit que ça en valait la peine. Elle nous aidera quand elle le pourra.

Aleksy poussa un soupir.

—C'est une bonne nouvelle. Je craignais que le bébé de Lena ne soit le premier et le dernier.

—Je ne sais pas combien de temps nous pourrons agir de la sorte avant que quelqu'un ne découvre ce que nous faisons, mais nous devons essayer.

—Tant que la tatoueuse viendra, dit Aleksy.

—Si Zofia ne pouvait plus, s'il devait lui arriver quelque chose, je trouverai un moyen de le faire moi-même. Ou Lena le fera.

Si elle revient un jour.

Aleksy se leva alors et elle le laissa l'aider à en faire autant. Il garda sa main dans la sienne pendant un long moment avant de se pencher vers elle et de presser ses lèvres contre sa joue. Elles étaient gercées et sèches contre sa peau, mais elle savoura ce contact.

—Elle reviendra, Emilia, murmura-t-il avant de s'écarter. Lena est plus forte que vous ne le pensez.

Lena
27

Lena avait du mal à voir d'un œil. Il avait tellement gonflé qu'elle pouvait à peine l'ouvrir. Quand Becker avait envoyé les gardes la chercher et qu'elle avait vu son visage, elle avait su que ça allait mal se passer, mais elle ne se doutait pas de la brutalité dont il était capable.

Elle se figea quand ses doigts trouvèrent un bouton tandis qu'elle fouillait un autre manteau à la recherche de trésors. Le souvenir de ce qu'il lui avait fait tournait en boucle dans sa tête.

***

—Tu as osé prononcer mon nom quand le bébé est né ?

La lèvre de Lena trembla tandis qu'elle se pressait contre le mur pour essayer de lui échapper, regrettant de ne pas pouvoir se rendre invisible aux yeux de la brute qu'elle avait cru capable de bonté.

—Je suis désolée, chuchota-t-elle. Je pensais que vous m'aideriez. Je pensais...

—Tu pensais que j'aiderais une bonne à rien ?

Lena leva la tête et regarda ses yeux pleins de rage.

— C'était votre fille !

Le craquement de ses articulations contre son arcade sourcilière la prit par surprise, tout comme la manière dont son corps s'écroula par terre. Ses larmes coulèrent quand il la releva en la tirant par les cheveux.

— Vous disiez que vous m'aideriez, murmura-t-elle.

Becker lâcha ses cheveux et les caressa avant de les placer délicatement sous son menton.

— Regarde ce que tu m'as poussé à te faire, marmonna-t-il. Tu devrais savoir qu'il ne faut pas me mettre en colère.

Elle essaya d'arrêter ses larmes de couler, de le regarder, mais ce n'était pas la douleur dans son œil qui la faisait pleurer, mais la douleur de la perte. Ses seins produisaient du lait pour le bébé qu'ils voulaient nourrir, son corps était toujours douloureux après le traumatisme de l'accouchement, et son esprit... Elle ferma les yeux tandis qu'il remontait sa jupe. Il pouvait lui faire tout ce qu'il voulait tant que personne ne lui enlevait le souvenir de sa fille.

***

Lena leva la tête et regarda par la fenêtre, consciente qu'elle serait rapidement réprimandée pour avoir ralenti son rythme de travail, mais cela lui était égal désormais. Comme souvent, les flots de nouveaux arrivants passaient derrière la clôture barbelée à destination de la mort.

Au début, Lena n'arrivait pas à les regarder. C'était trop douloureux, surtout quand il y avait beaucoup d'enfants. Certaines femmes au Canada n'arrivaient pas à se résoudre à manger la nourriture qu'elles trouvaient dans les poches, dégoûtées à l'idée de manger ce qui appartenait aux condamnés, tandis que la cendre flottait dans l'air.

Aujourd'hui, elle regarda un jeune garçon tomber à genoux et sa mère essayer désespérément de le faire bouger, un garçon encore plus jeune à califourchon sur sa hanche. La femme pleurait tandis qu'elle encourageait son fils à l'écouter, mais il n'arrêtait pas de crier.

Lena regarda la bouteille d'eau qu'elle avait trouvée plus tôt. Elle en avait bu quelques gorgées et avait prévu d'apporter ce qui restait à Emilia, mais elle décida à cet instant de l'offrir à l'enfant.

Elle jeta un coup d'œil autour d'elle et se faufila par la porte pour courir jusqu'à la barrière.

—Prenez cette eau ! lança-t-elle en slovaque, puis en polonais en espérant que la mère comprendrait.

Mais tandis qu'elle lui tendait la bouteille, Lena se figea. Une jeune femme de l'autre côté de la clôture s'approcha pour aider la mère, une main tendue vers le garçon. C'était une fille avec des cheveux châtain légèrement plus foncés que les siens. *Dana.*

Lena s'approcha encore et serra le grillage devant elle en la fixant. Était-il vraiment possible que ce soit elle ?

—Dana ? appela-t-elle.

Sa sœur leva la tête vers elle et poussa un cri d'incrédulité quand ses yeux croisèrent les siens. Lena ressentit alors la même douleur que si on lui enfonçait un poignard dans le cœur et faillit tomber à genoux.

—Lena ! cria-t-elle. Maman, papa, c'est Lena !

Un sanglot monta en elle tandis que son père et sa mère se tournaient vers elle. Elle n'avait même pas remarqué qu'ils étaient là ; dès qu'elle avait vu Dana, elle n'avait plus eu d'yeux que pour elle.

—Lena ! Qu'est-ce qu'ils nous font ? Où nous emmènent-ils ? cria sa mère.

—Lena, pourquoi es-tu si maigre ? Pourquoi es-tu derrière ce grillage ? Qu'est-il arrivé à ton œil ?

Alors que ses larmes coulaient abondamment, elle tendit les bras à travers le grillage et sa sœur serra une main et sa mère l'autre. Mais ce fut son père qui lui brisa le plus le cœur ; son visage était livide et ses yeux trahissaient son abattement. Il savait. Il savait qu'il ne pouvait plus protéger sa famille, qu'il n'avait plus rien à faire. C'était un regard qu'elle avait vu un nombre incalculable de fois depuis son arrivée au camp ; le moment tragique où une personne prenait conscience que sa vie ne lui appartenait plus.

Les gardes s'approchaient pour voir ce qui se passait, pourquoi la file avait arrêté d'avancer, et Lena savait que son temps avec sa famille était compté.

—Lena, on s'est cachés à la campagne, chez notre oncle, mais ils nous ont trouvés et nous ont amenés ici dans un wagon à bestiaux, raconta Dana en serrant les doigts de sa sœur. Pourquoi font-ils ça ? Où nous amènent-ils ?

Lena sourit, même si son corps hurlait de douleur, et préféra ne pas les effrayer.

—Ce n'est pas si mal ici, mentit-elle. Nous serons bientôt réunis, je vous le promets.

Le cri du garde fendit l'air et il frappa violemment son père dans le dos avec sa canne.

—*Ocko !* cria-t-elle tandis que sa sœur continuait à se cramponner à elle à travers le grillage.

—Lena, j'ai peur.

—Je suis désolée, lui répondit Lena, ses yeux se remplissant de larmes alors que sa mère écartait sa sœur et son père de la clôture.

Ils s'éloignèrent en chancelant, sans la quitter des yeux.

Quand Lena se retourna, elle vit deux SS qui s'approchaient d'elle. Becker. Son visage était impassible, mais elle vit l'autre garde lever sa canne, prêt à la voir résister.

—*Untersturmführer* Becker, dit-elle en le regardant courageusement dans les yeux, la voix tremblante. C'est ma sœur. Ma famille vient d'arriver.

—Retourne travailler ! aboya-t-il.

Les deux hommes s'arrêtèrent près d'elle quand elle tomba à genoux, les mains jointes.

—S'il vous plaît, je vous en prie, sauvez ma sœur. Je vous en supplie ! Vous avez dit…

Sa grosse botte noire la frappa en pleine poitrine, la renversant par terre. Elle aspira de la poussière et lutta pour se relever. Lena jeta un coup d'œil derrière elle quand elle entendit un cri ; elle savait que c'était sa sœur, elle savait qu'elle avait vu ce qui venait d'arriver.

—Martin, s'il vous plaît ! cria-t-elle. Elle n'a que dix-sept ans, je vous en prie !

Il utilisa sa canne pour la frapper au visage et elle sentit sa mâchoire se disloquer sous l'impact. Mais ce fut quand il l'attrapa par les cheveux et commença à la tirer dans la terre qu'elle comprit ce dont il était capable. Elle se débattit, hurla et donna des coups de pied tandis qu'il continuait à la traîner derrière lui. Sa famille assistait à cette scène, aussi impuissante qu'elle.

—Je vais t'apprendre à prononcer mon nom, grogna-t-il.

—Je vous en prie, cria-t-elle. Je vous en prie, vous pouvez me faire ce que vous voulez, mais ne les laissez pas prendre ma sœur.

Pas ma Dana. Je ne peux pas vivre sans Dana. Je ne peux pas.

EMILIA
28

— Lena !

Emilia fut choquée en voyant la silhouette d'une femme dans l'encadrement de la porte. Il lui fallut une seconde pour reconnaître Lena. Elle se déplaça aussi vite que ses jambes le lui permettaient, les balançant sur le bord du lit, et attrapa Lena juste avant qu'elle ne s'effondre par terre.

Le murmure dans leur block se transforma en lourd silence tandis qu'Emilia l'étreignait tout en examinant ses blessures. La lèvre inférieure de Lena était gonflée et l'empêchait presque de fermer la bouche, et l'un de ses yeux était dans le même état, ne lui laissant qu'une fente étroite pour voir. Quand elle leva la main pour caresser les cheveux de Lena, elle s'arrêta et vit qu'il lui manquait des touffes, directement arrachées de son cuir chevelu.

La personne qui avait détenu Lena ces deux derniers jours avait certainement fait tout son possible pour la détruire. Emilia vit des contusions sur son cou et préféra ne pas imaginer ce qu'elle aurait trouvé sur le reste de son corps si elle avait pu l'examiner correctement.

—Lena, qui t'a fait ça ? demanda Emilia dans son oreille. Où étais-tu ?

Lena frissonna et se blottit contre Emilia.

Cette dernière leva les yeux vers les femmes qui les observaient de leurs couchettes. Elles ne disaient toujours rien et se contentaient de regarder. Elle était sûre qu'elles n'enviaient plus Lena maintenant, et elle se demanda avec colère si elles comprenaient enfin ce que Lena avait traversé depuis qu'elle était arrivée, le traitement qu'on lui réservait régulièrement.

—Viens, allons te mettre au lit.

Elle aida Lena à se lever même si l'effort qu'elle dut fournir lui fit mal aux bras. Certains jours, c'était comme si ses bras maigres allaient la lâcher ; sa peau était tendue sur ses os désormais et elle avait du mal à reconnaître le corps souple et fort avec lequel elle était arrivée.

Lena ne dit rien, mais laissa Emilia la guider. Des femmes se levèrent du lit du bas pour l'aider à grimper. Une fois en haut, Emilia monta derrière elle et prit la demi-miche de pain qu'elle avait gardée du dîner et la mit dans la main de Lena.

—Mange ça, dit-elle doucement.

Lena ferma les yeux et tourna la tête.

—S'il te plaît, Lena, il faut que tu manges, dit Emilia alors que son propre estomac gargouillait à la vue du pain. S'il te plaît. Fais-le pour moi.

Comme Lena ne bougeait pas, Emilia approcha un petit morceau de pain de ses lèvres.

—Non, lâcha-t-elle d'une voix rauque en tournant de nouveau la tête.

Emilia rangea le pain dans sa blouse, en espérant qu'elle arriverait à convaincre Lena plus tard, et si elle n'y parvenait pas, alors elle le mangerait elle-même le matin.

—Lena, est-ce que je peux faire quelque chose pour toi ? chuchota-t-elle. S'il te plaît, dis-moi comment je peux t'aider.

Une larme coula sur la joue de Lena.

—Lena, murmura Emilia en se blottissant contre elle et en enroulant ses bras autour d'elle pour essayer de lui transmettre du réconfort et de la chaleur.

—Laisse-moi mourir, finit par marmonner Lena.

Emilia fut ébranlée par ses paroles et la douleur dans sa voix avant que le frisson qui parcourut le corps de son amie ne traverse le sien.

—Ne dis pas ça, murmura Emilia. Souviens-toi de ce dont on a parlé. Souviens-toi de ce qu'on fera quand on quittera cet endroit… Ta famille…

Lena s'écarta d'Emilia et se recroquevilla.

Le lendemain matin, Lena ne disait toujours rien. Son visage était encore pire à la lumière du jour car sa peau était devenue violette et Emilia voyait du sang séché derrière son oreille droite et sur l'une de ses mains.

Emilia marcha à côté d'elle en quittant leur block et la regarda grimacer quand elle alla aux toilettes. Elle ne pouvait pas faire grand-chose pour apaiser sa douleur, mais si elle lui avait parlé, elle aurait au moins su ce qui n'allait pas et où elle avait le plus mal.

Au petit déjeuner, Lena leva sa tasse de café, le regard dans le vide, et avala péniblement quelques gorgées avant de donner sa tasse à l'une des nouvelles. Mais malgré son silence, elle suivit Emilia vers le block de l'hôpital pour femmes et laissa un nouveau docteur qui les avait récemment rejointes l'ausculter.

Emilia examina les femmes enceintes dont une qui était arrivée cette nuit avec de violentes douleurs au ventre et aurait probablement son bébé avant la fin de la journée. Emilia lui parla quelques minutes avant de retourner vers Lena.

—Savez-vous ce qui lui est arrivé ? demanda le docteur à voix basse.

Emilia secoua la tête.

—Elle refuse de me parler. J'aimerais bien savoir.

—Je l'ai nettoyée comme j'ai pu et j'ai mis du baume sur ses plaies, mais…

—Le salopard de SS qui m'a mise enceinte a décidé de me donner une leçon, voilà ce qui m'est arrivé.

Emilia échangea un regard avec le médecin avant de s'agenouiller et de prendre les mains de Lena.

—Il t'a violée sitôt après l'accouchement ?

Lena tourna la tête.

—Lena, est-ce que je peux t'examiner ? Pour voir s'il y a des dégâts en bas, étant donné que…

Lena ferma les yeux.

—Laissez-moi tranquille.

—Lena, s'il te plaît, dit Emilia qui tenait toujours ses mains. Laisse-nous t'aider, laisse-nous nous occuper de toi.

—Pourquoi ? Je n'ai plus de raison de vivre. Je préférerais mourir plutôt que le laisser revenir vers moi.

Emilia la serra dans ses bras tandis que le docteur restait là comme s'il voulait être présent pour aider Lena quand elle serait prête.

—Lena, tu dois vivre pour ta famille, tu…

Lena se retourna, livide.

—Ils sont tous morts, Emilia. Je n'ai plus rien, plus aucune raison de vivre. Tu ne comprends pas ? Je n'ai plus rien !

—Qui est mort ? demanda la sage-femme qui voulait essayer de comprendre. De qui parles-tu, Lena ?

—Ma famille, répondit Lena d'une voix brisée par l'émotion. Je vois toujours les gens qui arrivent par la fenêtre de la pièce dans laquelle je travaille. Je les observe faire ce long trajet, ceux à qui on n'attribue même pas de numéro.

Ceux qui sont condamnés à mourir. Emilia écoutait Lena et redoutait ce qu'elle allait dire.

Lena se mit à pleurer et son corps trembla quand elle continua :

—Je ne les ai pas reconnus tout de suite. Je regardais ce petit garçon qui pleurait et sa mère qui essayait de le traîner derrière elle, mais il n'arrêtait pas de gémir et refusait de bouger. Puis j'ai vu quelqu'un sortir de la file pour les aider.

Lena détourna de nouveau le regard et Emilia retint son souffle.

—Ils ne sont plus là. Ma famille n'est plus là.

La colère monta en Emilia tandis qu'elle imaginait la scène que décrivait Lena, entendait la douleur de son amie. Maintenant, elle comprenait pourquoi tant de femmes se jetaient contre les barrières électriques, pourquoi elles avaient le sentiment de n'avoir plus aucune raison de vivre. Il y avait tellement de peine et de souffrance.

—Je me suis tellement débattue contre lui qu'il m'a arraché des touffes de cheveux. Puis il a utilisé sa canne sur moi. Partout, sur chaque partie de mon corps, jusqu'à ce que je ne puisse même plus crier. Jusqu'à ce que je reste couchée et abandonne.

Cette idée fit frissonner Emilia qui comprenait ce qu'il avait fait. Lena venait tout juste d'avoir un bébé, et au lieu d'avoir le temps de se remettre, elle avait été violée et torturée.

—Il m'a dit qu'il me ferait un autre bébé et qu'on me le prendrait comme le dernier. Et la seule chose qui me venait en tête, la seule chose dont j'étais certaine alors qu'il faisait son affaire avec moi, c'était que je serais morte avant de faire naître un autre bébé dans ce monde.

—Lena, tu es comme une sœur pour moi, dit Emilia. S'il y a quoi que ce soit que je puisse faire, n'importe quoi pour t'aider à te remettre… (Elle déglutit.) Je ferai tout ce que tu me demanderas. N'importe quoi.

Lena s'éclaircit la voix et se leva comme si, maintenant qu'elle avait partagé son histoire, elle ne voulait plus y penser.

—Je veux aider toutes les femmes enceintes, déclara Lena en regardant Emilia dans les yeux. Laisse-moi prendre les risques, laisse-les me tuer s'ils nous démasquent.

—Lena, je t'en prie, dit Emilia en tendant les bras vers elle.

Mais Lena s'écarta.

—C'est tout ce qu'il me reste, ajouta Lena. S'il te plaît, laisse-moi aider. Laisse-moi faire tout ce qui doit être fait pour sauver les bébés nés ici. Laisse-moi mourir ici, Emilia, mais que ce ne soit pas pour rien. Laisse-moi mourir en sauvant un enfant. *Je t'en prie.*

Emilia observa attentivement son amie, regarda son visage et essaya d'imaginer la souffrance qu'elle éprouvait.

—D'accord. D'accord, on te laissera prendre les risques. Mais si tu veux arrêter, si ça devient trop…

—Chaque avortement, chaque naissance, chaque tatouage, je veux y participer.

Mais alors que Lena s'éloignait d'elle, Emilia se demandait si elle retrouverait vraiment son amie un jour. Lena était brisée à l'intérieur, aussi bien son corps que son esprit, et parfois, Emilia le savait, il était impossible de se relever après ce genre de traumatisme. Parfois, il n'y avait rien de mal à accepter la mort quand on n'avait plus de raison de vivre.

—Il y a une chose que tu peux faire pour moi.

—N'importe quoi, dit Emilia avant de s'apercevoir que Lena regardait fixement son couteau.

—Je veux que tu me coupes les cheveux, dit Lena.

Emilia acquiesça.

—Bien sûr.

***

Après plusieurs jours sans voir Aleksy, Emilia fut heureuse quand il arriva. Être avec Lena, la consoler quand elle faisait des cauchemars et voir la douleur tirer ses traits était très dur à supporter. Mais Aleksy réussissait toujours à faire en sorte qu'elle se sente mieux et lui rappelait qu'il y avait des hommes bien dans ce monde.

—Comment va-t-elle ? demanda Aleksy en jetant un coup d'œil à Lena derrière elle.

Emilia la regarda à son tour. Elle était presque méconnaissable avec ses touffes de cheveux courts qui partaient dans toutes les directions. Son œil et sa lèvre étaient désormais guéris et il ne lui restait plus une ecchymose verte.

—Elle travaille ici chaque jour, m'assiste pour les avortements, même s'il n'y en a plus autant qu'avant. Pareil avec les accouchements, elle est infatigable. Elle veut aider tout le monde et c'est toujours elle qui va prévenir Zofia.

Il acquiesça et reporta son attention sur elle.

—Et vous ? Comment allez-vous ?

—Je suis vivante, répondit-elle avec un faible sourire.

—Un jour, commença-t-il. Un jour, quand cet endroit ne sera plus qu'un souvenir…

Un cri retentit dehors juste avant que la porte ne s'ouvre brusquement, emplissant le baraquement de lumière. Emilia cligna des yeux et, quand elle vit les deux gardes, prit instinctivement la main d'Aleksy. Le souffle court, elle se mit à trembler. Les gardes balayèrent la pièce des yeux.

—Elle est là.

Emilia les regarda, horrifiée, s'intéresser à Lena qui se leva, les yeux écarquillés.

—Tes cheveux ne vont pas lui plaire, dit l'un des deux. Qui t'a fait ça ?

Le garde se tourna vers elle et Aleksy, mais Lena intervint.

—Je l'ai fait toute seule. C'est moi qui l'ai fait.

—Allez, fit le garde en brandissant sa canne. Tu viens avec nous.

—Non, protesta Lena calmement comme si elle s'y attendait et avait déjà décidé qu'elle ne les suivrait pas.

L'autre leva son arme en riant.

—Qu'est-ce que tu as dit ?

—J'ai dit « non ».

Seules ses narines dilatées trahissaient sa peur.

Aleksy serra les doigts d'Emilia, l'encourageant silencieusement à ne pas intervenir. De toute façon, la terreur la paralysait, mais tandis qu'elle fixait Lena, qu'elle voyait le garde brandir son arme et la pointer vers son amie, elle dut lutter de toutes ses forces pour ne pas courir vers elle. Pour ne pas la protéger de son corps. Emilia déglutit et ravala la bile qui montait dans sa gorge. Elle savait ce qu'elle devait faire. Elle savait qu'elle devait rester là, qu'elle était impuissante contre les gardes armés alors qu'elle n'avait même pas la force de courir jusqu'à eux, mais cela ne l'empêchait pas de se sentir lâche.

—Elle croit qu'elle peut refuser ! dit l'un des gardes.

—Tu aimerais qu'on te prenne ici, par terre ? dit l'autre. Devant tes amies ?

Lena regarda alors Emilia. Ses yeux plongèrent dans ceux de son amie alors qu'elle affichait un sourire doux-amer. Elles se fixèrent comme si elles étaient seules dans la pièce. Lena arborait ce beau sourire qui avait donné à Emilia de l'espoir quand elles s'étaient rencontrées, quand elles avaient marché ensemble pour la première fois et que Lena avait partagé la nourriture qu'elle avait trouvée.

Emilia avait envie de crier car elle savait ce qui allait se passer ; elle savait au fond de son cœur que c'était la dernière fois qu'elle verrait le sourire de Lena.

LENA
29

— Enlève ça, lui ordonna le garde qui s'avança vers Lena en utilisant son arme pour relever sa blouse légère. *Maintenant.*

Lena lui cracha dessus et sa salive atterrit sur son visage avant de couler lentement sur sa joue.

—Je ne ferai rien pour toi, connard.

Elle reconnut à peine sa voix grave et puissante, une voix qui lui donnait envie de crier pour ce qu'il lui avait fait. Lena leva les yeux vers Emilia, vers la meilleure amie qu'elle ait jamais eue, avant de planter son regard dans les yeux de l'homme qui lui avait tout pris. Il marcha vers elle avec détermination, ses bottes en cuir noires battant le sol. *Ce n'est pas une bonne journée.* C'était ce qu'elle aurait pensé s'ils avaient été tous les deux, s'ils avaient été seuls et qu'il avait affiché cette expression, les yeux plissés.

La scène se déroulait presque au ralenti. Lena étudia tour à tour Becker et le garde le plus proche d'elle, avant de se concentrer sur le pistolet sur sa hanche. Il s'était légèrement détourné d'elle quand il avait entendu le cri de son supérieur.

Pour ma sœur. Pour mon bébé. Parce qu'il m'a pris tout ce que j'ai un jour aimé dans ma vie.

Lena bondit, sa main se posa sur l'arme et elle la brandit alors que son pied nu trébuchait sur la botte du garde. Mais elle ne sentit pas la douleur dans ses orteils ni le craquement quand la canne de l'autre garde s'abattit sur son dos. Tout ce que Lena voyait, c'était l'homme qu'elle haïssait. L'arme pointée sur lui, elle le regardait droit dans les yeux.

Ces yeux qu'il ne plissait plus. Au contraire, ils étaient écarquillés et sa peur était palpable. Elle pressa la gâchette en souriant ; il avait attendu trop longtemps pour lui prendre son arme, comme s'il ne la croyait pas capable d'un tel acte.

Les yeux rivés sur son corps inerte, elle trébucha et se plia en deux quand une violente douleur la transperça. Lena se toucha le ventre et hurla quand elle vit sa main rouge vif, collante et couverte de son propre sang.

—Lena !

Le cri semblait lointain, mais elle reconnut la voix d'Emilia. Elle essaya de lui répondre, mais une autre balle transperça son ventre et elle tomba.

Lena essaya de bouger, tenta en vain de se relever alors qu'elle entendait quelqu'un l'appeler. *Dana.* Elle sourit quand les mots de sa sœur l'enveloppèrent et que tout devint noir.

EMILIA
30

Six mois plus tard

Les mois qui suivirent la mort de Lena furent les plus longs et les plus douloureux de toute sa vie. Emilia avait vu la mort tant de fois qu'elle ne pouvait les compter au cours des six derniers mois, été témoin d'une souffrance qui dépassait tout ce qu'elle aurait jamais pu imaginer et pleurait encore la mort de sa mère juste après que la guerre avait éclaté. Mais elle n'avait jamais éprouvé la douleur qu'elle avait connue après la mort brutale et absurde de son amie.

C'était dimanche aujourd'hui, et elle s'était forcée à se lever, à poser un pied devant l'autre pour sortir. Le soleil brillait et elle voulait sentir sa chaleur sur son corps, essayer de retrouver ce sentiment d'être vivante, de se rappeler pourquoi elle devait vivre. Presque chaque jour, elle se demandait s'il ne serait pas préférable de se laisser simplement mourir dans son lit.

—Emilia.

En entendant la voix familière d'Aleksy, elle se tourna et le vit marcher tranquillement vers elle. Quand sa main toucha la sienne, elle se surprit à souhaiter qu'il ne la lâche jamais. Son amitié avait pris une telle importance pour elle qu'elle ne pouvait pas supporter l'idée de le perdre, lui aussi.

—Ne regardez pas, dit-il tandis qu'ils marchaient.

Dès qu'il lui dit de ne pas le faire, évidemment, elle tourna la tête vers les clôtures électriques. Et il avait raison, elle n'aurait pas dû parce que cela la renvoya à ses questionnements sur l'intérêt de se battre, d'essayer de rester en vie jour après jour. Les corps sur les barbelés n'avaient pas encore été retirés et ne le seraient pas avant plusieurs heures pour rappeler à tous comme leur existence était sombre et combien de personnes s'étaient réveillées avant le lever du jour en décidant que le combat n'en valait plus la peine.

—Je crois que je ne pourrai pas continuer, dit-elle tandis qu'ils se retournaient et laissaient le soleil caresser leurs visages. Je ne pourrai pas supporter une journée de plus ici.

—Votre vie a trop de valeur, affirma-t-il presque dans un murmure, sa voix aussi râpeuse que la sienne désormais.

Ils étaient gravement déshydratés, ce qui rendait chaque mot difficile à prononcer.

Elle le regarda en plissant les yeux.

—Vraiment ?

—Emilia, sans vous, vers qui se tourneraient toutes ces femmes en cas de besoin ? Qui prendrait soin d'elles ?

Ses paroles résonnèrent en elle, et en vérité, c'était la seule raison qui l'avait empêchée, après la mort de Lena, de faire comme ces femmes qui s'étaient jetées sur la barrière. Elle savait aussi que cela aurait brisé le cœur d'Aleksy.

—Emilia, commença-t-il face à la forêt qui portait le même nom que le camp.

Elle contemplait les bouleaux qui se balançaient dans le vent et se demanda si elle retrouverait sa liberté un jour.

—J'ai déjà perdu ma femme, poursuivit-il. Je ne peux pas vous perdre aussi. Je ne peux pas.

Elle aurait pu pleurer, mais ses yeux étaient trop secs. Chaque geste, chaque émotion lui faisait mal désormais, mais elle pouvait toujours se blottir contre lui pour lui faire comprendre qu'elle avait entendu ses mots.

—Nous devons être plus forts que jamais, nous devons survivre à tout ça, chuchota-t-il. Pour Lena. Pour sa famille. Pour ma femme. (Il poussa un soupir tremblant.) Pour mon fils.

—Je n'arrête pas de la voir. Je n'arrête pas de la voir debout devant moi. Est-ce pareil avec votre fils ? (Elle déglutit.) Avec votre femme ?

—Vous n'auriez rien pu faire. Aucun de nous n'aurait pu faire quoi que ce soit pour sauver Lena, dit-il tandis que son visage se décomposait. Ma famille a été tuée à cause de ce que j'ai fait, mais avais-je vraiment le choix ? Aurais-je pu continuer à vivre si je n'avais pas essayé de sauver tous ceux que je pouvais ? Nous avons fait de notre mieux face au mal, Emilia. Nous devons nous raccrocher à cette idée.

—Alors pourquoi est-ce que je me sens toujours lâche de ne pas avoir fait plus ?

Aleksy la tira contre la cloison des baraques et la serra contre son torse. Elle avait du mal à respirer. Cela faisait si longtemps que personne ne l'avait étreinte ; depuis que Lena était morte, la sensation de son corps contre le sien la nuit lui manquait, la manière dont elles se tenaient les mains dans le noir pour se réconforter quand les souvenirs de ce qu'elles avaient perdu les submergeaient lui manquaient. Mais là, dans les bras d'Aleksy, elle prenait conscience qu'elle n'était pas seule. Pas encore. Pas tant qu'il était en vie et prêt à se battre pour elle.

—Continuez à vous raconter vos histoires entre femmes, Emilia. Continuez à leur rappeler pour quoi elles doivent vivre. Nous devons faire vivre le passé et croire que nous aurons un avenir. Que ceux d'entre nous qui survivront à cet endroit pourront demander des comptes, un jour. Que leur vie compte.

—Et si c'est trop douloureux de penser au passé ? Quand on ne sait pas si le passé sera toujours là quand nous reviendrons ?

Il lui prit la main, aussi délicatement que s'il tenait un petit oiseau.

—Les vies que nous avons sauvées ici, les choses que nous avons faites pour rendre la vie des autres meilleure même de façon minime, nous ne pouvons pas les oublier, Emilia. Si nous survivons à cet endroit, au moins nous pourrons raconter aux autres ce qui s'est passé ici. Au moins, nous pourrons retrouver ces bébés qui ont été enlevés, pour terminer ce que nous avons commencé.

—Elle me manque tellement, dit-elle en versant une larme. Certaines journées me semblent impossibles à affronter sans elle.

—Nous ne l'oublierons jamais. Nous n'oublierons jamais son courage.

—Ou ce qu'elle a fait avec moi, les risques qu'elle a pris pour m'aider.

Ils sourirent ensemble en mémoire de leur amie, et Emilia se pencha vers Aleksy qui avait passé son bras gauche autour d'elle pour les protéger du vent mordant.

Aleksy prit sa main et la porta à ses lèvres gercées et sèches. C'était un homme bien et elle espérait juste que, s'ils survivaient, elle pourrait le revoir.

—Je vais vous faire une promesse, Emilia. Si nous survivons, je viendrai vous chercher.

Elle lui sourit et plongea ses yeux dans les siens.

—J'aimerais beaucoup, Aleksy.

Avant de se séparer, elle étudia son visage et lui posa une question qu'elle gardait pour elle depuis un certain temps.

—Pourquoi avez-vous risqué votre vie pour me sauver, le tout premier jour ?

Son sourire fit pétiller ses yeux.

—Parce que vous m'avez rappelé que tout n'était pas perdu. Ou peut-être que vous m'avez rappelé la personne que j'étais autrefois, avant tout ça.

Aleksy soutint son regard un long moment avant de s'éloigner, et elle ne se retourna pas avant qu'il ait entièrement disparu à sa vue.

***

Presque un an avait passé depuis le jour où Lena était morte. Pendant ses premiers mois au camp, Emilia avait peiné à tenir le compte des jours, mais depuis la disparition de Lena, elle faisait des marques sur le mur du baraquement de l'hôpital. En arrivant aujourd'hui pour compter les traits comme elle le faisait toujours, elle fut surprise par des coups de feu. À répétition. La dernière fois qu'elle avait entendu ça, les gardes SS avaient célébré la nouvelle année en tuant une centaine de prisonniers pour s'amuser.

—Vite, on doit se cacher, dit-elle aux patientes dans les lits. Il se passe quelque chose de terrible dehors.

Les gardes tiraient très rarement autant de coups de feu ; ils n'exécutaient presque jamais d'aussi gros groupes de prisonniers. Ils préféraient le faire contre le mur, plus près du crématorium, s'ils comptaient tuer en masse avec leurs pistolets, ainsi ils n'avaient pas trop loin à aller pour déplacer les corps.

—Que se passe-t-il ? cria quelqu'un.

Une autre patiente avec un bébé pleurait mais Emilia tenta de les calmer.

—On ne doit pas faire de bruit. Cachez-vous sous les couvertures contre les murs, leur conseilla-t-elle. Je vais essayer de découvrir ce qui se passe.

Elle avait à peine passé la porte quand Aleksy apparut, accroupi.

—Rentrez ! lui ordonna-t-il.

—Pourquoi ? Que font-ils ? Qu'est-ce…

Il la poussa vers la porte.

—Vous avez votre couteau ?

Elle acquiesça.

—Gardez-le avec vous et cachez-vous. Nous devons tous les deux nous cacher.

Ils se recroquevillèrent ensemble sur une couchette vide et tirèrent la couverture, une couverture que Lena avait rapportée du Canada pour l'une des futures mamans dont elle s'était occupée un mois avant sa mort.

—Ils exécutent des centaines de personnes, juste là, à découvert, chuchota Aleksy. Et des milliers d'autres sont rassemblées ; ils leur font prendre la route et passer les barrières.

—Ils les font sortir ? (*Sortir d'Auschwitz ?*) Mais pourquoi ?

Le souffle d'Aleksy était chaud sur sa nuque tandis que ses bras l'enveloppaient de manière protectrice.

—Je ne sais pas. Honnêtement, je n'en sais rien.

Elle eut l'impression qu'ils étaient restés allongés là pendant des heures, à entendre les coups de feu et les cris des gardes. Des voix se rapprochaient de leur porte avant de disparaître. Mais ce fut quand elle sentit la fumée qu'Emilia remua entre les bras d'Aleksy ; il fallait qu'elle sache ce qui se passait. Il y avait une petite fenêtre dans la salle où ils se trouvaient, mais elle était couverte de saleté.

—Emilia, la mit en garde Aleksy alors que le bébé dans le block se remettait à pleurer.

—Il faut que je sache. Et s'ils mettaient le feu aux bâtiments ?

Quand elle sortit la tête par la porte, elle découvrit que ce n'étaient pas les bâtiments autour d'elle ni le crématorium qui brûlaient, mais le Canada. L'endroit où Lena avait travaillé pendant la majeure partie de son séjour à Auschwitz-Birkenau partait en fumée noire qui s'élevait dans le ciel.

Mais le plus alarmant, c'étaient les cadavres partout. Visiblement, les prisonniers avaient été tués alors qu'ils couraient pour se mettre à l'abri des gardes qui tiraient à tout-va.

—Emilia ?

Elle s'écarta pour qu'il puisse voir lui aussi la dévastation, ce spectacle qu'elle n'aurait jamais pu imaginer.

—Où sont-ils ? demanda-t-il.

Elle prit sa main et esquissa un pas hésitant dehors en regardant lentement autour d'elle.

—Je crois qu'ils sont partis.

Un coup de feu retentit au-dessus de leurs têtes ; Emilia leva les yeux et vit qu'il restait un garde dans l'une des tours. Elle ramena Aleksy à l'intérieur et referma la porte derrière elle avant de s'y adosser.

—On doit rester cachés, dit-elle. S'ils nous oublient, s'ils ne savent pas que nous sommes ici…

Aleksy acquiesça, puis il se mit à tousser, alors elle l'emmena jusqu'au lit en regrettant de ne rien avoir à lui donner. Quand ils se retrouvèrent de nouveau contre le mur, elle souleva son haut pour examiner sa peau et découvrit les plaques rouges évocatrices du typhus sur son abdomen.

—Non, murmura-t-elle.

Il avait sauvé tant d'hommes et de femmes de cette maladie. Le typhus ne pouvait pas l'emporter. Cela ne serait pas juste.

—Vous m'avez fait une promesse, Aleksy Gorski, une promesse que je vais vous obliger à tenir.

Il s'appuya lourdement contre elle en se remettant à tousser, et elle le maintint aussi fermement que ses bras affaiblis le lui permettaient. Une autre salve de tirs résonna et lui fit fermer les yeux en priant pour que la prochaine balle ne passe pas leur porte.

31

Londres, 1995
Vendredi

Elles étaient assises, les assiettes du dîner toujours sur la table, le magnétophone éteint depuis longtemps ; Lucy leur servit un autre verre de vin rouge. La journée avait été chargée en émotions, mais après avoir gardé ses souvenirs enfouis si longtemps, Emilia se sentait plus légère, comme si, maintenant qu'elle avait enfin parlé du passé, elle en était libérée. Pourtant, il y avait une douleur en elle, un point dans sa poitrine dont elle savait qu'elle le garderait jusqu'à son tout dernier souffle.

Lucy lui sourit et Emilia s'enfonça dans son fauteuil, heureuse qu'elle ait décidé de rester. Tout à l'heure, elle avait presque regretté de ne pas être seule avec Hannah, mais maintenant, elle était contente que sa fille ait été là pour entendre ce qu'elle avait à dire.

—Maman, et ton Aleksy ? L'as-tu revu ? A-t-il survécu à la libération d'Auschwitz ?

—Nous avons eu beaucoup de chance d'échapper à la marche de la mort, d'avoir pu nous cacher et rester là-bas. Nous ne savions pas ce qui allait arriver à tous ces prisonniers, raconta-t-elle. Mais c'était à peine si nous étions en vie, comme beaucoup d'autres. Nous étions des squelettes ambulants. On disait à l'époque que la plupart de ceux qui vivaient encore avaient un pied dans la tombe et se raccrochaient vaguement à la vie. Ils n'en ont pas laissé beaucoup au camp ; ils ont fait sortir les autres en rang dans la neige. Je pense qu'ils savaient que nous aurions refusé d'abandonner ceux qui avaient besoin d'aide, donc ils ne se sont simplement pas encombrés des malades et des mourants.

Emilia poussa sa chaise et se leva lentement pour s'approcher du feu sur ses jambes tremblantes et attraper une photo encadrée sur le rebord de la cheminée. Elle contempla l'homme qu'elle avait épousé et l'imagina à ses côtés à cet instant. Elle pouvait presque sentir sa main sur son épaule, son souffle chaud sur sa joue alors qu'il murmurait à son oreille.

—Et quand les soldats sont arrivés pour libérer le camp ? Aleksy était-il encore en vie ?

Emilia considéra sa fille un long moment et ferma les yeux. Elle imagina plonger dans ce regard marron foncé qu'elle n'oublierait jamais jusqu'à la fin de sa vie.

Il est temps. Après toutes ces années, il est temps que notre histoire soit racontée, Aleksy. J'aurais simplement aimé que tu sois encore là à mes côtés. J'aurais aimé que Hannah puisse rencontrer l'homme qui a tout risqué pour sauver tant de femmes et leurs bébés. J'aurais aimé que notre fille puisse regarder dans tes yeux et savoir ce dont tu étais capable, ce que tu as fait pour tous ces gens.

—Il a survécu, finit-elle par dire avant de se retourner et de poser la photo sur la table, la main tremblante. Lucy, Aleksy était ton père.

Elle regarda Lucy fixer la photo avant de lever ses yeux brillants et incrédules vers elle.

—Mon père ? Mais maman, toutes ces années, et son nom, je…

Emilia s'assit à côté de sa fille et attrapa sa main. *J'aimerais tant que tu sois ici pour le lui dire avec moi.*

—Ton père voulait commencer une nouvelle vie, raconta-t-elle. Après la guerre, nous avions tous les deux tout perdu. Tous ceux que nous avions aimés avaient péri, nous n'étions plus que tous les deux, et nous avons décidé de prendre un nouveau départ.

—Alors il a changé de nom ? demanda Hannah.

—Oui, répondit-elle. Il a senti que c'était le seul moyen pour vivre à nouveau, pour aller de l'avant en tant que nouvelle personne. Alors il a choisi son deuxième prénom, qui était Jakub, qu'il a changé en Jacob. Je n'étais pas prête à abandonner mon nom, mais je suis simplement devenue Emmy pour presque tout le monde.

—C'était son choix de ne jamais parler de votre passé ? demanda Lucy.

Elle soupira.

—Oui, même si j'étais heureuse d'oublier aussi. Mais parfois, tard le soir, quand tout le monde dormait, je l'entendais pleurer, alors nous nous étreignions et disions le nom de tous ceux dont nous nous souvenions, de toutes ces femmes qui avaient disparu et n'étaient jamais revenues. Et nous évoquions Lena en regrettant qu'elle ne soit plus des nôtres. (Emilia marqua une pause.) Nous avons vécu pour ces femmes, en ayant conscience de la chance que nous avions d'avoir survécu, mais aussi en essayant de nous repentir pour le rôle que nous avions joué, pour les bébés qui n'avaient pas eu la chance de vivre. Pour la culpabilité que nous ressentions, même si nous savions tous les deux au fond de nos cœurs que nous avions fait ce que nous pouvions.

—Aux mères et aux bébés d'Auschwitz, dit doucement Hannah.

—Aux mères et aux bébés d'Auschwitz, répétèrent Emilia et Lucy en trinquant avant de boire une gorgée de vin.

Elle n'oublierait jamais ces femmes. Même mille ans de vie ne pourraient jamais effacer le souvenir de ce qu'elle avait vécu, ou des vies qu'elle avait prises comme si elles n'avaient pas mérité de vivre.

Elle aurait juste aimé qu'Aleksy vive assez longtemps pour voir la femme qui se tenait devant elle, l'un des bébés pour lesquels ils avaient risqué leur vie et qui avait survécu malgré tout.

Je suis si fière de ce que nous avons accompli, Aleksy. Je regrette juste qu'on ne puisse pas avoir un autre moment ensemble, une autre tasse de thé, une autre soirée côte à côte dans la cuisine.

Le souvenir d'Aleksy ne la quittait jamais lui non plus, et même si cela la peinait énormément, elle savait qu'ils avaient eu beaucoup de chance de survivre, mais aussi d'avoir le privilège de jouir ensemble d'une vie magnifique.

EMILIA
ÉPILOGUE

Pologne, décembre 1945

Elle ne s'attendait pas à ce que quelqu'un frappe à la porte. De nombreuses maisons autour de la sienne étaient désertes, les jardins autrefois luxuriants désormais laissés à l'abandon, et la plupart des voisins qu'elle avait connus toute sa vie avaient péri ou n'étaient pas encore rentrés. Emilia n'avait pas reçu plus d'une ou deux visites depuis qu'elle avait retrouvé sa maison.

Elle se dirigea lentement vers la porte, avec cette sensation que son corps était celui d'une femme bien plus âgée malgré le poids qu'elle avait repris ces derniers mois. Emilia attrapa son châle et le serra autour de ses épaules tandis qu'elle tirait le battant. Mais sa main couvrit aussitôt sa bouche quand elle vit qui se tenait là.

—Emilia.

Sa voix. Elle s'appuya contre le chambranle pour ne pas tomber quand ses jambes flageolèrent, craignant de s'écrouler tandis que sa voix familière l'imprégnait.

—Aleksy ? murmura-t-elle. Est-ce vraiment vous ?

Il fit un pas en avant, la main tendue, alors que des larmes bordaient ses yeux.

—C'est bien moi.

Emilia tendit les bras et pressa ses paumes contre les siennes. Elle se souvint de la dernière fois qu'ils s'étaient tenu la main, quand le camp avait été libéré ; elle avait l'impression qu'une éternité était passée.

—*Emilia ?*

Cette fois, il prononça son prénom comme une question et étudia son visage tandis qu'elle clignait des yeux. Elle leva lentement son autre main et la posa sur sa joue, ses doigts tremblant quand elle toucha sa peau. Il passa lentement ses bras autour d'elle de manière aussi hésitante qu'elle l'avait touché, et ils restèrent ainsi pendant un long moment, légèrement écartés, à se regarder, jusqu'à ce qu'elle se rapproche et profite de son étreinte, sa joue contre son torse.

Il y avait tant de choses qu'elle voulait lui dire, lui demander, mais l'émotion de le revoir semblait l'avoir rendue muette. Elle sentit le corps d'Aleksy trembler et elle serra sa chemise ; ils pleurèrent ensemble, debout devant sa porte.

Quand leurs yeux furent secs et qu'elle trouva le courage de s'écarter de lui, Emilia plongea courageusement dans les yeux d'Aleksy.

—Je n'ai jamais été aussi heureuse de voir quelqu'un. Vraiment, je pensais que je ne vous reverrais jamais.

Aleksy acquiesça et elle lui prit la main pour le guider à l'intérieur.

—Comment ? demanda-t-elle quand ils entrèrent dans sa cuisine. Comment êtes-vous arrivé jusqu'ici ?

Elle lui fit signe de s'asseoir et mit de l'eau à bouillir avant de s'installer à côté de lui et de croiser les mains sur ses genoux, hésitant à reprendre les siennes.

—Vous m'avez parlé de votre village, répondit-il avec le sourire. J'avais encore l'image de votre endroit préféré près du lac, celui que j'avais dessiné, en tête.

Le dessin. Bien sûr.

—Vous êtes resté à l'hôpital pendant tout ce temps ?

Il lui sourit à nouveau.

—Non. J'ai en effet fait un séjour à l'hôpital, j'avais le typhus quand nous avons été libérés, et j'ai mis des mois à guérir. Mais après ça, je suis resté pour aider là-bas.

—Évidemment, dit-elle avec un soupir. Vous donneriez votre chemise à une personne dans le besoin.

—Je ne pouvais pas supporter l'idée de rentrer chez moi, l'idée même de retrouver ma maison, de me souvenir de ce qui s'était passé là-bas, de voir…

Emilia le vit regarder dans le vide, sentit sa douleur palpable, avant de s'éclaircir la voix.

—Et votre famille ? demanda-t-il en revenant à elle.

Elle secoua la tête.

—Tous morts. Mon frère a été tué dans une embuscade d'après ce que j'ai appris, et mon père est décédé peu de temps avant la libération.

—Je suis désolé, dit Aleksy.

—Moi aussi.

Elle regarda par la fenêtre et put presque imaginer sa mère près du fil à linge et son père courbé dans le jardin.

—Parfois, je me demande comment j'ai survécu à Auschwitz pour finalement rentrer et découvrir que toute ma famille a disparu.

—Emilia, dit Aleksy en se penchant en avant sur sa chaise pour prendre ses mains dans la sienne. Je suis venu ici parce que je ne pouvais pas imaginer une vie sans que vous en fassiez partie, parce que vous me manquez terriblement.

Les larmes emplirent à nouveau ses yeux, mais elle les chassa rapidement.

—Je ressens la même chose, avoua-t-elle.

Ils s'étaient connus dans des conditions trop dures pour qu'elle ne soit pas honnête avec lui, pour qu'elle ne soit pas claire sur ses sentiments envers lui.

—Emilia, ce que je vais vous demander, j'aurais aimé le faire de façon plus romantique, mais il y a une douleur en moi qui n'est pas encore soignée.

Elle l'écouta prendre une profonde inspiration sans que ses yeux quittent les siens.

Elle n'était pas sûre de ce qu'il s'apprêtait à dire, mais elle avait envie d'entendre la suite. Et quand il tendit le bras, elle prit sa main.

—Je veux commencer une nouvelle vie, quelque part loin d'ici, quelque part où je pourrai tourner la page du passé et essayer de vivre à nouveau. Nous avons survécu à l'impensable, vous et moi, et cela ne me semblerait pas bien de ne pas au moins essayer d'en tirer le meilleur, vivre pour tous ceux qui ont péri.

Aleksy caressa son visage du bout des doigts.

—Emilia, voulez-vous m'épouser ?

Elle contempla ces yeux qui lui étaient si familiers, ces yeux qui avaient trouvé les siens pendant les moments les plus violents, les plus traumatisants de sa vie. Les yeux de l'homme qui était devenu son ami le plus proche durant ces derniers mois d'incarcération.

—Je promets de faire tout ce que je pourrai pour vous offrir la vie que vous méritez, d'être l'époux que vous méritez. De vous aimer et de prendre soin de vous tout le temps que nous aurons ensemble. De bâtir une nouvelle vie et de laisser le passé derrière nous.

—Oui, répondit-elle sans savoir si elle voulait sourire ou pleurer. Oui, Aleksy, je veux être votre femme.

Quand il sourit, des rides se formèrent au coin de ses yeux ; son visage était plus rond aujourd'hui, même s'il était toujours marqué par les épreuves qu'ils avaient vécues là-bas. Son cœur se gonfla en le voyant se pencher timidement vers elle et attendre sa réaction. Il lui montrait la même gentillesse que celle qu'il lui avait témoignée un nombre incalculable de fois au camp. Et elle sut alors qu'épouser Aleksy lui donnerait une chance de tourner la page d'un passé qui aurait pu sinon la consumer.

Emilia se rapprocha de lui et pressa délicatement ses lèvres contre les siennes pour lui donner un baiser aussi léger qu'une plume, avant de s'écarter et qu'ils ne posent leur front l'un contre l'autre.

—Quitteras-tu cet endroit pour vivre avec moi ? lui demanda-t-il.

Elle ferma les yeux et imagina sa famille qui voudrait certainement qu'elle vive sa vie plutôt que de s'accrocher à leurs fantômes dans la maison qu'ils avaient autrefois partagée.

—Je veux vivre, lui dit-elle. Je veux vivre pour Lena, pour mes parents, pour mon frère. Je veux vivre ma vie pour eux tous.

—Moi aussi, Emilia. Et je ne saurai le faire qu'avec toi.

Malgré leur proximité et le lien qu'ils avaient partagé à Auschwitz, Emilia ne s'était jamais autorisée à rêver qu'Aleksy pourrait un jour être son mari ; elle ne pouvait pas voir au-delà de leur survie au quotidien.

—J'aimerais cuisiner pour toi, dit Emilia en souriant à Aleksy tandis qu'elle se levait et effleurait son épaule en passant. Nous avons passé toutes ces années à imaginer de la nourriture, et aujourd'hui nous pouvons la manger.

Quand Aleksy vint se placer à côté d'elle en riant et noua un tablier autour de sa taille, elle se retourna dans ses bras et le regarda dans les yeux.

—Nous pouvons être heureux, toi et moi, déclara-t-elle. Malgré tout, malgré la douleur, malgré ce qu'on a perdu, nous construirons une vie ensemble.

Il lui sourit.

—Pour tous ceux que nous avons perdus.

Elle se pencha vers lui et pressa de nouveau ses lèvres sur les siennes, avant de murmurer contre sa peau :

—Pour tous ceux que nous avons perdus.

Note de l'autrice

Je voudrais commencer en disant que bien qu'une grande partie de cette histoire soit inspirée de faits réels, cela reste une œuvre de fiction. Le sujet d'Auschwitz mérite d'être traité avec la plus grande des délicatesses, et en tant qu'autrice, écrire à ce propos était intimidant. Quand j'ai suggéré le concept de ce livre, c'est mon éditrice Victoria qui m'a donné la confiance nécessaire pour l'écrire. Ce qui m'inquiétait, ce n'était pas seulement le sujet, mais ma capacité à écrire une histoire qui compensait les horreurs d'Auschwitz et pourrait laisser un sentiment d'espoir. Car, malgré ces atrocités, certaines personnes ont vécu pour raconter leurs expériences dans ce camp tristement célèbre. Leurs histoires de survie sont exceptionnelles, et créer une fiction inspirée par l'Histoire était une perspective terrifiante. Mais en toute honnêteté, dès que j'ai commencé à écrire, j'ai su que c'était une histoire que je devais raconter : ces personnages me semblaient si spéciaux et réels ! Je n'oublie jamais mes personnages. Même des années après, il m'arrive de penser à eux, mais je sais qu'Emilia, Lena et Aleksy resteront gravés en moi d'une manière différente des autres.

Leur histoire est empreinte d'une immense tragédie, mais la manière dont ils se sont révélés à moi, dont ils m'ont parlé, est véritablement unique.

L'histoire d'Aleksy et Emilia est inspirée par de nombreuses personnes incroyables que j'ai découvertes durant mes recherches. J'ai passé des mois à lire les travaux de médecins, sages-femmes et travailleurs sociaux polonais qui ont séjourné à Auschwitz et qui ont risqué leur vie pour sauver celle des autres, à la fois à l'intérieur et à l'extérieur du camp, et d'autres qui ont travaillé sans relâche dans leurs villages pendant la guerre. J'aimerais mentionner certaines de ces figures historiques, au cas où vous voudriez approfondir vos connaissances sur le sujet : le médecin polonais Eugene Lazowski était déterminé à sauver le plus de personnes possible et a réussi à faire croire aux nazis que son village était victime d'une épidémie de typhus. Cela a tenu les Allemands à distance pendant un temps et il l'a fait en créant de faux résultats positifs en injectant directement la bactérie Proteus OX19 aux patients. Une partie du début de l'histoire d'Aleksy est largement inspirée de celle de Lazowski.

Avant son incarcération, la sage-femme polonaise Stanislawa Leszcyńka a fait passer en contrebande de faux papiers et de la nourriture aux Juifs à l'intérieur du ghetto de Varsovie. Elle a mis au monde des milliers de bébés dans les pires conditions à Auschwitz et refusé de noyer les bébés juifs. On estime à trois mille le nombre d'accouchements qu'elle a pratiqués et auxquels toutes les mères ont survécu, mais la moitié des nouveau-nés ont été noyés, mille sont morts de faim et environ trente ont survécu. Les bébés restants ont été envoyés à Naklo pour être germanisés.

J'ai été aussi largement inspirée par la gynécologue hongroise juive Gisella Perl qui a pratiqué des avortements sur les femmes enceintes à Auschwitz, pour leur sauver la vie et leur éviter de subir des expériences scientifiques. Elle ne disposait d'aucun instrument ni anesthésiant, mais elle était prête à faire tout ce qu'elle pouvait.

Et enfin, je dois mentionner Irena Sendler, l'assistante sociale polonaise qui a sauvé la vie de plus de deux mille cinq cents enfants juifs. Elle les a fait sortir clandestinement des ghettos et a risqué sa vie à de nombreuses reprises avant de finir par être arrêtée. Je suis heureuse de dire qu'elle a survécu. Quand elle a été condamnée à mort et incarcérée dans la tristement célèbre prison Pawiak, ses compatriotes activistes de la Żegota (la résistance polonaise) ont réussi à convaincre les autorités de la relâcher.

Remerciements

Pour ceux d'entre vous qui ont déjà lu mes livres, vous savez que je remercie fréquemment le même groupe de personnes, et cette fois ne fera pas exception ! Tout d'abord, je dois dire un grand merci à mon éditrice, Victoria Oundjian. Victoria, tu m'as donné confiance pour écrire ce livre et pour me pousser réellement dans mon écriture, et je t'en suis vraiment reconnaissante ! C'était un livre très sombre et émouvant, mais je suis très fière du résultat. À mon éditrice Sophie Wilson, merci de m'avoir aidée à modeler ce livre et de savoir comment me pousser tout en me prodiguant des encouragements sincères. Nous avons travaillé toutes les trois ensemble sur de nombreux livres et je suis reconnaissante de vous avoir à mes côtés ! J'aimerais aussi étendre mes remerciements à la correctrice Sadie Mayne pour son attention extraordinaire aux détails, ainsi qu'à la relectrice Swati Gamble.

À mon équipe d'Amazon Publishing UK, merci ! C'est le dixième roman que j'écris sous la marque de Lake Union, et je ne pourrais pas imaginer meilleure maison pour mes livres. Merci à Sammia Hamer qui m'a fait confiance il y a tant d'années quand nous avons travaillé ensemble pour la première fois, et à mon équipe de relations auteur d'être toujours là. Merci aussi à mon agent de longue date, Laura Bradford, pour son soutien sans faille et ses conseils.

J'aimerais aussi dire un merci spécial à l'autrice Yvonne Lindsay, qui est absolument la meilleure partenaire d'écriture au quotidien ! Comment aurais-je écrit ce livre sans que tu règles la minuterie pour moi chaque jour ? Et aux autrices Natalie Anderson et Nicola Marsh, merci pour tous les e-mails et le soutien quotidien !
À ma famille, merci de m'aider à vivre mon rêve.
À mon mari, Hamish, merci d'écouter mes récits sans fin sur mes livres ; à mes garçons, Mack et Hunter, qui comprennent toujours quand je dois « écrire une dernière phrase » ; et à mes parents, Maureen et Craig, pour leur soutien.
Et enfin, merci à vous, mes fantastiques lecteurs ! C'est grâce à vous si je peux écrire chaque jour, créer des personnages et raconter les histoires qui viennent de mon cœur.
Soraya

À PROPOS DE L'AUTRICE

Soraya Lane a obtenu un diplôme en droit avant de découvrir que ce n'était pas une carrière pour elle et que son avenir était l'écriture. C'est une autrice de fiction féminine historique et contemporaine, et son roman *Wives of War* a été un best-seller au top des ventes Amazon. Soraya vit dans une petite ferme de Nouvelle-Zélande avec son mari, leurs deux jeunes fils et tout un troupeau d'amis à quatre pattes. Quand elle n'écrit pas, elle adore être dehors et jouer à faire semblant avec ses enfants ou dedans sous un plaid pour lire.

Pour plus d'informations sur Soraya et ses livres, rendez-vous sur www.sorayalane.com ou www.facebook.com/SorayaLaneAuthor, ou suivez-la sur Twitter : @Soraya_Lane.

Retrouvez-nous sur les réseaux sociaux :

City éditions

www.city-editions.com
@cityeditions
www.facebook.com/cityeditions/
@CityEditions
@cityeditions

Achevé d'imprimer en juillet 2025
sur les presses de la Nouvelle Imprimerie Laballery
58500 Clamecy
Numéro d'impression : 505731

Imprimé en France

La Nouvelle Imprimerie Laballery est titulaire de la marque Imprim'Vert®